Stephen King

Das Mädchen

Roman

Aus dem Amerikanischen
von Wulf Bergner

Ullstein

Ullstein Taschenbuchverlag
Der Ullstein Taschenbuchverlag ist ein Unternehmen der
Econ Ullstein List Verlag GmbH & Co. KG, München
3. Auflage 2002
© 2000 für die deutsche Ausgabe by Schneekluth Verlag GmbH, München
© 1999 by Stephen King
Titel der amerikanischen Originalausgabe: The Girl who loved Tom Gordon
(Scribner, New York)
Übersetzung: Wulf Bergner
Umschlagkonzept: Lohmüller Werbeagentur GmbH & Co. KG, Berlin
Umschlaggestaltung: DYADEsign, Düsseldorf
Titelabbildung: Zero Werbeagentur, München
Gesetzt aus der Sabon, Linotype
Satz: Josefine Urban – KompetenzCenter, Düsseldorf
Druck und Bindearbeiten: Elsnerdruck, Berlin
Printed in Germany
ISBN 3-548-25128-5

*Für meinen Sohn Owen,
der mir letztlich weit mehr über das Baseballspiel
beigebracht hat, als ich ihn je gelehrt habe.*

Juni 1998

Vor dem Spiel

Die Welt hatte Zähne, und sie konnte damit zubeißen, wann immer sie wollte. Das entdeckte Trisha McFarland, als sie neun Jahre alt war. Um zehn Uhr an einem Morgen Anfang Juni saß sie im Dodge Caravan ihrer Mutter auf dem Rücksitz, trug ihr blaues Trainingstrikot der Red Sox (das mit 36 GORDON auf dem Rücken) und spielte mit Mona, ihrer Puppe. Um zehn Uhr dreißig hatte sie sich im Wald verlaufen. Und um elf Uhr versuchte sie, nicht in Panik zu geraten, versuchte den Gedanken: *Das ist schlimm, sogar sehr schlimm*, nicht zuzulassen. Bemühte sich, nicht daran zu denken, daß Leute, die sich im Wald verirrten, manchmal ernstlich verletzt wurden. Daß sie manchmal starben.

Alles nur, weil ich pinkeln mußte ... dabei hatte sie gar nicht so dringend gemußt, und außerdem hätte sie Mom und Pete bitten können, einen Augenblick weiter vorn auf dem Wanderweg zu warten, während sie hinter einen Baum ging. Die beiden hatten sich wieder einmal gestritten – Gott, als ob *das* eine Überraschung gewesen wäre –, deshalb war sie ein kleines Stück zurückgeblieben, ohne etwas zu sagen. Deshalb hatte sie den Weg verlassen und war hinter eine Gruppe hoher Büsche getreten. Sie brauchte eine Verschnaufpause, so einfach war das. Sie hatte es satt, die beiden streiten zu hören, hatte es satt, immer fröhlich und heiter zu tun, war kurz davor, ihre Mutter anzukreischen: *Dann laß ihn doch gehen! Warum läßt du ihn nicht einfach, wenn er unbedingt wieder nach Malden und bei Dad leben will? Ich würde ihn selbst hinfahren, wenn ich einen Führerschein hätte, nur um hier ein bißchen Ruhe und Frieden zu haben!* Und was dann? Was würde ihre Mutter sagen? Was für einen Ausdruck würde ihr Gesicht annehmen? Und Pete. Er war älter, fast vierzehn, und nicht dumm. Warum war er also nicht vernünftiger? Warum konnte er nicht einfach mal damit aufhören? *Schluß mit dem Scheiß*, hätte sie am liebsten zu ihm gesagt (in Wirklichkeit zu beiden), *macht einfach Schluß mit diesem Scheiß.*

Die Scheidung lag ein Jahr zurück, und ihre Mutter hatte das Sorgerecht zugesprochen bekommen. Pete hatte sich lange und erbittert gegen den Umzug aus einem Vorort von Boston in den Süden Maines gewehrt. Das lag zum Teil daran, daß er wirklich bei Dad sein wollte, wie er Mom immer wieder erzählte (ein untrüglicher Instinkt sagte ihm wohl, daß dies der Hebel war, der sich am tiefsten ansetzen und am wirkungsvollsten gebrauchen ließ), aber Trisha wußte, daß das nicht der einzige Grund oder gar der wichtigste war. In Wirklichkeit wollte Pete weg, weil er die Sanford Middle School haßte.

In Malden hatte er alles ziemlich im Griff gehabt. Er hatte den Computerclub wie sein eigenes Privatkönigreich regiert; er hatte Freunde gehabt – Computertrottel, gewiß, aber sie hatten als Gruppe zusammengehalten und waren so vor den anderen sicher gewesen. An der Sanford Middle gab es keinen Computerclub, und er hatte sich nur mit Eddie Rayburn angefreundet. Und im Januar war Eddie weggezogen, auch er ein Opfer der Scheidung seiner Eltern. Damit war Pete zum Einzelgänger geworden, auf dem jeder herumhacken konnte. Noch schlimmer war, daß sie ihn auslachten. Sie hatten ihm einen Spitznamen gegeben, den er haßte: Petes CompuWorld.

An den meisten Wochenenden, die Pete und Trisha nicht bei ihrem Vater in Malden verbrachten, machte ihre Mutter mit ihnen Ausflüge. Sie unternahm diese Ausflüge mit grimmiger Verbissenheit, und obwohl Trisha sich von ganzem Herzen wünschte, Mom würde damit aufhören – auf diesen Ausflügen stritten die beiden immer am schlimmsten –, wußte sie, daß das nicht passieren würde. Quilla Andersen (sie hatte ihren Mädchennamen wieder angenommen, und man konnte wetten, daß Pete auch *das* haßte) stand zu ihren Überzeugungen. In Dads Haus in Malden hatte Trisha einmal mitgehört, wie ihr Vater mit seinem Dad telefoniert hatte. »Wäre Quilla am Little Big Horn dabeigewesen, hätten die Indianer verloren«, hatte er gesagt, und obwohl Trisha es nicht mochte, wenn Dad solche Dinge über Mom sagte – es erschien ihr kindisch und auch illoyal –, konnte sie nicht bestreiten, daß in diesem Urteil ein Funken Wahrheit steckte.

In den vergangenen sechs Monaten, in denen das Verhältnis zwischen Mom und Pete sich ständig verschlechtert hatte, war sie mit ihnen im Automuseum in Wiscassett, im Shaker Village in Gray, im New England Plant-A-Torium in North Wyndham, in Six-Gun City in Randolph, New Hampshire, auf einer Kanufahrt den Saco River hinunter und beim Skifahren in Sugarloaf gewesen (wo Trisha sich den Knöchel verstaucht hatte –

eine Verletzung, die später zu einem lautstarken Streit zwischen ihrem Vater und ihrer Mutter geführt hatte; o ja, so eine Scheidung machte Spaß, richtig viel Spaß).

Manchmal, wenn es Pete irgendwo echt gefiel, hielt er für einige Zeit die Klappe. Er hatte Six-Gun City als »etwas für Babys« bezeichnet, aber Mom hatte ihm erlaubt, den größten Teil ihres Besuchs in dem Saal mit den Videospielen zu verbringen, und Pete war auf der Heimfahrt zwar nicht gerade glücklich, aber doch wenigstens still gewesen. Wenn Pete jedoch eines der von Mom ausgesuchten Ziele nicht mochte (am wenigsten hatte ihm bisher das Plant-A-Torium gefallen; an diesem Tag war er auf der Rückfahrt nach Sanford besonders eklig gewesen), tat er seine Meinung freimütig kund. »Augen zu und durch« entsprach nicht seinem Charakter. Auch nicht dem ihrer Mutter, vermutete Trisha. Sie selbst hielt das für eine ausgezeichnete Philosophie, aber natürlich behauptete jedermann gleich nach dem ersten Blick, sie sei die Tochter ihres Vaters. Das störte sie manchmal, aber meistens gefiel es ihr.

Trisha war es egal, *wohin* sie samstags fuhren; sie wäre mit regelmäßigen Trips zu Vergnügungsparks und Minigolfplätzen völlig zufrieden gewesen, einfach deshalb, weil sich dort die immer schärferen Auseinandersetzungen in Grenzen hielten. Aber Mom wollte, daß ihre Ausflüge belehrend waren – daher das Plant-A-Torium und Shaker Village. Zu Petes übrigen Problemen kam noch, daß er sich dagegen wehrte, samstags mit Bildung vollgestopft zu werden, weil er lieber oben in seinem Zimmer geblieben wäre und auf seinem Mac *Sanitarium* oder *Riven* gespielt hätte. Einige Male hatte er seine Meinung (»Alles Mist!« faßte seine Äußerungen ziemlich gut zusammen) so freimütig geäußert, daß

Mom ihn zum Auto zurückgeschickt hatte, in dem er sitzen und »sich beruhigen« sollte, bis sie mit Trisha zurückkam.

Trisha hätte Mom am liebsten gesagt, es sei falsch, ihn wie ein Kindergartenkind zu behandeln, das eine Auszeit brauchte – daß sie eines Tages zum Van zurückkommen und ihn leer vorfinden würden, weil Pete beschlossen hätte, per Anhalter nach Massachusetts zurückzufahren –, aber natürlich sagte sie nichts. Die Samstagsausflüge an sich waren falsch, aber das würde Mom nie akzeptieren. Nach manchen von ihnen wirkte Quilla Andersen um mindestens fünf Jahre gealtert, hatte tiefe Falten um die Mundwinkel und rieb sich mit einer Hand ständig ihre Schläfe, als habe sie Kopfschmerzen ... aber sie würde trotzdem nie damit aufhören. Das wußte Trisha genau. Wäre ihre Mutter am Little Big Horn dabeigewesen, hätten die Indianer vielleicht trotzdem gesiegt, aber ihre Verluste wären weit höher gewesen.

Diese Woche führte ihr Ausflug sie zu einer Ansiedlung im Westen von Maine. Durch dieses Gebiet schlängelte sich der Appalachian Trail auf seinem Weg nach New Hampshire. Am Vorabend hatte Mom ihnen am Küchentisch sitzend Farbfotos in einer Broschüre gezeigt. Die meisten Aufnahmen zeigten glückliche Wanderer, die entweder auf Waldpfaden unterwegs waren oder an Aussichtspunkten standen und über weite bewaldete Täler zu den vom Zahn der Zeit angenagten, aber trotzdem noch immer gewaltigen Gipfeln der mittleren White Mountains hinübersahen, eine Hand schützend über die Augen gelegt.

Pete saß am Tisch, wirkte äußerst gelangweilt und weigerte sich, mehr als nur einen flüchtigen Blick auf die Broschüre zu werfen. Mom weigerte sich ihrerseits, sein demonstratives Desinteresse zur Kenntnis zu nehmen. Wie es zunehmend ihre Gewohnheit wurde, tat Trisha so, als sei sie richtig begeistert. Mittlerweile kam sie sich oft wie eine Mitspielerin in einer Game-Show im Fernsehen vor, die sich bei dem Gedanken, sie könne einen Satz Kochtöpfe für wasserloses Garen gewinnen, fast in die Hose machte. Und wie *fühlte* sie sich allmählich? Wie Leim, der zwei Teile eines zerbrochenen Gegenstands zusammenhielt. *Schwacher* Leim.

Quilla klappte die Broschüre zu und drehte sie um. Auf die Rückseite war eine Karte gedruckt. Sie tippte auf eine blaue Schlangenlinie. »Das ist die Route 68«, sagte sie dabei. »Wir stellen den Wagen hier ab, auf diesem Parkplatz.« Sie tippte auf ein kleines blaues Quadrat. Dann folgte ihr Finger einer roten Schlangenlinie. »Das ist der Appalachian Trail zwischen der Route 68 und der Route 302 in North Conway, New Hampshire. Die Strecke ist nur sechs Meilen lang und als mittelschwer eingestuft. Nun ... dieser eine kleine Abschnitt in der Mitte gilt als mittelschwer bis schwierig, aber nicht so sehr, daß wir eine Kletterausrüstung oder dergleichen brauchen würden.«

Sie tippte auf ein weiteres blaues Quadrat. Pete hatte den Kopf auf eine Hand gestützt und sah weg. Sein Daumenballen hatte seinen linken Mundwinkel zu einem häßlichen Grinsen hochgezogen. Dieses Jahr hatte er angefangen, Pickel zu bekommen, und auf seiner Stirn glänzte eine neue Ernte. Trisha liebte ihn, aber manchmal – zum Beispiel gestern am Küchentisch, als Mom ihnen ihre Route erläutert hatte – haßte sie ihn auch. Sie hätte ihn am liebsten aufgefordert, nicht so feige zu sein, denn darauf lief es hinaus, wenn man der

Sache auf den Grund ging, wie Dad gesagt hätte. Pete wollte seinen kleinen Teenagerschwanz zwischen die Beine nehmen und nach Malden zurückrennen, weil er ein Feigling war. Er machte sich nichts aus Mom, er machte sich nichts aus Trisha, ihm war es sogar gleichgültig, ob das Zusammenleben mit Dad ihm auf die Dauer guttun würde. Pete machte sich etwas daraus, daß er niemanden hatte, mit dem er auf der Tribüne in der Turnhalle seinen Lunch essen konnte. Pete machte sich etwas daraus, daß er nach dem ersten Klingeln nie das Klassenzimmer betreten konnte, ohne daß jemand rief: »He, CompuWorld! Wie geht's denn, du Warmduscher?«

»Dies ist der Parkplatz, auf dem wir rauskommen«, hatte Mom gesagt und entweder nicht gemerkt, daß Pete überhaupt nicht auf die Karte sah, oder so getan, als merke sie es nicht. »Gegen drei Uhr kommt dort ein Van vorbei. Er bringt uns zu unserem Wagen zurück. Zwei Stunden später sind wir wieder zu Hause, und wenn wir nicht zu müde sind, fahre ich mit euch beiden noch ins Kino. Na, wie klingt das?«

Pete hatte gestern abend nichts gesagt, aber heute morgen hatte er seit der Abfahrt aus Sanford viel zu sagen gehabt. Er hatte keine Lust auf diese blöde Wanderung, außerdem hatte er gehört, es solle später regnen, warum mußten sie in der Jahreszeit, in der es die meisten Insekten gab, einen ganzen Samstag lang durch die Wälder latschen, was war, wenn Trisha an Giftefeu geriet (als ob ihn das gekümmert hätte), und so weiter und so fort. Jatata-jatata-jatata. Er besaß sogar die Frechheit zu sagen, er hätte zu Hause bleiben sollen, um für die Abschlußprüfung zu lernen. Dabei hatte Pete, soviel Trisha wußte, in seinem ganzen Leben noch nie samstags gelernt. Anfangs reagierte Mom nicht darauf, aber schließlich fing er an, ihr auf die Nerven zu gehen. Hatte er genug Zeit, schaffte er das immer. Bis sie den kleinen ungeteerten Parkplatz an der Route 68 erreichten, waren ihre Fingerknöchel am Lenkrad weiß, und sie sprach in dem abgehackten Tonfall, den Trisha nur allzugut kannte. Mom hatte die Vorwarnstufe Gelb hinter sich gelassen und ging zu Alarmstufe Rot über. Alles in allem versprach das eine sehr lange Sechsmeilenwanderung durch die Wälder im Westen Maines zu werden.

Anfangs versuchte Trisha sie abzulenken, indem sie sich mit ihrer besten O-Mann-Kochtöpfe-für-wasserloses-Garen-Stimme für Scheunen und weidende Pferde und malerische Friedhöfe begeisterte, aber die beiden ignorierten sie, und nach einiger Zeit lehnte sie sich einfach mit Mona auf dem Schoß (ihr Dad nannte Mona gern Moanie Balogna) und ihrem Rucksack neben sich auf dem Rücksitz zurück, hörte zu, wie die beiden stritten, und fragte sich, ob sie jetzt losheulen oder tatsächlich verrückt werden sollte. Konnte man von ständigem Streit in seiner Familie verrückt werden? Wenn ihre Mutter anfing, sich die Schläfen mit den Fingerspitzen zu reiben, lag das vielleicht nicht daran, daß sie Kopfschmerzen hatte, sondern daß sie womöglich verhindern wollte, daß ihr Gehirn durch Selbstentzündung oder explosiven Druckabfall oder sonstwas draufging.

Um den beiden zu entkommen, öffnete Trisha die Tür zu ihrer Lieblingsphantasie. Sie nahm ihre Red-Sox-Kappe ab und betrachtete das mit einem breiten schwarzen Filzstift auf den Mützenschirm geschriebene Autogramm; das half ihr, in Stimmung zu kommen.

Dies war Tom Gordons Unterschrift. Pete mochte Mo Vaughn, und ihre Mom hatte eine Vorliebe für Nomar Garciaparra, aber Tom Gordon war Trishas und Dads liebster Red-Sox-Spieler. Tom Gordon war der Closer, der letzte Werfer der Red Sox: Er kam im achten oder neunten Inning ins Spiel, das heißt in einem der beiden letzten Durchgänge, wenn die Sox nur knapp führten. Ihr Dad bewunderte Gordon, weil er nie die Nerven zu verlieren schien – »Flash hat Eiswasser in den Adern«, sagte Larry McFarland gern –, und Trisha sagte das auch immer, wobei sie manchmal hinzufügte, sie finde Gordon toll, weil er den Mut habe, sogar bei drei und null einen Curveball zu werfen (das hatte ihr Vater ihr aus einer Kolumne im *Boston Globe* vorgelesen). Nur Moanie Balogna und (einmal) ihrer Freundin Pepsi Robichaud gegenüber hatte sie mehr gesagt. Pepsi hatte sie erklärt, sie finde Tom Gordon »ziemlich gutaussehend«. Mona gegenüber verzichtete sie auf jegliche Vorsicht, indem sie sagte, Nummer 36 sei der schönste Mann der Welt und falls er jemals ihre Hand berühre, werde sie in Ohnmacht fallen. Und falls er sie jemals küsse, selbst nur auf die Wange, werde sie wahrscheinlich sterben, glaube sie.

Während ihre Mutter und ihr Bruder sich jetzt stritten – über den Ausflug, über die Sanford Middle School, über ihr entwurzeltes Leben –, betrachtete Trisha die signierte Mütze, die Dad ihr irgendwie im März kurz vor Saisonbeginn besorgt hatte, und stellte sich folgendes vor: *Ich bin in Sanford Park und gehe an einem ganz gewöhnlichen Tag über den Spielplatz zu Pepsis Haus hinüber. Und da steht dieser Kerl am Hot-dog-Wagen. Er trägt Jeans und ein weißes T-Shirt und hat eine Goldkette um den Hals – er kehrt mir den*

Rücken zu, aber ich sehe die Kette in der Sonne glitzern. Dann dreht er sich um, und ich sehe ... oh, ich kann's nicht glauben, aber es stimmt, er ist's wirklich, es ist Tom Gordon, wieso er in Sanford ist, bleibt rätselhaft, aber er ist's tatsächlich, und, o Gott, seine Augen, genau wie wenn er mit Spielern an den Bases auf das Zeichen des Catchers wartet, diese Augen, und er lächelt und sagt, daß er sich ein bißchen verfahren hat und sich fragt, ob ich die Kleinstadt North Berwick kenne, und, o Gott, o mein Gott, ich zittere am ganzen Leib, ich werde kein Wort rausbringen, ich werde den Mund aufmachen und bloß ein trockenes kleines Quieksen rausbringen, das mein Dad einen Mäusefurz nennt, aber als ich's versuche, kann ich doch sprechen, meine Stimme klingt fast normal, und ich sage ...

Ich sage, er sagt, dann sage ich, dann sagt er ... während sie sich ausmalte, wie das Gespräch verlaufen könnte, schien der Streit auf den Vordersitzen des Vans sich stetig weiter zu entfernen. (Manchmal, zu diesem Schluß war Trisha längst gekommen, war Stille der größte Segen.) Sie starrte weiter das Autogramm auf dem Schirm ihrer Baseballkappe an, als Mom auf den Parkplatz abbog; sie war noch immer weit weg (*Trish ist in ihrer eigenen Welt unterwegs*, sagte ihr Vater in solchen Fällen), und sie ahnte nicht, daß in der gewöhnlichen Struktur der Dinge scharfe Zähne verborgen waren, die sie schon bald kennenlernen würde. Sie war in Sanford, nicht in der Township TR-90. Sie war im Stadtpark, nicht an einem der Zugänge zum Appalachian Trail. Vor ihr stand Tom Gordon, Nummer 36, und er wollte sie zu einem Hot dog einladen, wenn sie ihm dafür erklärte, wie man nach North Berwick kam.

O Wonne.

Erster Durchgang

Mom und Pete hörten vorübergehend zu streiten auf, als sie ihre Rucksäcke und Quillas Weidenkorb für die Pflanzen, die sie sammeln wollte, hinten aus dem Van holten; Pete half Trisha sogar, ihren Rucksack richtig zu schultern, indem er einen der Tragriemen straffer anzog, und sie hoffte einen Augenblick lang wider besseres Wissen, daß ab jetzt alles in Ordnung sein würde.

»Habt ihr eure Ponchos, Kinder?« fragte Mom mit einem Blick zum Himmel. Über ihnen war er noch blau, aber im Westen zogen dichtere Wolken auf. Sehr wahrscheinlich *würde* es regnen, aber nicht so früh, daß Pete genußvoll darüber jammern konnte, er sei eingeweicht worden.

»Ich hab' meinen, Mom!« zwitscherte Trisha mit ihrer O-Mann-Kochtöpfe-für-wasserloses-Garen-Stimme.

Pete grunzte etwas, das »Ja« heißen konnte.

»Lunchpakete?«

Bejahung von Trisha; ein weiteres halblautes Grunzen von Pete.

»Gut, denn von meinem bekommt niemand was ab.« Sie verschloß den Wagen und führte sie dann über den unbefestigten Parkplatz zu einem Wegweiser mit der Aufschrift TRAIL WEST und einem Richtungspfeil darunter. Auf dem Platz standen ungefähr ein Dutzend weitere Fahrzeuge – nur ihres hatte ein Kennzeichen aus Maine, alle übrigen kamen aus anderen Bundesstaaten.

»Insektenspray?« fragte Mom, als sie den zum Appalachian Trail führenden Weg betraten. »Trish?«

»Hab' ich!« zwitscherte sie, obwohl sie sich nicht völlig sicher war. Aber sie wollte nicht stehenbleiben und sich umdrehen, damit Mom in ihrem Rucksack herumwühlen konnte. Dann fing Pete todsicher wieder an. Gingen sie dagegen weiter, sah er vielleicht etwas, was ihn interessierte oder wenigstens ablenkte. Einen Waschbären. Vielleicht einen Hirsch. Oder einen Dinosaurier. Ein Dinosaurier wäre gut. Trisha kicherte.

»Was ist so lustig?« fragte Mom.

»Mich dünkt nur etwas«, sagte Trisha, und Quilla runzelte die Stirn – »mich dünkt« war ein Larry-McFarlandismus. *Nun, soll sie doch die Stirn runzeln*, dachte Trisha. *Soll sie's doch tun, solange sie Lust hat. Ich bin bei ihr, und ich meckere nicht darüber wie der alte Brummbär dort drüben, aber er bleibt mein Dad, und ich liebe ihn weiter.*

Trisha berührte wie zur Bestätigung den Schirm ihrer Kappe mit dem Autogramm von Tom Gordon.

»Okay, Kinder, dann also los«, sagte Quilla. »Und haltet eure Augen offen.«

»Ich hasse Ausflüge«, stöhnte Pete – das waren die ersten klar verständlichen Worte, die er gesagt hatte, seit sie ausgestiegen waren, und Trisha dachte: *Bitte, lieber Gott, schick irgendwas. Einen Hirsch oder einen*

Dinosaurier oder ein UFO. Denn wenn du's nicht tust, machen die beiden sofort weiter.

Gott schickte nichts außer ein paar Mückenspähern, die der Hauptarmee zweifellos bald melden würden, daß Frischfleisch im Anmarsch war, und als sie an einem Wegweiser mit der Aufschrift NO. CONWAY STATION 5.5 MI. vorbeikamen, waren die beiden wieder groß in Fahrt, ignorierten dabei den Wald, ignorierten sie, ignorierten alles außer einander. Jatata-jatata-jatata. Das war, dachte Trisha, eine wirklich kranke Art der Selbstdarstellung.

Außerdem war es schade, denn so verpaßten sie Dinge, die echt ziemlich klasse waren. Zum Beispiel den süßen, harzigen Geruch der Kiefern und die Art, wie die Wolken sich zusammenballten – nicht wie richtige Wolken, sondern als weißlich-graue Rauchschleier. Vermutlich mußte man ein Erwachsener sein, um etwas so Langweiliges wie das Wandern zu seinen Hobbys zu zählen, aber es war gar nicht so übel. Sie wußte nicht, ob der gesamte Appalachian Trail so gepflegt war – wahrscheinlich nicht –, aber falls er's war, konnte sie vielleicht sogar verstehen, warum Leute, die nichts Besseres zu tun hatten, sich dazu entschlossen, seine x-tausend Meilen abzulaufen. Trisha hatte den Eindruck, auf einer breiten Allee unterwegs zu sein, die sich durch den Wald schlängelte. Sie war natürlich nicht asphaltiert und führte stetig bergauf, aber man kam gut voran. Am Weg stand sogar ein Brunnenhäuschen mit einer Handpumpe und einem Schild: WASSER UNTERSUCHT, EINWANDFREI TRINKBAR. BITTE KRUG ZUM ANGIESSEN DER PUMPE FÜR NACHKOMMENDE FÜLLEN.

Trisha hatte eine Flasche Wasser in ihrem Rucksack –

eine große mit Schnappverschluß –, aber plötzlich wünschte sie sich nichts mehr auf der Welt, als Wasser in die Pumpe im Brunnenhäuschen zu kippen, sie in Gang zu bringen und dann frisches, klares Quellwasser aus ihrem rostigen Hahn zu trinken. Sie würde es trinken und sich vorstellen, sie sei Bilbo Baggins auf dem Weg zu den Misty Mountains.

»Mom?« fragte sie von hinten. »Können wir einen Augenblick stehenbleiben, damit ich...«

»Freunde gewinnen ist ein *Job*, Peter«, sagte ihre Mutter gerade. Sie sah sich nicht nach Trisha um. »Du kannst nicht einfach rumstehen und darauf warten, daß die anderen auf dich zugehen.«

»Mom? Pete? Können wir bitte kurz halten, bis ich...«

»Davon verstehst du nichts«, sagte er aufgebracht. »Du hast keine *Ahnung*. Ich weiß nicht, wie's bei dir in der Junior High gewesen ist, aber heute ist es ganz anders.«

»Pete? Mom? Mommy? Da ist eine Pumpe...« Tatsächlich war da eine Pumpe; so mußte die grammatikalisch richtige Form jetzt lauten, denn die Pumpe war hinter ihnen und blieb mit jedem Schritt weiter zurück.

»Das akzeptiere ich nicht«, sagte Mom sehr energisch, sehr geschäftsmäßig, und Trisha dachte: *Kein Wunder, daß sie ihn verrückt macht.* Dann verbittert: *Sie wissen nicht mal, daß ich da bin. Das unsichtbare Mädchen – das bin ich. Ich hätte ebensogut zu Hause bleiben können.* Eine Mücke surrte ihr ums Ohr, und sie schlug gereizt danach.

Vor ihnen gabelte sich der Appalachian Trail. Der Hauptpfad – nicht mehr ganz so breit wie eine Allee, aber noch immer nicht schlecht – führte nach links weiter und war mit einem Wegweiser bezeichnet, auf dem NO. CONWAY 5.2 stand. An dem anderen Pfad, der schmaler und größtenteils mit Gras bewachsen war, stand KEZAR NOTCH 10. »Jungs, ich muß pinkeln«, sagte das unsichtbare Mädchen, und natürlich achtete keiner der beiden darauf; sie marschierten einfach auf dem linken Pfad weiter, der nach North Conway führte, gingen wie Liebende nebeneinander her, sahen sich wie Liebende ins Gesicht und stritten sich wie die erbittertsten Feinde. *Wir hätten zu Hause bleiben sollen*, dachte Trisha. *Das hätten sie auch zu Hause tun können, und ich hätte ein Buch lesen können. Vielleicht noch mal* Der kleine Hobbit *– eine Geschichte über Leute, die gern in Wäldern unterwegs sind.*

»Mir egal, ich gehe pinkeln«, sagte sie mürrisch und folgte ein Stück weit dem mit KEZAR NOTCH bezeichneten Pfad. Hier drängten die Kiefern, die vom Hauptweg bescheiden Abstand gehalten hatten, dichter an den Weg heran und griffen mit ihren blauschwarzen Ästen aus, und es gab auch Unterholz – Dickichte und Aberdickichte. Sie achtete auf das glänzende Laub, das Giftefeu, Gifteiche oder Giftsumach bedeutete, und sah nichts dergleichen... Gott sei Dank für diese kleine Gefälligkeit. Vor zwei Jahren, als das Leben noch glücklicher und einfacher gewesen war, hatte ihre Mutter ihr Bilder dieser Pflanzen gezeigt und ihr erklärt, woran sie zu erkennen waren. Damals hatte Trisha ihre Mutter ziemlich häufig auf Waldwanderungen begleitet. (Petes bitterste Klage wegen ihres Ausflugs ins Plant-A-Torium hatte gelautet, ihre *Mutter* habe dorthin gewollt. Daß das offenbar stimmte, schien ihn unempfindlich dafür zu machen, wie egoistisch sein ewiges Gemeckere geklungen hatte.)

Auf einer dieser Wanderungen hatte Mom ihr auch gezeigt, wie Mädchen im Wald pinkeln. Sie hatte einleitend gesagt: »Das Wichtigste – vielleicht das *einzig* Wichtige – dabei ist, daß man's nicht da macht, wo Giftefeu wächst. Paß auf. Sieh mir zu, und mach's genau wie ich.«

Jetzt blickte Trisha in beide Richtungen, sah niemanden und beschloß trotzdem, den Wanderweg zu verlassen. Obwohl der Pfad nach Kezar Notch kaum begangen zu sein schien – wenig mehr als eine Gasse im Vergleich zur breiten Durchgangsstraße des Hauptwegs –, wollte sie sich nicht einfach mitten darauf hinhocken. Das kam ihr unschicklich vor.

Sie verließ den Pfad in Richtung der Abzweigung nach North Conway und konnte noch immer die Stimmen der Streitenden hören. Später, nachdem sie sich gründlich verlaufen hatte und den Gedanken noch nicht zuließ, sie könne in diesen Wäldern sterben, würde Trisha sich an den letzten Satz erinnern, den sie deutlich gehört hatte, an die gekränkte, empörte Stimme ihres Bruders: ...*weiß nicht, warum wir ausbaden müssen, was ihr beiden falsch gemacht habt!* Sie ging ein halbes Dutzend Schritte in die Richtung, aus der seine Stimme kam, und machte vorsichtig einen Bogen um ein Dornengestrüpp, obwohl sie keine Shorts, sondern Jeans trug. Dann blieb sie stehen, sah sich um und merkte, daß sie den Pfad nach Kezar Notch noch immer sehen konnte... was bedeutete, daß jeder, der dort entlangkam, *sie* würde sehen können, wie sie mit einem halbvollen Rucksack auf dem Rücken und einer Red-Sox-Mütze auf dem Kopf dahockte und pinkelte.

*Arsch*peinlich, wie Pepsi vielleicht gesagt hätte (Quilla Andersen hatte einmal bemerkt, Penelope Robichaud sollte im Lexikon neben dem Wort *vulgär* abgebildet sein).

Trisha ging einen Hang hinunter, wobei sie mit ihren Turnschuhen auf dem Laubteppich aus dem vergangenen Herbst ein paarmal leicht ausrutschte, und als sie unten ankam, war der Pfad nach Kezar Notch nicht mehr zu sehen. Gut. Aus der anderen Richtung, geradeaus durch den Wald, hörte sie die Stimme eines Mannes und das darauf antwortende Lachen einer Frau – Wanderer auf dem Hauptweg, dem Klang nach nicht allzuweit entfernt. Während Trisha den Reißverschluß ihrer Jeans aufzog, fiel ihr ein, daß ihre Mutter und ihr Bruder sich vielleicht Sorgen um sie machen würden, falls sie ihren ach so interessanten Streit für eine Sekunde unterbrachen – und sich umdrehten, um zu sehen, was Schwesterchen machte, und statt Trisha ein fremdes Paar hinter sich sähen.

Gut! Dann können sie ein paar Minuten lang an etwas anderes denken. An etwas anderes als sich selbst.

Die Schwierigkeit, hatte ihre Mutter ihr an jenem besseren Tag vor zwei Jahren im Wald erklärt, bestand nicht darin, im Freien pinkeln zu gehen – das konnten Mädchen genausogut wie Jungs –, sondern es zu tun, ohne seine Sachen einzuweichen.

Trisha hielt sich an einem Kiefernast in der richtigen Höhe fest, ging in die Hocke und griff dann mit der freien Hand zwischen ihre Beine, um ihre Jeans und die Unterhose nach vorn aus der Schußlinie zu ziehen. Einen Augenblick lang passierte nichts – war das nicht wieder typisch? –, und Trisha seufzte. Eine Mücke surrte blutgierig um ihr linkes Ohr, und sie hatte keine Hand frei, um nach ihr zu schlagen.

»Oh, Kochtöpfe für wasserloses Garen!« sagte sie aufgebracht, aber das war lustig, in Wirklichkeit ganz entzückend dumm und lustig, und sie begann zu lachen. Sobald sie zu lachen anfing, begann sie zu pinkeln. Als sie fertig war, sah sie sich zweifelnd nach etwas um, mit dem sie sich abwischen konnte, und beschloß dann – auch wieder ein Ausdruck ihres Vaters –, ihr Glück nicht überzustrapazieren. Sie wackelte kurz mit ihrem Po (obwohl das wirklich nichts brachte) und zog dann ihre Hosen hoch. Als die Mücke wieder an ihrem Gesicht vorbeisurrte, schlug sie rasch nach ihr und betrachtete dann zufrieden den kleinen schmierigen Blutfleck auf ihrer Handfläche. »Hast mich für unbewaffnet gehalten, Partner, was?« sagte sie.

Trisha drehte sich nach dem Hang um und machte dann erneut kehrt, als sie auf die schlechteste Idee ihres Lebens kam. Diese Idee war, geradeaus weiterzugehen, statt auf den Pfad nach Kezar Notch zurückzukehren. Die beiden Wege hatten sich y-förmig gegabelt; sie würde einfach geradeaus weitergehen, um wieder auf den Hauptwanderweg zu gelangen. Ein Kinderspiel. Verlaufen konnte sie sich unmöglich, weil die Stimmen der anderen Wanderer so deutlich zu hören waren. Es war wirklich ganz unmöglich, sich hier zu verlaufen.

Zweiter Durchgang

Die Westflanke des Grabens, in dem Trisha ihre Pinkelpause gemacht hatte, war erheblich steiler als die Seite, die sie heruntergekommen war. Sie erkletterte sie mit Hilfe einiger Bäume, erreichte den oberen Rand und marschierte auf fast ebenem Gelände in die Richtung weiter, aus der die Stimmen gekommen waren. Hier gab es jedoch viel Unterholz, und sie mußte mehrmals einen Bogen um dorniges, dichtes Gestrüpp machen. Bei jedem Ausweichmanöver hielt sie ihren Blick Richtung Hauptweg. So ging sie ungefähr zehn Minuten weiter, dann blieb sie stehen. An der empfindlichen Stelle zwischen Brust und Magen, in der alle Nervenstränge ihres Körpers zusammenzulaufen schienen, regte sich einer Elritze gleich erstes Unbehagen. Hätte sie die nach North Conway führende Abzweigung des Appalachian Trail nicht längst erreichen müssen? So kam es ihr jedenfalls vor; sie war auf der Abzweigung nach Kezar Notch nicht weit gegangen, vermutlich nur fünfzig Schritte (*bestimmt* nicht mehr als sechzig, allerhöchstens siebzig), folglich konnte die Lücke zwischen den beiden auseinanderstrebenden Y-Armen nicht allzu groß sein, nicht wahr?

Sie horchte auf Stimmen auf dem Hauptweg, aber

jetzt war es still. Nun, das stimmte nicht ganz. Sie konnte das Seufzen des Windes in den großen alten Kiefern des West Country hören, sie konnte den mißtönenden Warnruf eines Eichelhähers und das weit entfernte Hämmern eines Spechts hören, der sich seinen Vormittagsimbiß aus einem hohlen Baum hackte, sie konnte einige neu hinzugekommene Mücken hören (sie surrten jetzt um ihre beiden Ohren), aber keine menschlichen Stimmen. Es war, als sei sie das einzige menschliche Wesen in diesen riesigen Wäldern, und obwohl das eine lächerliche Vorstellung war, regte die Elritze sich erneut in ihrem Hohlraum. Diesmal etwas stärker.

Trisha setzte sich wieder in Bewegung, schneller diesmal, sie wollte den Weg erreichen, wollte unbedingt den Wanderweg wieder sehen. Sie kam zu einem großen umgestürzten Baum, der zu hoch war, als daß sie über ihn hätte klettern können, und entschied sich dafür, statt dessen unter dem Stamm hindurchzukriechen. Sie wußte, daß es besser gewesen wäre, um ihn herumzugehen, aber was war, wenn sie dabei die Orientierung verlor?

Die hast du schon verloren, flüsterte eine Stimme in ihrem Kopf – eine schreckliche, kalte Stimme.

»Halt die Klappe, das hab' ich nicht, du hältst die Klappe«, widersprach sie flüsternd und ließ sich auf die Knie sinken. Unter einem Stück des bemoosten alten Baumstamms befand sich ein Tunnel, in den Trisha sich jetzt zwängte. Das alte Laub auf dem Tunnelboden war naß, aber bis sie das wahrnahm, war ihr Trikot vorn schon durchweicht, und sie beschloß, das sei nebensächlich. Als sie sich weiterschlängelte, prallte ihr Rucksack plötzlich gegen den Stamm – bums.

»Hol's der Teufel!« flüsterte sie (das war gegenwärtig Pepsis und ihre bevorzugte Verwünschung – sie klang irgendwie nach englischem Landhausstil) und kroch zurück. Sie richtete sich kniend auf, wischte die feuchten Blätter von ihrem Trikot und merkte dabei, daß ihre Finger zitterten.

»Ich habe keine Angst«, sagte sie und sprach bewußt laut, weil der Ton ihrer flüsternden Stimme ihr ein wenig unheimlich war. »Überhaupt keine Angst. Der Wanderweg ist gleich dort vorn. In fünf Minuten bin ich da und renne los, um die beiden einzuholen.« Sie nahm ihren Rucksack ab, schob ihn vor sich her und machte sich erneut daran, unter dem alten Baumstamm hindurchzukriechen.

Als sie schon halb draußen war, bewegte sich etwas unter ihr. Sie senkte den Kopf und sah eine dicke schwarze Natter, die sich durchs Laub davonschlängelte. Einen Augenblick lang gingen sämtliche Gedanken in ihrem Kopf in einer lautlosen weißglühenden Explosion aus Abscheu und Entsetzen unter. Ihre Haut wurde eiskalt, und ihre Kehle war wie zugeschnürt. Sie konnte das eine Wort -- *Schlange* – nicht einmal denken, sondern nur fühlen, wie es kühl unter ihrer warmen Hand pulsierte. Trisha stieß einen Schrei aus und versuchte aufzuspringen, ohne daran zu denken, daß sie noch nicht unter dem Baumstamm heraus war. Ein Aststumpf von der Dicke eines amputierten Unterarms rammte sich ihr schmerzhaft ins Kreuz. Sie warf sich wieder auf den Bauch und wand sich so rasch wie möglich unter dem Stamm hervor, wobei sie vermutlich einer Schlange ziemlich ähnlich sah.

Das gräßliche Ding war verschwunden, aber der Schreck saß ihr noch in den Gliedern. Es war genau unter ihrer Hand gewesen, in moderndem Laub versteckt und *genau unter ihrer Hand*. Offenbar nicht giftig, Gott sei Dank. Aber was war, wenn es hier mehr davon gab? Was war, wenn sie giftig waren? Was war, wenn der Wald voll von ihnen war? Und natürlich war er das – jeder Wald war voll von allem, was man nicht mochte, von allem, vor dem man sich fürchtete und das man instinktiv haßte, von allem, was einen mit grausiger, unüberlegter Panik zu überwältigen versuchte. Weshalb hatte sie jemals zugestimmt mitzukommen? Nicht nur zugestimmt, sondern *fröhlich* zugestimmt?

Sie riß ihren Rucksack am Tragriemen hoch, hastete weiter, während er gegen ihr Bein schlug, und sah sich mißtrauisch nach dem umgestürzten Baum und den mit Laub bedeckten freien Flächen zwischen den Bäumen um, weil sie fürchtete, die Schlange zu sehen, und weil sie sich noch mehr davor fürchtete, sie könnte ein ganzes Bataillon von ihnen sehen – wie Schlangen in einem Horrorfilm: *Invasion der Killerschlangen* mit Patricia McFarland in der Hauptrolle, die spannende Geschichte eines kleinen Mädchens, das sich im Wald verirrt und ...

»Ich habe mich *nicht* i ...«, begann Trisha, und weil sie hinter sich schaute, stolperte sie über einen Felsbrocken, der aus dem laubbedeckten Waldboden ragte, taumelte, schwenkte bei dem vergeblichen Versuch, ihr Gleichgewicht zu bewahren, den freien Arm, der nicht ihren Rucksack hielt, und fiel dann doch hin. Dabei durchzuckte sie ein heftiger Schmerz, der von ihrem Rücken ausging, von der Stelle, wo der Aststumpf sie gerammt hatte.

Sie lag seitlich im Laub (es war feucht, aber nicht

richtig igitt-matschig wie das Laub in dem Tunnel unter dem umgestürzten Baum), atmete keuchend und spürte ihren Puls zwischen ihren Augen hämmern. Plötzlich wurde ihr bedrückend klar, daß sie nicht mehr wußte, ob sie in die richtige Richtung lief oder nicht. Sie hatte sich ständig umgesehen und konnte dabei die Orientierung verloren haben.

Dann geh zu dem Baum zurück. Dem umgestürzten Baum. Stell dich dorthin, wo du unter ihm rausgekommen bist, und sieh geradeaus – das ist die Richtung, in die du gehen mußt, die Richtung zum Hauptweg.

Aber stimmte das? Warum hatte sie den Hauptweg dann nicht schon erreicht?

In ihren Augenwinkeln brannten Tränen. Trisha drängte sie energisch blinzelnd zurück. Begann sie zu weinen, würde sie sich nicht mehr einreden können, sie habe keine Angst. Begann sie zu weinen, konnte alles mögliche passieren.

Sie ging langsam zu dem umgestürzten, mit Moos bewachsenen Baum zurück; es widerstrebte ihr, auch nur einige Sekunden lang in die falsche Richtung zu gehen, es widerstrebte ihr, dorthin zurückzugehen, wo sie die Schlange gesehen hatte (giftig oder nicht, sie verabscheute sie), aber sie wußte, daß sie das tun mußte. Sie fand die Laubmulde, in der sie gewesen war, als sie die Schlange gesehen (und – o Gott! – *gespürt*) hatte: eine mädchenlange Mulde im Waldboden, die sich bereits mit Wasser füllte. Bei diesem Anblick rieb sie mit einer Hand erneut mutlos über die Vorderseite ihres Trikots – ganz feucht und schmutzig. Daß es feucht und schmutzig war, weil sie unter einem Baum hindurchgekrochen war, erschien ihr irgendwie als die bisher beunruhigendste Tatsache. Es machte deutlich, daß sich der ursprüngliche Plan geändert hatte – und wenn zu dem neuen Plan gehörte, daß man durch tropfnasse Tunnel unter umgestürzten Bäumen kroch, dann war das keine Wende zum Besseren.

Warum hatte sie den Weg überhaupt verlassen? Warum hatte sie ihn bloß *aus den Augen gelassen*? Nur um zu pinkeln? Um zu pinkeln, obwohl sie gar nicht so dringend gemußt hatte? Wenn das stimmte, mußte sie verrückt gewesen sein. Und dann hatte ein weiterer Wahn von ihr Besitz ergriffen, als sie geglaubt hatte, sie könne unbekümmert durch diese unkartierten (das war der Ausdruck, der ihr jetzt einfiel) Wälder spazieren. Nun, heute hatte sie etwas dazugelernt, das hatte sie in der Tat. Sie hatte gelernt, auf dem Weg zu bleiben. Unabhängig davon, ob man mußte oder wie dringend man mußte, unabhängig davon, wieviel Jatata-jatata man sich anhören mußte: Es war besser, auf dem Weg zu bleiben. Blieb man auf dem Wanderweg, behielt man ein sauberes und trockenes Red-Sox-Trikot. Dort gab es keine beunruhigende kleine Elritze, die im Hohlraum zwischen Brust und Bauch herumschwamm. Auf dem Wanderweg war man sicher.

Sicher.

Trisha griff sich nach hinten ins Kreuz und ertastete ein gezacktes Loch in ihrem Trikot. Der Aststumpf hatte es also durchstoßen. Sie hatte gehofft, das sei nicht passiert. Und als sie ihre Hand zurückzog, sah sie kleine Blutflecken an den Fingerspitzen. Sie stieß einen seufzenden, schluchzenden Laut aus und wischte sich die Finger an ihren Jeans ab. »Keine Panik, wenigstens ist's kein rostiger Nagel gewesen«, sagte sie. »Denke an die guten Seiten.« Das war eine von Moms Redensarten, die ihr aber kein Trost war. Trisha hatte sich in ihrem ganzen Leben nie weniger gut gefühlt.

Sie suchte den Baumstamm der Länge nach ab, fuhr sogar mit einem Schuh durchs Laub, aber die Schlange blieb verschwunden. Wahrscheinlich hatte sie ohnehin nicht zu den giftigen gehört, aber Gott, sie waren so *gräßlich*. Wie sie sich so ohne Beine dahinschlängelten und dabei ständig mit ihren häßlichen Zungen züngelten. Sie konnte es auch jetzt noch kaum ertragen, daran zu denken – wie das Tier einem kalten Muskel gleich unter ihrer Handfläche gezuckt hatte.

Warum habe ich keine Stiefel angezogen? dachte Trisha und blickte auf ihre niedrigen Reeboks hinunter. *Warum bin ich hier mit einem verdammten Paar Turnschuhen unterwegs?* Die Antwort lautete natürlich: Weil Turnschuhe für den Wanderweg ausgereicht hätten . . . und laut Plan hätte sie auf dem Weg bleiben sollen.

Trisha schloß kurz die Augen. »Trotzdem ist alles okay«, sagte sie sich. »Ich muß nur kühlen Kopf bewahren und darf nicht durchdrehen. Außerdem höre ich dort drüben bestimmt gleich wieder Leute.«

Diesmal überzeugte ihre eigene Stimme sie ein bißchen, und sie fühlte sich besser. Sie drehte sich um, stellte sich breitbeinig über die schwarze Mulde, in der sie gelegen hatte, und lehnte ihren Po an den bemoosten Baumstamm. Dort, genau voraus, war der Hauptweg. Todsicher.

Vielleicht. Und vielleicht sollte ich lieber hier warten. Auf Stimmen warten. Damit ich weiß, daß ich in die richtige Richtung unterwegs bin.

Aber sie konnte es nicht ertragen zu warten. Sie wollte auf den Wanderweg zurück und diese angsterfüllten zehn Minuten (oder vielleicht waren es schon fünfzehn) möglichst schnell hinter sich lassen. Deshalb nahm sie ihren Rucksack wieder über die Schultern – diesmal war kein zorniger, verstörter, aber im Grunde genommen doch netter großer Bruder da, um ihr die Tragriemen einzustellen – und brach wieder auf. Die Gnitzen und die winzigen Stechfliegen hatten sie jetzt gefunden und surrten so zahlreich um ihren Kopf, daß sie glaubte, in ihrem Blickfeld tanzten schwarze Punkte. Sie verscheuchte sie durch Wedeln mit der Hand, ohne sie zu erschlagen. Mücken erschlägt man, aber die kleinen wedelt man lieber bloß weg, hatte ihre Mom ihr erklärt ... vielleicht an dem gleichen Tag, an dem sie Trisha beigebracht hatte, wie Mädchen im Wald pinkeln. Quilla Andersen (nur hatte sie damals noch Quilla McFarland geheißen) hatte gesagt, das Erschlagen scheine Gnitzen und Stechfliegen eher noch *anzulocken* ... und es mache dem Schlagenden sein Unbehagen außerdem natürlich zunehmend bewußt. *Was Insekten im Wald betrifft*, hatte Mom gesagt, *ist es besser, wie ein Pferd zu denken. Stell dir vor, du hättest einen Schweif, um sie damit wegzuwedeln.*

Während Trisha an dem umgestürzten Baum stand und die lästigen Insekten wegwedelte, ohne sie zu erschlagen, faßte sie eine große Kiefer in ungefähr vierzig Metern Entfernung ins Auge ... vierzig Meter nördlich, wenn sie die Orientierung nicht bereits verloren hatte. Sie marschierte auf den Baum zu, und sobald sie ihn erreicht hatte und mit einer Hand auf dem harzigen Stamm der großen Kiefer dastand, sah sie sich nach dem umgestürzten Baumstamm um. Gerade Linie? Sie glaubte schon.

So ermutigt, visierte sie jetzt eine mit hellroten Beeren

besetzte Gruppe von Sträuchern an. Ihre Mutter hatte sie ihr auf einer der Waldwanderungen gezeigt, und als Trisha ihr erklärt hatte, das seien todgiftige Vogelbeeren – das wußte sie von Pepsi Robichaud –, hatte ihre Mutter lachend gesagt: *So, so. Die berühmte Pepsi ist also doch nicht allwissend. Irgendwie ist das eine Erleichterung. Das sind Scheinbeeren, Trish. Sie sind überhaupt nicht giftig. Sie schmecken wie Teaberry-Kaugummi, die Sorte im rosa Päckchen.* Ihre Mutter hatte sich eine Handvoll dieser Beeren in den Mund geworfen, und als sie nicht würgend und sich in Krämpfen windend zusammengebrochen war, hatte Trisha selbst ein paar Beeren gekostet. Sie fand, sie schmeckten wie Gummidrops, die grünen, von denen einem der Mund kribbelte.

Sie ging zu den Sträuchern hinüber, überlegte, ob sie ein paar Beeren pflücken sollte, nur um sich aufzuheitern, und tat es dann doch nicht. Sie war nicht hungrig und hatte sich noch nie weniger imstande gefühlt, sich selbst aufzuheitern. Sie atmete den aromatischen Duft der wächsernen grünen Blätter ein (ebenfalls gut eßbar, hatte Quilla gesagt, aber Trisha hatte sie nie versucht – sie war schließlich kein Waldmurmeltier), dann sah sie wieder zu der Kiefer hinüber. Sie vergewisserte sich, daß sie weiter in gerader Linie unterwegs war, und wählte einen dritten Markierungspunkt – diesmal einen gespaltenen Felsen, der an einen dieser Hüte in alten Schwarzweißfilmen erinnerte. Als nächstes kam eine Gruppe von Birken, und von den Birken aus ging sie langsam zu einem üppigen Farngestrüpp mitten auf einem Abhang weiter.

Sie konzentrierte sich so verbissen darauf, ihren jeweils nächsten Markierungspunkt im Blick zu behalten (Schluß mit dem ständigen Umdrehen, Herzchen), daß sie neben dem Farn stand, bevor ihr klar wurde, daß sie, ein echter Kalauer, den Wald vor lauter Bäumen nicht sah. Von Markierungspunkt zu Markierungspunkt zu gehen war schön und gut, und sie glaubte, es geschafft zu haben, eine gerade Linie einzuhalten ... aber was war, wenn die geradewegs in eine falsche Richtung führte? Vielleicht war die Richtung nur ein bißchen falsch, aber sie *mußte* von der Ideallinie abgewichen sein. Sonst hätte sie den Weg schon längst wieder erreicht. Also, sie war bestimmt ...

»Verflixt«, sagte sie und hörte dabei in ihrer Stimme ein komisches kleines Gicksen, das ihr nicht gefiel, »ich muß eine Meile gegangen sein. *Mindestens* eine Meile.«

Ringsum surrten Insekten. Gnitzen und Stechfliegen tanzten vor ihren Augen, die verhaßten Mücken schienen wie Hubschrauber um ihre Ohren zu schweben und gaben dabei ihr aufreizend an- und abschwellendes hohes Sirren von sich. Sie schlug nach einer, verfehlte sie und brachte nur ihr eigenes Ohr zum Klingen. Trotzdem mußte sie sich beherrschen, um nicht wieder nach einer Mücke zu schlagen. Fing sie damit an, würde sie zum Schluß wie eine Figur aus einem alten Zeichentrickfilm auf sich einprügeln.

Sie ließ ihren Rucksack von den Schultern gleiten, hockte sich davor, öffnete die Schnallen und schlug die Klappe zurück. Hier waren ihr blauer Plastikponcho und die Papiertüte mit ihrem Lunch, den sie selbst zusammengestellt hatte; hier waren ihr Gameboy und die Sonnenschutzlotion (nicht mehr nötig, weil die Sonne völlig verschwunden war und die letzten blauen Wolkenlöcher über ihr sich jetzt schlossen); hier waren ihre Wasserflasche und eine Flasche Surge und ihre Twinkies und ein Beutel Kartoffelchips. Aber kein Insektenspray. Das hätte sie sich denken können. Also trug Trisha statt dessen etwas Sonnenschutzlotion auf – vielleicht hielt das wenigstens die Gnitzen ab – und packte dann alles wieder in ihren Rucksack. Sie machte nur einen Augenblick Pause, um die Twinkies zu begutachten, dann warf sie die Packung zu dem übrigen Zeug. Normalerweise liebte sie Twinkies – wenn sie in Petes Alter kam, würde ihr Gesicht vermutlich ein einziger großer Pickel sein, falls sie nicht lernte, auf Süßes zu verzichten –, aber vorläufig war sie alles andere als hungrig.

Außerdem kommst du vielleicht nie in Petes Alter, sagte die beunruhigende innere Stimme. Wie konnte man bloß eine so kalte und beängstigende Stimme in sich haben? Eine solche Verräterin an der eigenen Sache? *Vielleicht kommst du nie aus diesem Wald heraus.*

»Halt die Klappe, halt die Klappe, *halt die Klappe*«, zischte sie und verschloß den Rucksack mit zitternden Fingern. Als sie damit fertig war, wollte sie aufstehen ... und hielt dann inne, während ein Knie weiter auf dem weichen Boden neben dem Farn ruhte, hob den Kopf, als wittere sie wie ein Rehkitz auf seinem ersten Ausflug, der es von der Seite der Mutter weggeführt hat. Aber Trisha witterte nicht; sie lauschte angestrengt und konzentrierte sich ganz auf diese eine Sinneswahrnehmung.

Zweige, die in der leichten Brise rauschten. Sirrende Mücken (blöde, fiese alte Dinger). Der Specht. Das weit entfernte Krächzen einer Krähe. Und an der äußersten Hörgrenze das leise Brummen eines Flugzeugs. Keine Stimmen vom Wanderweg. Keine einzige Stimme. Es war, als sei der Weg nach North Conway plötzlich verschwunden. Und während das Motorengeräusch des Flugzeugs ganz verhallte, gestand Trisha sich die Wahrheit ein.

Sie stand langsam auf. Ihre Beine fühlten sich schwer an, ihr Magen fühlte sich schwer an. Nur ihr Kopf fühlte sich merkwürdig leicht an: ein mit Gas gefüllter Ballon, der an ein Bleigewicht gefesselt war. Sie ertrank plötzlich in Einsamkeit, litt unter dem hellen und trotzdem bedrückenden Bewußtsein, ein Lebewesen zu sein, das von seinesgleichen verstoßen worden war. Sie war irgendwie ins Aus geraten, hatte das Spielfeld verlassen und befand sich jetzt an einem Ort, an dem die gewohnten Spielregeln nicht mehr galten. »He!« kreischte sie. »*He, irgend jemand, hört ihr mich? Hört ihr mich? He!*« Sie machte eine Pause und betete darum, daß eine Antwort kommen würde. Aber die Antwort kam nicht, und so sprach sie endlich das Schlimmste aus: »*Hilfe, ich hab' mich verlaufen! Hilfe, ich hab' mich verlaufen!*« Nun konnte sie die Tränen nicht mehr zurückhalten, konnte sich nicht länger weismachen, sie habe diese Situation unter Kontrolle. Ihre Stimme zitterte, war erst die schwankende Stimme eines kleinen Mädchens und wurde dann fast zum Schreien eines Babys, das vergessen in seinem Kinderwagen liegt. Und dieser Laut ängstigte sie mehr als alles andere bisher an diesem schrecklichen Morgen: Der einzige Menschenlaut im Wald war ihre weinerliche, kreischende Stimme, die um Hilfe rief, weil sie sich verlaufen hatte.

Dritter Durchgang

Sie schrie vielleicht eine Viertelstunde lang; manchmal legte sie die Hände um den Mund, um ihre Stimme in die Richtung zu lenken, in der sie den Weg vermutete, meistens jedoch stand sie einfach neben den Farnen und kreischte. Sie stieß einen letzten so gellend lauten Schrei aus – keine Worte, nur ein schriller Vogelschrei, aus dem Wut und Angst sprachen –, daß ihr die Kehle davon weh tat, dann setzte sie sich neben ihren Rucksack, schlug die Hände vors Gesicht und weinte. Sie schluchzte etwa fünf Minuten lang (genau ließ sich das unmöglich sagen, denn ihre Uhr lag zu Hause auf ihrem Nachttisch, ein weiterer geschickter Schachzug der Großen Trisha), und als sie aufhörte, fühlte sie sich etwas besser ... wenn nur die Insekten nicht gewesen wären. Die Insekten waren überall, krochen und sirrten und brummten, versuchten ihr Blut zu trinken und ihren Schweiß zu schlürfen. Die Insekten machten sie ganz verrückt. Trisha kam wieder auf die Beine, wedelte mit ihrer Red-Sox-Kappe durch die Luft, ermahnte sich, nicht nach ihnen zu schlagen, und wußte, daß sie welche erschlagen *würde* – und das schon bald, wenn sie ihr weiter so zusetzten. Sie würde sich nicht mehr anders helfen können.

Weitergehen oder bleiben, wo sie war? Sie wußte nicht, was am besten war; sie war jetzt zu verstört, um noch halbwegs vernünftig denken zu können. Ihre Füße nahmen ihr die Entscheidung ab, und Trisha setzte sich wieder in Bewegung, sah sich unterwegs ängstlich um und rieb sich ihre geschwollenen Augen mit einem Arm. Als sie ihren Arm erneut ans Gesicht hob, sah sie ein halbes Dutzend Mücken darauf sitzen und schlug blindlings zu. Sie erwischte drei. Zwei von ihnen waren zum Platzen voll gewesen. Der Anblick ihres eigenen Bluts machte ihr sonst nichts aus, aber dieses Mal bekam sie weiche Knie, sank auf den Nadelteppich unter einer Gruppe alter Kiefern und weinte noch etwas mehr. Sie hatte leichte Kopfschmerzen, und auch ihr Magen schien nicht ganz in Ordnung zu sein. *Aber gerade vorhin bin ich noch im Van gewesen*, dachte sie wieder und wieder. *Vorhin bin ich noch im Van gewesen, auf dem Rücksitz des Vans, habe zugehört, wie die beiden sich gestritten haben.* Und dann erinnerte sie sich an die zornige Stimme ihres Bruders, die durch den Wald gehallt hatte: *... weiß nicht, warum wir ausbaden müssen, was ihr beiden falsch gemacht habt!* Ihr fiel ein, dies könnten die letzten Worte gewesen sein, die sie je von Pete hören würde, und dieser Gedanke ließ ihr wirklich einen kalten Schauder über den Rücken laufen, wie der Anblick von irgend etwas Monströsem im Schatten der Bäume.

Diesmal versiegten ihre Tränen rascher, und sie hatte auch nicht so heftig geweint. Als sie auf die Beine kam (wobei sie mit der Mütze um ihren Kopf wedelte, fast ohne es zu merken), hatte sie sich wieder halbwegs gefaßt. Inzwischen würden sie bestimmt gemerkt haben, daß sie verschwunden war. Moms erster Gedanke würde sein, Trisha sei wegen ihrer Streiterei sauer gewesen und zum Wagen zurückgegangen. Sie würden nach ihr rufen, dann zurückgehen und die Leute, denen sie auf dem Wanderweg begegneten, fragen, ob sie ein Mädchen mit einer Red-Sox-Kappe gesehen hätten (*Sie ist neun, aber groß für ihr Alter und wirkt älter*, konnte Trisha ihre Mom sagen hören), und wenn sie den Parkplatz erreichten und sahen, daß sie nicht beim Auto war, würden sie anfangen, sich ernstlich Sorgen zu machen. Mom würde in tausend Ängsten schweben. Der Gedanke an ihre Besorgnis ließ Trisha sich schuldig fühlen, machte sie aber auch ängstlich. Es würde ziemlich viel Wirbel geben, vielleicht sogar ganz großen, an dem die Wildhüter und der Forest Service beteiligt waren, und das war alles ihre Schuld. Sie hatte den Weg verlassen.

Das überzog ihre bereits verstörten Gedanken mit einer neuen Schicht aus Furcht, und Trisha begann schneller zu gehen, weil sie hoffte, den Hauptweg wieder zu erreichen, bevor alle diese Telefongespräche geführt werden konnten, bevor sie sich in etwas verwandeln konnte, das ihre Mutter als *Öffentliches Schauspiel* bezeichnete. Sie marschierte weiter, ohne wie zuvor sorgfältig darauf zu achten, daß sie sich in gerader Linie bewegte, drehte mehr und mehr nach Westen ab, ohne es zu merken, bog vom Appalachian Trail und den meisten seiner Nebenpfade und Wanderwege ab, bog in eine Richtung ab, in der es praktisch nur noch Wälder der zweiten Generation voll dichtem Unterholz, felsigen Schluchten und immer schwierigerem Gelände gab. Unterwegs rief und horchte, horchte und rief sie abwechselnd. Sie wäre entsetzt gewesen, hätte sie gewußt, daß ihre Mutter und ihr Bruder sich weiter erbittert stritten und immer noch keine Ahnung davon hatten, daß Trisha verschwunden war.

Sie ging schneller und schneller, wedelte vor ihrem Gesicht tanzende Gnitzenschwärme beiseite und machte sich nicht mehr die Mühe, kleine Buschgruppen zu umgehen, sondern pflügte einfach mitten durch sie hindurch. Sie rief und horchte, rief und horchte, aber tatsächlich horchte sie nicht, nicht ernstlich, nicht mehr. Sie spürte die Mücken nicht, die in ihrem Nacken dicht unterhalb des Haaransatzes wie Säufer in der Happy Hour zusammengedrängt saßen und sich volllaufen ließen; sie spürte auch die winzigen Stechfliegen nicht, die zappelnd in den klebrigen Spuren noch nicht ganz getrockneter Tränen auf ihrem Gesicht festsaßen.

Daß sie in Panik verfiel, geschah nicht so plötzlich wie zuvor, als sie die Schlange berührt hatte, sondern auf unheimlich schleichende Weise. Es war ein Rückzug aus der Welt, ein Ignorieren von Sinneseindrücken. Sie ging schneller, ohne aufzupassen, wohin sie trat; rief um Hilfe, ohne ihre eigene Stimme zu hören; horchte mit Ohren, die vielleicht nicht einmal einen Antwortruf gehört hätten, der hinter dem nächsten Baum hervorgekommen wäre. Und als sie zu rennen begann, tat sie das, ohne es wahrzunehmen. *Ich muß Ruhe bewahren*, dachte sie, als ihre Füße das anfängliche Joggingtempo überschritten. *Gerade vorhin bin ich noch im Van gewesen*, dachte sie, als ihr Rennen sich in einen Spurt verwandelte. *Ich weiß nicht, warum wir ausbaden müssen, was ihr beiden falsch gemacht habt*, dachte sie, während sie – mit knapper Not – einem hervorstehenden Ast auswich, der auf eines ihrer Augen zu zielen schien. Statt dessen schrammte er über ihre linke Gesichtshälfte und hinterließ eine dünne Blutspur auf ihrer linken Wange.

Die Brise, die sie beim Laufen im Gesicht spürte, während sie mit einem prasselnden Geräusch, das aus weiter Ferne zu kommen schien, durch ein Dickicht brach (ohne die Dornen wahrzunehmen, die sich in ihrer Jeans festhakten und flache Kratzer in ihre Arme rissen), war kühl und seltsam erregend. Sie spurtete einen Hang hinauf, rannte jetzt mit voller Geschwindigkeit, so daß ihre Mütze verrutschte und ihr Haar hinter ihr herwehte – das Gummiband, das ihren Pferdeschwanz zusammengehalten hatte, hatte sie längst verloren –, sprang über kleine Bäume, die irgendein lange zurückliegender Sturm gefällt hatte, erreichte den Hügelgrat ... und sah plötzlich vor ihr ausgebreitet ein langgestrecktes blaugraues Tal liegen, auf dessen gegenüberliegender Seite, viele Meilen von ihr entfernt, steile Granitwände aufragten. Und direkt vor ihr war nichts als ein grauer Schimmer aus Frühsommerluft, durch die sie, sich wieder und wieder überschlagend und nach ihrer Mutter schreiend, in den Tod stürzen würde.

Ihr Verstand setzte wieder aus, war durch jenes weißglühende Röhren blanken Entsetzens gelähmt, aber ihr Körper erkannte, daß ein rechtzeitiges Anhalten vor dem Sturz über den Rand des Abgrunds unmöglich war. Sie konnte nur hoffen, daß ihr eine Richtungsänderung gelingen würde, bevor es zu spät war. Trisha schlug einen Haken nach links, bei dem sie mit dem rechten Fuß kurz ins Leere trat. Sie konnte hören, wie die von diesem Fuß losgetretenen Kiesel in einem kleinen Strom über die Wand aus Urgestein hinunterprasselten.

Trisha hetzte das schmale Band entlang, auf dem der

mit Nadeln bedeckte Waldboden in den kahlen Fels überging, der den oberen Rand der Steilwand markierte. Sie rannte weiter, während ihr auf eine wirre und verstörende Weise bewußt war, was ihr beinahe zugestoßen wäre, und sie erinnerte sich außerdem vage an einen Science-fiction-Film, in dem der Held einen rasenden Dinosaurier zu einer Steilwand gelockt hatte, über die das heranschnaubende Ungeheuer in den Tod gestürzt war.

Vor ihr war eine Esche so umgeknickt, daß die letzten fünf bis sechs Meter ihres Wipfels wie ein Schiffsbug über den Abgrund hinausragten. Trisha griff mit beiden Händen nach ihr und umarmte sie, drückte ihre zerkratzte, blutige Wange an den glatten Stamm, während jeder Atemzug mit jammerndem Stöhnen in sie hineinpfiff und mit angstvollem Schluchzen wieder ausgestoßen wurde. So blieb sie lange stehen: am ganzen Leib zitternd und den Baum umarmend. Schließlich öffnete sie ihre Augen. Ihr Kopf war nach rechts gedreht, und sie blickte in die Tiefe, bevor sie sich abwenden konnte.

An dieser Stelle fiel die Steilwand nur etwa fünfzehn Meter tief ab und ging dann in einen eiszeitlichen Schotterkegel über, aus dem kleine Klumpen hellgrüner Büsche sprossen. Dort lag auch ein wild aufgetürmter Haufen verfaulender Bäume und Äste – abgestorbenes Holz, das irgendein lange zurückliegender Sturm über die Felskante geblasen hatte. Vor Trishas innerem Auge entstand ein Bild, das in seiner grellen Klarheit entsetzlich war. Sie sah sich kreischend und im Fallen mit den Armen wedelnd auf diesen wirren Haufen aus Mikadostäbchen stürzen; sie sah, wie ein abgestorbener Ast ihren Unterkiefer durchbohrte, zwischen ihren Zähnen nach oben stieß, ihre Zunge einem roten Merkzettel gleich an ihren Gaumen heftete und zuletzt wie ein Speer in ihr Gehirn drang und sie tötete.

»*Nein!*« schrie sie, von diesem Phantasiebild angewidert und zugleich entsetzt über seine Plausibilität. Sie atmete tief durch.

»Mir fehlt nichts«, sagte sie leise und schnell. Die Kratzer von Dornenranken an ihren Armen und in ihrem Nacken pochten und brannten von ihrem Schweiß – diese kleinen Verletzungen nahm sie erst jetzt wahr. »Ich bin okay. Mir fehlt nichts. Yeah, Baby.« Sie ließ die Esche los, schwankte im Stehen und umklammerte sie erneut, als sie wieder von Panik erfaßt wurde. Ein irrationaler Teil ihres Ichs rechnete tatsächlich damit, der Boden unter ihren Füßen werde kippen und sie über die Felskante schleudern.

»Ich bin okay«, sagte sie, noch immer leise und schnell. Sie leckte sich die Oberlippe und schmeckte feuchtes Salz. »Ich bin okay, ich bin okay.« Das wiederholte sie wieder und wieder, aber trotzdem dauerte es noch drei Minuten, bis sie ihre Arme dazu überreden konnte, den von ihnen verzweifelt umklammerten Eschenstamm wieder loszulassen. Als ihr das endlich gelang, trat Trisha zurück, weg vom Abgrund. Sie rückte ihre Kappe zurecht (und drehte sie dabei unbewußt um, so daß der Schirm nach hinten zeigte) und blickte über das Tal hinaus. Sie sah den Himmel, an dem jetzt tiefe Regenwolken hingen, und sie sah etwa sechs Billionen Bäume, aber sie sah kein Anzeichen menschlichen Lebens – nicht einmal den Rauch eines einzigen Lagerfeuers.

»Trotzdem fehlt mir nichts – ich bin okay.« Sie trat

einen weiteren Schritt vom Abgrund zurück und stieß einen kleinen Schrei aus, als etwas

(*Schlangen, Schlangen*)

die Kniekehlen ihrer Jeans streifte. Natürlich waren das nur Büsche. Weitere Scheinbeerensträucher, die Wälder waren voll von ihnen, würg-würg. Und die Insekten hatten sie wiedergefunden. Sie waren dabei, erneut eine Wolke zu bilden: Hunderte von winzigen schwarzen Punkten, die vor ihren Augen tanzten, nur daß die Punkte diesmal größer waren und wie schwarze Rosenknospen aufzubrechen schienen. Trisha hatte gerade noch Zeit, sich zu sagen: *Ich werde ohnmächtig, so verliert man das Bewußtsein*, dann fiel sie rückwärts in die Sträucher und verdrehte die Augen, bis das Weiße sichtbar war, während die Insekten als schimmernde Wolke über ihrem schmalen, blassen Gesicht hingen. Wenige Augenblicke später setzten die ersten Stechmücken sich auf ihre Lider und hielten Ernte.

Vierter Durchgang,
erste Hälfte

Ihre Mutter stellte Möbel um – das war Trishas erster wacher Gedanke. Ihr zweiter war, Dad sei mit ihr zu Good Skates in Lynn gefahren und sie höre Kinder mit Inline-Skates auf der alten Bahn mit den erhöhten Kurven vorbeirasen. Dann klatschte ihr etwas Kaltes auf den Nasenrücken, und sie öffnete die Augen. Ein zweiter kalter Wassertropfen traf sie mitten auf die Stirn. Grelles Leuchten zuckte über den Himmel, ließ sie zusammenfahren und die Augen zusammenkneifen. Darauf folgte der zweite Donnerschlag, der Trisha so erschreckte, daß sie sich auf die Seite warf. Sie rollte sich instinktiv wie ein Fötus zusammen und stieß dabei einen krächzenden Schrei aus. Dann öffnete der Himmel seine Schleusen.

Trisha setzte sich auf, griff nach ihrer heruntergefallenen Baseballmütze und setzte sie wieder auf, ohne sich über ihr Tun im klaren zu sein, und japste nach Luft wie jemand, der mit voller Wucht in einen kalten See geworfen worden ist (und so fühlte es sich auch an). Sie rappelte sich auf. Als sie so dastand, der Regen von ihrer Nasenspitze tropfte und ihr Haar strähnig an ihren Wangen kleben ließ, sah sie auf dem Talboden unter sich eine hohe, halb abgestorbene Fichte plötzlich in Flammen aufgehen und in zwei brennenden Teilen umstürzen. Im nächsten Augenblick wurde die Regenwand so dicht, daß das Tal nur noch schemenhaft, wie von grauer Gaze eingehüllt zu sehen war.

Sie wich zurück und suchte wieder den Schutz des Waldes. Dort kniete sie sich hin, öffnete ihren Rucksack und holte ihren blauen Poncho heraus. Sie streifte ihn über (*lieber spät als nie*, hätte ihr Vater gesagt) und setzte sich auf einen umgestürzten Baum. Sie fühlte sich noch immer benommen, ihre Lider waren dick geschwollen und juckten erbärmlich. Die Bäume in ihrer Umgebung konnten den Regen nur teilweise abhalten; der Wolkenbruch war zu heftig. Trisha schlug die Kapuze ihres Ponchos hoch und hörte zu, wie die Tropfen darauf trommelten – wie Regen auf ein Autodach. Sie sah die allgegenwärtige Insektenwolke vor ihren Augen tanzen und wedelte sie kraftlos fort. *Nichts kann sie vertreiben, und sie sind immer hungrig, sie haben Blut aus meinen Lidern gesaugt, als ich ohnmächtig gewesen bin, und sie werden mich aussaugen, wenn ich tot bin*, dachte sie und begann wieder zu weinen. Diesmal leise und mutlos. Während sie so weinte, wedelte sie weiter die Insekten weg und zuckte bei jedem krachenden Donnerschlag zusammen.

Ohne Uhr und ohne Sonne gab es keine Zeit mehr. Trisha wußte nur, daß sie dort saß: eine kleine Gestalt in einem blauen Poncho, die zusammengekauert auf einem umgestürzten Baum hockte, bis der Donner nach Osten abzuziehen begann, wobei er sie an einen besiegten, aber noch immer trotzigen Rowdy erinnerte. Regen tropfte auf sie herab. Mücken sirrten; eine verfing sich zwischen ihrer Wange und der Innenseite ihrer

Kapuze. Sie drückte ihren Daumen von außen gegen die Kapuze, und das Sirren verstummte schlagartig.

»So«, sagte sie deprimiert. »Du ärgerst mich nicht mehr, du bist Mus.« Als sie aufstehen wollte, knurrte ihr Magen. Zuvor hatte sie keinen Hunger gehabt, aber jetzt hatte sie welchen. Der Gedanke, daß sie jetzt lange genug herumirrte, um hungrig zu werden, war auf spezielle Weise schlimm. Sie fragte sich, wie viele schlimme Dinge sie noch erwarten mochten, und war froh, daß sie es nicht wußte, daß sie nicht in die Zukunft sehen konnte. *Vielleicht keine*, sagte sie sich. *He, Kopf hoch, Mädchen – vielleicht liegt alles Schlimme schon hinter dir.*

Trisha zog ihren Poncho aus. Bevor sie den Rucksack öffnete, sah sie wehmütig an sich herab. Sie war von Kopf bis Fuß durchnäßt und mit Kiefernnadeln bedeckt, weil sie ohnmächtig am Boden gelegen hatte – ihr allererster Ohnmachtsanfall. Das würde sie Pepsi erzählen müssen, immer vorausgesetzt, daß sie Pepsi jemals wiedersah.

»Fang bloß nicht damit an«, sagte sie sich und öffnete die Verschlüsse der Rucksackklappe. Sie nahm das Zeug heraus, das sie zu essen und trinken mitgebracht hatte, und legte die Sachen ordentlich aufgereiht vor sich hin. Beim Anblick der Papiertüte mit ihrem Lunch knurrte ihr Magen noch wütender als zuvor. Wie spät *war* es? Irgendeine mit ihrem Stoffwechsel gekoppelte innere Uhr sagte ihr, es müsse gegen drei Uhr nachmittags sein: acht Stunden, seit sie am Frühstückstisch gesessen und Cornflakes in sich hineingelöffelt hatte, fünf Stunden, seit sie diese endlose idiotische Abkürzung genommen hatte. Drei Uhr. Vielleicht sogar vier. Ihre Lunchtüte enthielt ein hartgekochtes Ei, noch in der Schale, ein Thunfischsandwich und einige Stangen Sellerie. Außerdem hatte sie die Tüte Kartoffelchips (klein), die Flasche Wasser (ziemlich groß), die Flasche Surge (die große mit zwanzig Unzen, sie liebte Surge) und die Twinkies.

Beim Anblick der Flasche Limetten-Zitronen-Limonade fühlte Trisha sich plötzlich mehr durstig als hungrig ... und verrückt nach Zucker. Sie drehte die Verschlußkappe auf, setzte die Flasche an ihren Mund und hielt dann inne. Es wäre nicht clever, die Hälfte davon in sich hineingluckern zu lassen, dachte sie, selbst wenn sie noch so durstig war. Vielleicht war sie noch einige Zeit hier draußen unterwegs. Ein Teil ihres Verstands stöhnte auf und versuchte, von dieser Idee abzurücken, sie einfach für lächerlich zu erklären, aber Trisha konnte es sich nicht leisten, das zuzulassen. Wenn sie aus dem Wald heraus war, konnte sie wieder wie ein Kind denken, aber bis dahin mußte sie möglichst wie eine Erwachsene denken.

Du hast gesehen, was dort draußen liegt, dachte sie, *ein weites Tal mit nichts als Bäumen. Keine Straßen, kein Rauch. Du mußt dich klug verhalten. Du mußt mit deinen Vorräten sparsam umgehen. Das würde Mom dir auch sagen – und Dad ebenfalls.*

Sie genehmigte sich drei große Schlucke Limonade, setzte die Flasche ab, rülpste und nahm zwei weitere hastige Schlucke. Dann schraubte sie die Flasche fest zu und dachte über ihre restlichen Vorräte nach.

Sie entschied sich für das Ei. Sie schälte es und achtete sorgfältig darauf, die Schalenstücke wieder in den kleinen Plastikbeutel zu werfen, in dem das Ei gewesen war (weder jetzt noch später kam sie auf die Idee, liegengelassener Abfall – irgendein Zeichen, daß sie dort gewesen war – könnte ihr vielleicht das Leben retten), und streute eine Prise Salz darauf. Dabei mußte sie wieder kurz schluchzen, weil sie sich gestern abend in Sanford in der Küche stehen sah, wie sie Salz auf ein Stück Wachspapier kippte und die Enden dann so zudrehte, wie ihre Mutter es ihr gezeigt hatte. Sie konnte die Schatten ihres Kopfs und ihrer Hände sehen, die von der Deckenleuchte auf die Resopalplatte geworfen wurden; sie konnte den Ton der Fernsehnachrichten aus dem Wohnzimmer hören; sie konnte ein Knarren hören, als ihr Bruder oben durch sein Zimmer ging. Diese Erinnerung besaß eine Klarheit, die sie fast in den Rang einer Vision erhob. Sie fühlte sich wie eine Ertrinkende, die sich daran erinnert, wie es war, noch im Boot zu sein: so ruhig und gelassen, so sorglos sicher.

Sie war jedoch neun, schon fast zehn, und groß für ihr Alter. Ihr Hunger war stärker als diese Erinnerung oder ihre Angst. Sie bestreute das Ei mit Salz und aß es rasch auf, während sie noch immer schniefte. Es war köstlich. Sie hätte leicht ein weiteres, vielleicht sogar zwei essen können. Mom nannte Eier »Cholesterinbomben«, aber ihre Mom war nicht hier. Und Cholesterin schien nicht besonders wichtig zu sein, wenn man sich im Wald verirrt hatte, über und über zerkratzt war und von Mückenstichen so geschwollene Lider hatte, daß sie mit irgend etwas beschwert zu sein schienen (vielleicht mit an den Wimpern klebendem Mehlkleister).

Trisha begutachtete die Twinkies, dann riß sie die Packung auf und aß eines davon. »*SEX*-sa-tionell«, sagte sie – eines von Pepsis allergrößten Komplimenten. Sie spülte alles mit einem Schluck Wasser hinunter. Bevor eine Hand dann zur Verräterin werden und ihr noch etwas in den Mund stopfen konnte, packte sie das restliche Essen wieder in die Lunchtüte (die sich nun ein gutes Stück weiter zusammenrollen ließ), kontrollierte den Verschluß ihrer noch dreiviertelvollen Flasche Surge und verstaute alles wieder im Rucksack. Dabei berührten ihre Finger eine Ausbuchtung in der Seitenwand des Rucksacks, und sie fühlte, wie freudige Erregung – teilweise vielleicht auch durch die Kalorienzufuhr ausgelöst – sie durchzuckte.

Ihr Walkman! Sie hatte ihren Walkman dabei! Yeah, Baby! Sie zog den Reißverschluß der Innentasche auf und hob ihn so ehrfürchtig heraus, wie ein Priester beim Abendmahl die Hostie emporhebt. Das Kopfhörerkabel war sorgfältig um das Gehäuse des Walkmans gewickelt, und die winzigen Ohrhörer steckten in den Halterungen an den Seiten des schwarzen Plastikgehäuses. Die Kassette mit dem Song, den Pepsi und sie gerade am liebsten mochten (*Tubthumper* von Chumbawamba) war eingelegt, aber im Augenblick machte Trisha sich nichts aus Musik. Sie setzte den Kopfhörer auf, drückte die Ohrhörer fest, kippte den Schalter von TAPE auf RADIO um und schaltete den Walkman ein.

Zuerst war nur ein leises atmosphärisches Rauschen zu hören, weil sie WMGX, eine Station in Portland, eingestellt hatte. Aber etwas weiter unten auf der UKW-Skala fand sie WOXO in Norway, und als sie in Gegenrichtung suchte, hörte sie WCAS, eine kleine Station in Castle Rock, durch das sie auf ihrer Fahrt zum Appalachian Trail gekommen waren. Sie glaubte fast, die spöttische Stimme ihres Bruders zu hören, als er mit seinem neuentdeckten Teenagersarkasmus etwas Ähnliches sagte wie: »*WCAS! Heute Hicksville, morgen die*

Welt!« Und dies *war* eine Hicksville-Station, kein Zweifel. Näselnde Countrysänger wie Mark Chestnutt und Trace Adkins wechselten sich mit einer Ansagerin ab, die Anrufe von Hörern entgegennahm, die Waschmaschinen, Trockner, Buicks und Jagdgewehre verkaufen wollten. Aber immerhin waren das Kontakte mit Menschen, Stimmen in der Wildnis, und Trisha saß auf dem umgestürzten Baum, hörte wie gebannt zu und wedelte die ständige Insektenwolke geistesabwesend mit ihrer Mütze weg. Bei der ersten Zeitansage, die sie hörte, war es 15.09 Uhr.

Um halb vier unterbrach die Ansagerin die Kommunalbörse lange genug, um die Lokalnachrichten vorzulesen. Bürger von Castle Rock machten gegen eine Bar mobil, in der jetzt an Freitag- und Samstagabenden Oben-ohne-Tänzerinnen auftraten, in einem hiesigen Pflegeheim war ein Brand ausgebrochen (zum Glück war niemand verletzt), und der Castle Rock Speedway sollte am Unabhängigkeitstag mit völlig neuen Tribünen und einem Galafeuerwerk wiedereröffnet werden. Nachmittags regnerisch, nachts aufklarend, morgen sonnig mit Temperaturen bis zu dreißig Grad. Das war alles. Kein vermißtes kleines Mädchen. Trisha wußte nicht, ob sie nun besorgt oder erleichtert sein sollte.

Sie streckte ihre Hand aus und wollte das Gerät abschalten, um die Batterien zu schonen, zögerte aber noch, als die Ansagerin hinzufügte: »Vergessen Sie nicht, daß die Boston Red Sox es heute abend um sieben mit den garstigen New York Yankees aufnehmen; Sie können das gesamte Spiel verfolgen, hier auf WCAS, wo wir unsere Sox anhaben. Und jetzt zurück zu ...«

Und jetzt zurück zu dem beschissensten Tag, den ein

kleines Mädchen je erlebt hat, dachte Trisha, während sie das Radio ausschaltete und das Kopfhörerkabel wieder um das schlanke Plastikgehäuse wickelte. Die Wahrheit war jedoch, daß sie sich erstmals, seit die widerwärtige Elritze zwischen ihrer Brust und ihrem Bauch herumzuschwimmen begonnen hatte, beinahe wieder wohl fühlte. Daß sie etwas gegessen hatte, mochte dazu beigetragen haben, aber sie vermutete, das Radio hatte mehr damit zu tun gehabt. Stimmen, richtige Menschenstimmen, die noch dazu so nah klangen.

Auf ihren Oberschenkeln saßen Scharen von Mükken, die durch den Stoff ihrer Jeans zu stechen versuchten. Gott sei Dank trug sie keine Shorts. Mit denen wäre sie längst Hackfleisch gewesen.

Sie klatschte die Stechmücken weg, dann stand sie auf. Was nun? Wußte sie irgend etwas darüber, wie man sich verhielt, wenn man sich im Wald verlaufen hatte? Nun, daß die Sonne im Osten aufging und im Westen unterging; das war ungefähr alles. Irgendwo hatte sie einmal gehört, Moos wachse auf der Nord- oder Südseite von Bäumen, aber sie wußte nicht mehr, welche von beiden es gewesen war. Vielleicht war es am besten, einfach hierzubleiben, zu versuchen, sich eine Art Unterschlupf zu bauen (mehr als Schutz vor Insekten als vor dem Regen, denn jetzt waren schon wieder Mücken unter die Kapuze ihres Ponchos geraten und machten sie verrückt) und einfach zu warten, bis jemand kam. Hätte sie Zündhölzer gehabt, hätte sie vielleicht Feuer machen können – bei Regen bestand keine Waldbrandgefahr –, und irgend jemand hätte den Rauch sehen können. Klar, wenn Schweine Flügel hätten, könnten Schinken fliegen. Das sagte ihr Vater.

»Augenblick«, sagte sie. »Augenblick!«

Irgendwas mit Wasser. Wie man mit Hilfe von Wasser aus einem Wald herausfand. Aber wie...?

Dann fiel es ihr ein, und sie fühlte einen weiteren Schub freudiger Erregung. Er war so stark, daß ihr fast schwindlig wurde; sie schwankte im Stehen tatsächlich leicht hin und her, als würde sie sich zu Musik bewegen.

Man suchte sich einen Bach. Das hatte sie nicht von ihrer Mutter gehört, sondern vor langer Zeit in einem der »Unsere kleine Farm«-Bücher gelesen, vielleicht ganz früher, als sie erst sieben gewesen war. Man suchte sich einen Bach und folgte ihm, und irgendwann führte er einen aus dem Wald oder zu einem größeren Bach. War es ein größerer Bach, folgte man ihm, bis er einen aus dem Wald oder zu einem noch größeren Bach führte. Aber strömendes Wasser mußte einen letztlich hinausführen, weil es immer ins Meer floß, wo es keinen Wald mehr gab, nur Strand und Felsen und gelegentlich einen Leuchtturm. Und wie würde sie strömendes Wasser finden? Nun, sie würde natürlich der Felswand folgen. Der Steilwand, über deren Rand sie in ihrer Dämlichkeit fast gestürzt wäre. Die Wand würde sie in eine immer gleiche Richtung führen, und früher oder später würde sie einen Bach finden. Die Wälder waren voll davon, wie es so passend hieß.

Sie nahm ihren Rucksack wieder auf den Rücken (diesmal über den Poncho) und kehrte vorsichtig zu der Felswand und der umgestürzten Esche zurück. Auf ihren panischen Sturmlauf durch den Wald blickte sie jetzt mit jener Mischung aus Nachsicht und Verlegenheit zurück, die Erwachsene oft empfinden, wenn sie an ihr schlimmstes Benehmen in ihrer Kindheit zurückdenken, aber sie stellte fest, daß sie selbst jetzt nicht sehr nahe an den Rand herantreten konnte. Davon würde ihr schwindlig werden. Sie konnte erneut ohnmächtig werden ... oder sich übergeben müssen. Etwas von ihrem Essen wieder herauszuwürgen, wo sie doch so jämmerlich wenig hatte, war keine gute Idee.

Trisha wandte sich nach links und ging durch den Wald weiter, wobei sie darauf achtete, daß die Steilwand zum Tal hin sechs bis sieben Meter rechts neben ihr lag. Gelegentlich zwang sie sich dazu, näher heranzutreten, um sich zu vergewissern, daß sie nicht zu weit abgewichen war – daß die Steilwand mit ihrer weiten Aussicht noch da war. Sie horchte auf Stimmen, aber ohne große Hoffnung, denn der Appalachian Trail konnte jetzt überall liegen, und zufällig auf ihn zu stoßen wäre reines und unverdientes Glück gewesen. Worauf sie jetzt horchte, war strömendes Wasser, und endlich hörte sie es auch.

Nützt mir nichts, wenn es in einem Wasserfall über diese blöde Felswand stürzt, dachte sie und entschloß sich, nahe genug an die Kante heranzugehen, um die Höhe der Felswand zu begutachten, bevor sie den Bach erreichte. Und sei es nur, um vor einer Enttäuschung sicher zu sein.

Die Bäume wichen hier etwas zurück, und die Fläche zwischen Waldrand und Steilkante war mit niedrigen Beerensträuchern gesprenkelt. In vier bis fünf Wochen würden sie reichlich Heidelbeeren tragen. Vorläufig waren die Beeren jedoch erst winzige Knospen, grün und ungenießbar. Immerhin hatte es Scheinbeeren gegeben; sie hatten jetzt Saison, und es war vielleicht eine gute Idee, das im Kopf zu behalten. Für alle Fälle.

Die Fläche zwischen den Heidelbeersträuchern war

mit losem Schotter bedeckt. Das Geräusch, das ihre Turnschuhe darauf machten, erinnerte Trisha an zerbrochenes Geschirr. Sie ging immer langsamer über diesen Schotter, und als sie ungefähr noch drei Meter von der Kante der Steilwand entfernt war, ließ sie sich auf alle viere nieder und kroch weiter. *Mir kann nichts passieren, mir kann überhaupt nichts passieren, weil ich weiß, wo der Rand ist, gar kein Grund zur Sorge*, aber ihr Herz hämmerte trotzdem in ihrer Brust. Und als sie endlich die Kante erreichte, stieß sie ein verwirrtes kleines Lachen aus, weil die Steilwand praktisch nicht mehr da war.

Der Blick übers Tal war noch immer weit und umfassend, aber das würde er nicht mehr lange sein, weil das Gelände hier kontinuierlich abfiel – Trisha hatte so eifrig gehorcht und so angestrengt nachgedacht (vor allem darüber, daß sie die Nerven behalten mußte, nicht wieder durchdrehen durfte), daß sie es nicht einmal gemerkt hatte. Sie arbeitete sich weiter vor, ließ die letzten kleinen Sträucher hinter sich und konnte dann über den Rand sehen.

Die Wand war hier nur etwa sechs bis sieben Meter hoch und fiel nicht mehr senkrecht ab – die Felswand hatte sich in einen mit Schotter bedeckten Steilhang verwandelt. Unten waren verkümmerte Bäume, weitere Heidelbeersträucher ohne Beeren und Dornengestrüpp zu sehen. Und überall dazwischen ragten aus der Eiszeit zurückgebliebene Schotterkegel auf. Der Wolkenbruch war versiegt, der Donner war bis auf ein gelegentliches mißgelauntes Grollen in der Ferne verstummt, aber es nieselte weiter, und die nassen Schotterkegel sahen unangenehm glitschig aus – wie aufgehäufter Abraum aus einem Bergwerk.

Trisha kroch ein Stück rückwärts, stand auf und arbeitete sich dann durch die Beerensträucher weiter auf das Rauschen des strömenden Wassers zu. Sie wurde langsam müde, und ihre Beine schmerzten, aber insgesamt glaubte sie, in guter Verfassung zu sein. Natürlich hatte sie Angst, aber nicht mehr so schlimm wie zuvor. Man würde sie finden. Wenn Leute sich im Wald verirrten, wurden sie immer gefunden. Man schickte Flugzeuge und Hubschrauber und Männer mit Spürhunden los, und sie alle suchten, bis der oder die Vermißte aufgespürt war.

Oder vielleicht kann ich mich sozusagen selbst retten. Ich finde irgendwo im Wald ein Blockhaus, schlage ein Fenster ein, falls die Tür abgeschlossen und niemand zu Hause ist, benutze das Telefon...

Trisha konnte sich im Blockhaus irgendeines Jägers sehen, das seit dem letzten Herbst nicht mehr benutzt worden war; sie konnte mit ausgebleichten wollenen Überwürfen bedeckte schwere Blockhausmöbel und ein Bärenfell auf den Bodendielen sehen. Sie konnte Staub und alte Holzasche riechen; dieser Wachtraum war so lebhaft, daß sie sogar einen Hauch von uraltem Kaffeearoma roch. Das Blockhaus war unbewohnt, aber das Telefon funktionierte. Es war einer dieser altmodischen Apparate, dessen Hörer so schwer war, daß sie ihn in beiden Händen halten mußte, aber er funktionierte, und sie konnte sich sagen hören: »Hallo, Mom? Hier ist Trisha. Ich weiß nicht genau, wo ich bin, aber mir geht's g...«

Das imaginäre Blockhaus und der imaginäre Anruf fesselten sie so sehr, daß sie beinahe in den kleinen Bach gefallen wäre, der hier aus dem Wald trat und in Kaskaden über den Schotterhang zu Tal strömte.

Trisha hielt sich an den Zweigen einer Esche fest, blickte aufs Wasser hinab und lächelte dabei tatsächlich ein wenig. Dies war ein beschissener Tag gewesen, kein Zweifel, *très* beschissen, aber jetzt schien das Glück ihr endlich wieder zuzulächeln, und das war ein lautes Hurra wert. Sie trat an den Rand des Abbruchs. Der Bach ergoß sich schäumend in die Tiefe und traf manchmal auf einen größeren Felsblock, so daß Wasserschleier entstanden, die an einem sonnigen Nachmittag in allen Regenbogenfarben geschillert hätten. Der Hang auf beiden Bachufern sah rutschig und unzuverlässig aus – lauter nasses Geröll. Andererseits war er auch mit einzelnen Büschen bewachsen. Falls sie zu rutschen begann, würde sie nach dem nächsten greifen, wie sie sich vorhin am Bachufer an den Zweigen der Esche festgehalten hatte.

»Wasser führt zu Menschen«, sagte sie und machte sich an den Abstieg.

Zur Seite gedreht und in kleinen Sprüngen stieg sie auf dem rechten Bachufer ab. Anfangs ging das gut, obwohl der Hang steiler war, als er von oben ausgesehen hatte, und das lose Geröll bei jeder Bewegung unter ihren Turnschuhen nachgab. Ihr Rucksack, den sie bis dahin kaum gespürt hatte, kam ihr allmählich wie ein schweres, schwankendes Baby in einer dieser Rückentragen vor; sie mußte bei jeder Bewegung mit den Armen rudern, um ihr Gleichgewicht zu halten. Aber das klappte, was nur gut war, denn als sie auf halber Höhe eine Pause einlegte, versank ihr rechter Fuß, der ihr ganzes Gewicht trug, in dem losen Geröll unter ihr, und sie erkannte, daß sie nicht wieder würde hinaufklettern können. So oder so blieb ihr nur die Talsohle als Ziel.

Sie stieg weiter ab. Schon nach wenigen Schritten flog ihr ein Insekt – ein großes, keine Gnitze oder Stechfliege – ins Gesicht. Es war eine Wespe, und Trisha schlug sie mit einem Aufschrei weg. Ihr Rucksack schlenkerte abrupt zur Talseite hinüber, ihr rechter Fuß rutschte weg, und sie verlor jäh das Gleichgewicht. Sie stürzte zu Boden, prallte mit ihrer Schulter ins Geröll, so daß ihre Zähne aufeinanderschlugen, und begann abzurutschen.

»*Oh, Scheiße auf Toast!*« schrie sie und griff haltsuchend um sich. Aber sie bekam nur loses Geröll zu fassen, das mit ihr abrutschte, und spürte einen scharf stechenden Schmerz, als ein gezackter Quarzbrocken ihre Handfläche verletzte. Sie faßte nach einem Busch, der sich aber mitsamt seinen dummen flachen Wurzeln herausreißen ließ. Ihr Fuß prallte gegen etwas, ihr rechtes Bein wurde schmerzhaft abgeknickt, dann flog sie auf einmal durch die Luft, und die Welt drehte sich, als sie einen unbeabsichtigten Purzelbaum schlug.

Trisha kam auf dem Rücken auf, rutschte weiter, die Beine gespreizt und mit den Armen rudernd, und kreischte dabei vor Schmerzen, Schreck und Überraschung. Ihr Poncho und ihr Trikot rutschten ihr den Rücken bis zu den Schulterblättern hinauf; scharfkantiges Gestein riß ihr die Haut auf. Sie versuchte, mit den Füßen zu bremsen. Der linke Fuß prallte gegen einen Felsbrocken, der aus dem Geröll ragte, und drehte ihren Körper nach rechts. Dadurch überschlug sie sich – landete erst auf dem Bauch, dann auf dem Rücken, zuletzt wieder auf dem Bauch, während ihr Rucksack sich in ihren Körper drückte und dann bei jeder Drehung schmerzhaft nach oben gezogen wurde. Der Himmel war unten, das verhaßte Geröll des Steilhangs war oben, dann tauschten die beiden ihre Plätze – fast so wie beim Rock'n'Roll.

Die letzten zehn Meter legte Trisha auf ihrer linken Seite mit ausgestrecktem linken Arm und dem in die linke Armbeuge vergrabenen Gesicht zurück. Sie rammte etwas so heftig, daß sie sich auf dieser Seite eine Rippenprellung zuzog ... und dann, bevor sie auch nur aus ihrer Armbeuge aufsehen konnte, spürte sie einen sehr schmerzhaften Stich unmittelbar über ihrem linken Wangenknochen. Trisha schrie auf, kam auf die Knie und schlug danach. Sie zerquetschte etwas – natürlich eine weitere Wespe, was sonst –, noch während die Wespe erneut zustach, noch während sie die Augen öffnete und sie überall um sich herumschwirren sah: gelbbraune Insekten, die hecklastig wirkten, häßliche, plumpe Giftfabriken.

Sie war gegen einen abgestorbenen Baum geprallt, der am Fuß des Steilhangs etwa zehn Meter von dem rauschenden Bächlein entfernt stand. In der untersten Astgabel des toten Baums, genau in Augenhöhe eines kleinen Mädchens, das erst neun, aber für sein Alter groß war, hing ein graues Wespennest. Aufgeregte Wespen krochen darauf herum; weitere kamen aus dem oberen Schlupfloch herausgeflogen. Trisha spürte einen heiß brennenden Stich rechts im Nacken, knapp unterhalb ihrer Schirmmütze. Ein weiterer Stich setzte ihren rechten Arm oberhalb des Ellbogens in Flammen. Sie schrie in völliger Panik auf und flüchtete blindlings. Etwas stach sie in den Nacken; etwas stach sie über dem Bund ihrer Jeans ins Kreuz, wo ihr Trikot noch hochgerutscht war und der blaue Plastikponcho in Fetzen herunterhing.

Sie rannte ohne Überlegung, Plan oder Absicht in

Richtung Bach; das tat sie nur, weil das Gelände dort verhältnismäßig frei war. Sie kurvte um die Buschgruppen herum, und als das Unterholz dichter wurde, brach sie mit Gewalt hindurch. Am Bachufer machte sie halt, rang keuchend nach Luft und sah sich tränenüberströmt (und ängstlich) um. Die Wespen waren fort, aber sie hatten reichlich Schaden angerichtet, bevor Trisha es geschafft hatte, sie abzuhängen. Ihr linkes Auge, in dessen Nähe sie den ersten Wespenstich abbekommen hatte, war fast zugeschwollen.

Wenn ich empfindlich darauf reagiere, sterbe ich, dachte sie, aber nach ihrer Panik war ihr das egal. Sie setzte sich an den kleinen Bach, der ihr das alles eingebrockt hatte, und schluchzte und schniefte. Als sie glaubte, ihre Beherrschung halbwegs zurückgewonnen zu haben, setzte sie ihren Rucksack ab. Schmerzhafte krampfartige Schauder durchliefen sie; jeder einzelne davon spannte ihren Körper wie eine Feder und zog rotglühende Schmerzpfeile aus den Stellen, an denen sie gestochen worden war. Trisha schlang beide Arme um ihren Rucksack, wiegte ihn wie eine Puppe und schluchzte lauter. Der Rucksack in ihren Armen erinnerte sie an Mona, die auf dem Rücksitz des Vans lag – die gute alte Moanie Balogna mit ihren großen blauen Kulleraugen. Als ihre Eltern an Scheidung gedacht hatten und sich dann wirklich scheiden ließen, hatte Trisha das Gefühl gehabt, nur bei Mona Trost finden zu können; es gab Zeiten, in denen nicht einmal Pepsi sie verstand. Jetzt kam ihr die Scheidung ihrer Eltern jedoch ziemlich unwichtig vor. Es gab größere Probleme als Erwachsene, die sich nicht vertragen konnten, zum Beispiel gab es Wespen, und Trisha dachte, daß sie alles dafür geben würde, Mona wiedersehen zu können.

Wenigstens würde sie wegen der Stiche nicht draufgehen, sonst läge sie bestimmt schon im Sterben. Sie hatte mitgehört, wie ihre Mom und Mrs. Thomas von gegenüber über jemanden geredet hatten, der gegen Insektenstiche allergisch war, und Mrs. Thomas hatte gesagt: »Zehn Sekunden nachdem sie ihn erwischt hatte, war der arme olle Frank angeschwoll'n wie 'n Ballon. Hätt' er seinen kleinen Kasten mit der Einmalspritze nich' bei sich gehabt, wär' er glatt erstickt, glaub' ich.«

Trisha hatte nicht das Gefühl, ersticken zu müssen, aber die Stiche pochten gräßlich, und alle waren »angeschwoll'n wie 'n Ballon«, das stimmte. Der eine unter ihrem Auge hatte einen heißen kleinen Vulkan aus Gewebe entstehen lassen, den sie sogar sehen konnte, und als sie ihn vorsichtig mit einem Finger berührte, durchzuckte ein Schmerzblitz ihren Kopf, so daß sie einen jämmerlichen Schrei ausstieß. Obwohl sie eigentlich nicht mehr richtig weinte, tränte dieses Auge trotzdem heftig weiter.

Trisha tastete ihren Körper mit langsamen und bedächtigen Handbewegungen ab. Sie lokalisierte mindestens ein halbes Dutzend Stiche (unmittelbar über der linken Hüfte schien sie zwei oder sogar drei abbekommen zu haben – das war die schmerzhafteste Stelle von allen). Ihr Rücken fühlte sich völlig zerschrammt an, und ihr linker Arm, der in der Endphase ihrer Rutschpartie das meiste hatte aushalten müssen, war vom Handgelenk bis zum Ellbogen mit blutenden Kratzern bedeckt. Auch die Gesichtshälfte, die der Aststumpf getroffen hatte, blutete wieder.

Nicht fair, dachte sie. *Nicht f...*

Dann hatte sie einen schrecklichen Gedanken ... nur

war es kein Gedanke, sondern eine Gewißheit. Ihr Walkman war zertrümmert, steckte in eine Million Teilchen zerlegt in seiner kleinen Seitentasche. Das mußte so sein. Diese Rutschpartie konnte er unmöglich heil überstanden haben.

Trisha hantierte mit blutbefleckten zitternden Fingern an den Verschlüssen ihres Rucksacks herum und bekam endlich die Klappe auf. Sie zog als erstes ihren Gameboy heraus, und der *war* allerdings zertrümmert; von dem Bildschirm, über den die kleinen elektronischen Symbole getanzt waren, waren nur noch einige gelbliche Glassplitter übrig. Außerdem war ihr Beutel Kartoffelchips aufgeplatzt und das gesprungene weiße Gehäuse des Gameboys mit fettigen Krümeln paniert.

Beide Plastikflaschen, die mit Wasser und die Flasche Surge, waren eingedellt, aber wenigstens noch ganz. Ihre Lunchtüte war zu etwas zusammengedrückt, das an ein überfahrenes Tier auf der Straße erinnerte (und ebenfalls mit Kartoffelchips paniert), aber Trisha machte sich nicht einmal die Mühe, einen Blick hineinzuwerfen. *Mein Walkman*, dachte sie, ohne zu merken, daß sie schluchzte, während sie den Reißverschluß der Innentasche aufzog. *Mein armer, armer Walkman.* Nun sogar von den Stimmen der menschlichen Welt abgeschnitten zu sein erschien ihr mehr, als sie zusätzlich zu allem anderen würde ertragen können.

Trisha griff in die Innentasche und zog ein Wunder heraus: den intakten Walkman. Das Kopfhörerkabel, das sie säuberlich um das kleine Gerät gewickelt hatte, hatte sich gelöst und war etwas durcheinandergeraten, aber das war alles. Sie hielt den Walkman in der Hand und starrte ungläubig den neben ihr im Gras liegenden

Gameboy an. Wie konnte der eine heil und der andere so stark beschädigt sein? Wie war das möglich?

Es ist nicht möglich, teilte die kalte, verhaßte Stimme in ihrem Kopf ihr mit. *Er sieht unbeschädigt aus, aber innendrin ist er kaputt.*

Trisha entwirrte das Kabel, steckte die Ohrhörer ein und legte ihren Finger auf den Einschaltknopf. Sie hatte die Wespenstiche, die quälenden Insekten, ihre Schnitt- und Schürfwunden vergessen. Jetzt schloß sie ihre geschwollenen, schweren Lider, um etwas Dunkelheit zu erzeugen. »Bitte, lieber Gott«, sagte sie ins Dunkel hinein, »laß meinen Walkman heil sein.« Dann drückte sie auf den Einschaltknopf.

»Diese Meldung ist eben reingekommen«, sagte die Ansagerin so deutlich, als sende sie mitten aus Trishas Kopf. »Eine Frau aus Sanford, die mit ihren beiden Kindern auf dem in Castle County liegenden Teilstück des Appalachian Trail gewandert ist, hat ihre Tochter, die neunjährige Patricia McFarland, als vermißt gemeldet. Die Kleine scheint sich in den Wäldern westlich der Ansiedlung TR-90 und der Stadt Motton verirrt zu haben.«

Trisha riß ihre Augen auf, und sie hörte noch zehn Minuten lang gespannt zu, als WCAS – wie jemand mit unheilbar schlechten Angewohnheiten – schon längst wieder zu Countrymusik und NASCAR-Reportagen zurückgekehrt war. Sie hatte sich im Wald verirrt. Das war nun amtlich. Bald würden sie in Aktion treten, wer immer sie waren – die Leute, vermutete sie, die dafür sorgten, daß die Hubschrauber und die Spürhunde ständig einsatzbereit waren. Ihre Mutter würde sich zu Tode ängstigen ... und Trisha empfand trotzdem ein seltsames Kribbeln der Befriedigung, wenn sie daran dachte.

Man hat nicht auf mich aufgepaßt, dachte sie mit einem Anflug von Selbstgerechtigkeit. *Ich bin nur ein kleines Mädchen, und man hat nicht richtig auf mich aufgepaßt. Und wenn sie mich ausschimpft, sage ich einfach:* »*Ihr habt nicht zu streiten aufgehört, und ich hab's schließlich nicht mehr aushalten können.*« Das würde Pepsi gefallen; es klang so nach V. C. Andrews.

Schließlich schaltete sie den Walkman wieder aus, wickelte das Kopfhörerkabel auf, drückte dem schwarzen Plastikgehäuse einen Kuß auf und verstaute ihn liebevoll in seiner Tasche. Sie betrachtete die zusammengedrückte Lunchtüte, konnte sich aber doch nicht überwinden, einen Blick hineinzuwerfen, um festzustellen, in welchem Zustand das Thunfischsandwich und das restliche Twinkie sich befanden. Zu deprimierend. Nur gut, daß sie ihr Ei gegessen hatte, bevor es sich in Eiersalat hatte verwandeln können. Dieser Gedanke hätte eigentlich ein Kichern verdient, aber sie konnte gerade keines herausbringen; der alte Kicherbrunnen, den ihre Mutter für unerschöpflich hielt, schien vorübergehend ausgetrocknet.

Trisha saß niedergeschlagen am Ufer des kleinen Bachs, der hier weniger als drei Fuß breit war, und aß Kartoffelchips. Zuerst die Chips aus der aufgeplatzten Packung, dann die Krümel von der Lunchtüte, und zuletzt die winzigen Brösel, die in ihrem Rucksack verstreut waren. Ein großes Insekt brummte an ihrer Nase vorbei, und sie schrak davor zurück, schrie auf und hob eine Hand, um ihr Gesicht zu schützen. Aber es war nur eine Pferdebremse.

Schließlich verstaute Trisha mit den müden Bewegungen einer Sechzigjährigen nach einem schweren

Arbeitstag (sie *fühlte* sich wie eine Sechzigjährige nach einem schweren Arbeitstag) wieder alles in ihrem Rucksack – selbst der zertrümmerte Gameboy wurde wieder eingepackt – und stand auf. Bevor sie den Rucksack schloß, streifte sie ihren Poncho ab und betrachtete ihn. Das dünne Plastikding hatte ihr auf ihrer Rutschpartie den Steilhang hinunter keinerlei Schutz geboten; jetzt war es zerrissen und hing auf eine Art und Weise in Fetzen, die sie unter anderen Umständen für komisch gehalten hätte – er sah fast wie ein Hularock aus blauem Plastik aus –, aber vermutlich war es doch besser, den Poncho zu behalten. Zumindest konnte er sie vielleicht vor den Insekten schützen, die nun wieder in einer dichten Wolke um ihren armen Kopf schwirrten. Der Mückenschwarm war größer als je zuvor, zweifellos von dem Blut an ihren Armen angelockt. Wahrscheinlich rochen sie es.

»Würg«, sagte Trisha, rümpfte die Nase und wedelte mit ihrer Mütze die Insektenwolke weg, »das ist ja wirklich ekelhaft.« Sie versuchte sich einzureden, sie müsse dankbar dafür sein, daß sie sich nicht den Arm gebrochen oder einen Schädelbruch zugezogen hatte, auch dankbar dafür, daß sie nicht gegen Insektenstiche allergisch war wie Mrs. Thomas' Freund Frank. Aber es war schwierig, dankbar zu sein, wenn man ängstlich, zerkratzt, verschwollen und am ganzen Körper mit blauen Flecken übersät war.

Als sie sich den zerfetzten Poncho wieder überstreifen wollte – der Rucksack würde danach kommen –, und dabei in den Bach sah, fiel ihr auf, wie schlammig seine Ufer unmittelbar über dem Wasser waren. Sie ließ sich auf ein Knie nieder, verzog schmerzlich das Gesicht, als der Bund ihrer Jeans an den Wespenstichen über ihrer Hüfte rieb, und nahm mit einem Finger etwas von der schmierigen braungrauen Masse. Sollte sie oder nicht?

»Na ja, was kann's schaden?« fragte Trisha mit einem kleinen Seufzer und betupfte die Schwellung über ihrer Hüfte mit dem Schlamm. Er war wohltuend kühl, und das schmerzhafte Jucken verschwand fast augenblicklich. Vorsichtig tupfte sie Schlamm auf alle Stiche, die sie erreichen konnte – auch auf den, von dem ihr linkes Auge fast zugeschwollen war. Danach wischte sie sich beide Hände an ihren Jeans ab (Hände wie Jeans befanden sich jetzt in erheblich schlechterem Zustand als vor sechs Stunden), streifte den zerfetzten Poncho über und schlüpfte dann mit den Armen durch die Tragriemen ihres Rucksacks. Zum Glück lag er am Körper an, ohne an einer der Stellen zu scheuern, wo die Wespen sie gestochen hatten. Trisha ging entlang des Bachufers weiter, und fünf Minuten später war sie wieder von Wald umgeben.

Sie folgte dem Bach ungefähr vier Stunden lang und hörte währenddessen nichts als Vogelgezwitscher und das pausenlose Brummen der Insekten. In dieser Zeit nieselte es meistens, und einmal ging ein so heftiger Schauer nieder, daß Trisha erneut völlig durchnäßt wurde, obwohl sie sich unter den größten Baum flüchtete, den sie finden konnte. Wenigstens ging der zweite Wolkenbruch ohne Blitz und Donner vonstatten.

Trisha hatte sich noch nie so sehr als Stadtkind gefühlt, wie sie es jetzt tat, als dieser elende, schreckliche Tag fast unmerklich in die Abenddämmerung überging. Der Wald schien sich in Klumpen zusammenzuballen. Einige Zeit ging sie durch große alte Kiefernbestände, die fast normal wirkten – wie die Wälder in einem

Disney-Cartoon. Dann kam wieder einer dieser Klumpen, und sie mußte sich durch ein verfilztes Dickicht aus verkümmerten Bäumen und dichtem Gestrüpp (mit allzu vielen Dornenbüschen) kämpfen, mußte sich ihren Weg durch miteinander verwobene Zweige bahnen, die mit ihren Klauen nach ihren Armen und Augen griffen. Sie zu behindern schien ihr einziger Zweck zu sein, und als bloße Müdigkeit allmählich zu Erschöpfung wurde, begann Trisha ihnen wirkliche Intelligenz beizumessen: eine verschlagene und bösartige Wahrnehmung von dieser Fremden in dem zerfetzten blauen Poncho. Sie hatte allmählich den Eindruck, als sei ihr Bestreben, sie zu zerkratzen – oder ihr durch einen glücklichen Zufall vielleicht sogar ein Auge auszustechen –, im Grunde genommen nebensächlich; in Wirklichkeit legten die Büsche es darauf an, sie vom Bach abzudrängen – weg von ihrem Pfad zu anderen Menschen, weg von ihrem Ticket nach draußen.

Trisha war bereit, den Bach aus den Augen zu lassen, wenn die Klumpen von Bäumen und das Gewirr von Büschen am Ufer zu dicht wurden, aber sie weigerte sich, ihn außer Hörweite geraten zu lassen. Wurde ihr das Murmeln des Bachs zu leise, ließ sie sich auf Hände und Knie nieder und kroch lieber unter den hinderlichsten Zweigen hindurch, als sie zu umgehen und anderswo einen Durchschlupf zu suchen. Dieses Kriechen über die aufgeweichte und klatschnasse Erde war am schlimmsten (in den Kiefernhainen war der Boden trocken und angenehm weich mit Nadeln bedeckt; in den verfilzten Dickichten schien er immer naß zu sein). Ihr Rucksack streifte die verwobenen Zweige und Ranken, verfing sich manchmal sogar darin... und die ganze Zeit, unabhängig davon, wie schwierig das Fortkommen war, hing und tanzte die Wolke aus Gnitzen und Stechfliegen vor ihrem Gesicht.

Sie verstand, was die ganze Sache so schlimm, so entmutigend machte, konnte es aber nicht in Worte fassen. Es hing mit all den Dingen zusammen, die sie nicht benennen konnte. Einiges von diesem Zeug kannte sie, weil ihre Mutter es ihr erklärt hatte: die Birken, die Buchen, die Erlen, die Fichten und Kiefern, das dumpfe Hämmern eines Spechts und den heiser krächzenden Schrei der Krähen; das an eine quietschende Tür erinnernde Zirpen der Grillen, als der Tag zur Neige ging ... aber was war all das andere? Falls ihre Mutter es ihr gesagt hatte, konnte Trisha sich nicht mehr daran erinnern, aber sie glaubte nicht, daß ihre Mutter es ihr jemals gesagt hatte. Sie wußte recht gut, daß ihre Mutter in Wirklichkeit eine Städterin aus Massachusetts war, die seit einiger Zeit in Maine lebte, gern im Wald wanderte und ein paar Naturführer gelesen hatte. Was zum Beispiel waren die dicht belaubten Büsche mit den glänzenden grünen Blättern (bitte, lieber Gott, nicht Gifteichen)? Oder die kleinen, kümmerlich aussehenden Bäume mit den staubgrauen Stämmen? Oder die anderen mit den schmalen hängenden Blättern? Die Wälder um Sanford, die Wälder, die ihre Mutter kannte und in denen sie wanderte – manchmal mit Trisha und manchmal allein –, waren Spielzeugwälder. Dies war kein Spielzeugwald.

Trisha versuchte, sich Hunderte von Suchern vorzustellen, die auf sie zukamen. Sie besaß eine lebhafte Phantasie, und anfangs fiel ihr diese Vorstellung ganz leicht. Sie sah große gelbe Schulbusse, auf deren Fahrtzielanzeige die Worte SONDERFAHRT SUCHTRUPP standen, überall im Westen von Maine auf Parkplätzen entlang des Appalachian Trails halten. Die Türen öffneten sich, und heraus quollen Männer in braunen Uniformen, manche mit Hunden an Ketten, alle mit am Gürtel angeklipsten Walkie-talkies, einige ausgesuchte Männer mit batteriebetriebenen Megaphonen; diese würde sie als erste hören, laut verstärkte Götterstimmen, die durch den Wald hallten: »PATRICIA McFARLAND, WO BIST DU? WENN DU MICH HÖRST, KOMM AUF MEINE STIMME ZU!«

Aber als die Schatten unter den Bäumen dichter wurden und sich die Hände reichten, waren nur noch die Geräusche des Bachs – der weder breiter noch schmaler war als dort, wo sie neben ihm den Steilhang hinuntergerutscht war – und das Geräusch ihrer eigenen Atemzüge zu hören. Die Bilder von Männern in braunen Uniformen vor ihrem inneren Auge verblaßten nach und nach.

Ich kann nicht die ganze Nacht hier draußen bleiben, dachte sie, niemand kann von mir erwarten, daß ich die ganze Nacht hier draußen bleibe...

Trisha spürte, wie die Panik erneut versuchte, sich ihrer zu bemächtigen – sie ließ ihr Herz jagen, trocknete ihren Mund aus und brachte ihre Augen in ihren Höhlen zum Pochen. Sie hatte sich im Wald verirrt, wurde von Bäumen eingeengt, für die sie keinen Namen hatte, war allein in einer Umgebung, in der ihr Stadtkindvokabular ihr wenig nützte, und war daher auf ein schmales, durchweg primitives Spektrum von Erkennen und Reagieren zurückgeworfen. Vom Stadtkind zum Höhlenkind in einem einzigen leichten Schritt.

Sie fürchtete sich vor der Dunkelheit, selbst wenn sie zu Hause in ihrem Zimmer war, wo das Licht der Straßenlaterne an der Ecke durchs Fenster hereinfiel. Sie glaubte zu wissen, daß sie vor Angst und Entsetzen sterben würde, wenn sie die Nacht hier draußen verbringen mußte.

Ein Teil ihres Ichs wollte losrennen. Egal, ob fließendes Wasser sie irgendwann zu Menschen führen würde, das alles war vermutlich nur eine Scheißidee aus *Unsere kleine Farm*. Sie war diesem Bach nun schon meilenweit gefolgt, und das einzige, zu dem er sie gebracht hatte, waren noch mehr Insekten. Sie wollte von ihm weglaufen, einfach in die Richtung laufen, in der sie am besten vorankam. Losrennen und Menschen finden, bevor es dunkel wurde. Daß diese Idee völlig plemplem war, nützte nicht viel. Jedenfalls änderte es nichts am Pochen in ihren Augen (und in den Stichen, denn *die* klopften nun auch), machte den kupfrigen Angstgeschmack in ihrem Mund nicht weniger widerlich.

Trisha kämpfte sich durch ein Gewirr von Jungbäumen, die so dicht zusammenstanden, daß sie fast miteinander verflochten waren, und erreichte eine halbmondförmige kleine Lichtung, auf der ihr Bach rechtwinklig nach links abbog. Dieser freie Platz, der auf allen Seiten von Gebüsch und ungleichmäßigen Baumgruppen umgeben war, erschien Trisha wie ein kleiner Garten Eden. Hier gab es sogar einen umgestürzten Baumstamm als Bank.

Sie ging zu ihm hin, setzte sich darauf, schloß die Augen und versuchte, um Rettung zu beten. Gott zu bitten, er möge ihren Walkman heil sein lassen, war einfach gewesen, weil sie nicht darüber nachgedacht hatte. Aber jetzt fiel ihr das Beten schwer. Ihre Eltern waren beide keine Kirchgänger – ihre Mom war eine nicht mehr praktizierende Katholikin, und soviel

Trisha wußte, hatte ihr Dad nie etwas gehabt, das er nicht mehr praktizieren konnte –, und jetzt entdeckte sie, daß sie auch in dieser Beziehung orientierungslos war und nicht den richtigen Wortschatz besaß. Sie betete das Vaterunser, aber aus ihrem Mund klang es matt und wenig tröstlich, ungefähr so nützlich, wie ein elektrischer Dosenöffner hier draußen gewesen wäre. Dann öffnete sie die Augen, sah sich auf der kleinen Lichtung um, nahm nur zu deutlich wahr, wie grau die Luft wurde, und faltete nervös ihre zerkratzten Hände.

Trisha konnte sich nicht daran erinnern, jemals mit ihrer Mutter über spirituelle Dinge gesprochen zu haben, aber ihren Vater hatte sie vor kaum einem Monat gefragt, ob er an Gott glaube. Sie hatten im Garten hinter seinem kleinen Haus in Malden gesessen und Waffeleis gegessen, das der Sunny-Treat-Mann verkaufte, der noch immer mit seinem bimmelnden weißen Eiswagen vorbeikam (allein bei dem Gedanken an den Sunny-Treat-Wagen wäre Trisha fast wieder in Tränen ausgebrochen). Pete war »unten im Park« gewesen, wie man in Malden sagte, und hatte mit seinen alten Freunden herumgelungert.

»Gott«, hatte Dad gesagt, als koste er das Wort wie einen neuen Eiscremegeschmack – Vanille mit Gott statt Vanille mit Krokant. »Wie kommst du darauf, Schatz?«

Sie hatte den Kopf geschüttelt, weil sie es nicht wußte. Aber als sie jetzt in der wolkigen Junidämmerung voller Insekten auf dem umgestürzten Baum saß, kam ihr ein erschreckender Gedanke: Was war, wenn sie diese Frage gestellt hatte, weil irgendein in die Zukunft blickender verborgener Teil ihres Ichs gewußt hatte, daß dies passieren würde? Weil er es gewußt hatte und zu dem Schluß gelangt war, sie brauche ein bißchen Gott, um durchzukommen, und deshalb eine Leuchtkugel hochgeschossen hatte?

»Gott«, hatte Larry McFarland gesagt und an seiner Eiscreme geschleckt. »Gott, hmmm, Gott...« Er dachte noch etwas länger nach. Trisha saß stumm auf ihrer Seite des Picknicktischs, blickte in seinen kleinen Garten hinaus (es mußte mal wieder gemäht werden) und ließ ihm soviel Zeit, wie er brauchte. Schließlich sagte er: »Ich will dir sagen, woran ich glaube. Ich glaube an das unterschwellig Wahrnehmbare.«

»Das *was*?« Sie sah ihn an, weil sie nicht recht wußte, ob er scherzte oder nicht. Er machte aber nicht den *Eindruck*, als scherze er.

»Das unterschwellig Wahrnehmbare. Weißt du noch, wie wir in der Fore Street gewohnt haben?«

Natürlich erinnerte sie sich an ihr Haus in der Fore Street. Drei Blocks von hier entfernt, fast an der Stadtgrenze zu Lynn. Ein größeres Haus als dieses mit einem größeren Rasen nach hinten hinaus, den Dad regelmäßig gemäht hatte. Damals, als Sanford nur Großeltern und Sommerferien bedeutet hatte und Pepsi Robichaud nur ihre Sommerfreundin gewesen war und Armfürze der größte Lacherfolg des Universums gewesen waren... außer echten Fürzen, versteht sich. In der Fore Street hatte die Küche nicht nach abgestandenem Bier gerochen, wie es die Küche hier tat. Sie nickte, weil sie sich sehr gut daran erinnerte.

»Es hatte Fußbodenheizung, dieses Haus. Weißt du noch, wie die Heizkörper gesummt haben, selbst wenn sie nicht geheizt haben? Sogar im Sommer?«

Trisha schüttelte den Kopf. Und ihr Vater nickte, als habe er das erwartet.

»Das liegt daran, daß du dich daran gewöhnt hast«, sagte er. »Aber glaub mir, Trish, dieser Ton ist immer dagewesen. Selbst in einem Haus ohne Fußbodenheizung gibt es immer Geräusche. Der Kühlschrank schaltet sich ein und aus. Die Wasserleitungen knacken. Die Fußböden knarzen. Draußen fahren Autos vorbei. Wir hören diese Dinge immerzu, deshalb nehmen wir sie meistens überhaupt nicht wahr. Sie werden ...«, und er bedeutete ihr, den Satz zu Ende zu bringen, wie er es getan hatte, seit sie als kleines Mädchen auf seinem Schoß gesessen und zu lesen begonnen hatte. Seine liebevolle alte Geste.

»Nur unterschwellig wahrgenommen«, sagte sie – nicht etwa, weil sie die Bedeutung der Wörter ganz verstand, sondern weil er es so offenkundig von ihr hören wollte.

»Gee-nau«, bestätigte er und gestikulierte wieder mit seiner Eiswaffel. Mehrere Vanilletropfen liefen am Bein seiner Khakihose hinunter, und Trisha fragte sich unwillkürlich, wie viele Biere er heute schon getrunken hatte. »Gee-nau, Schatz, unterschwellig wahrnehmbar. Ich glaube an keinen wirklich denkenden Gott, der den Absturz jedes Vogels in Australien und jedes Käfers in Indien registriert, einen Gott, der alle unsere Sünden in seinem großen goldenen Buch festhält und über uns zu Gericht sitzt, wenn wir gestorben sind – ich mag nicht an einen Gott glauben, der es fertigbringt, vorsätzlich böse Menschen zu erschaffen, um sie dann bewußt in einer von ihm geschaffenen Hölle braten zu lassen –, aber ich glaube, daß es *irgend etwas* geben muß.«

Er sah sich im Garten mit seinem zu hohen, zu unregelmäßig wachsenden Gras um, mit der kleinen Kombination aus Schaukel und Rutsche, die er für seine Kinder aufgestellt hatte (Pete war aus diesem Alter heraus, und Trisha war es eigentlich auch, obwohl sie bei ihren Besuchen immer kurz schaukelte oder ein paarmal rutschte, nur um ihm damit eine Freude zu machen), mit den beiden Gartenzwergen (von denen einer in dem üppig wuchernden Frühjahrsunkraut fast verschwand), mit dem Zaun an der rückwärtigen Grundstücksgrenze, der dringend gestrichen werden mußte. In diesem Augenblick erschien er ihr alt. Ein bißchen durcheinander. Ein bißchen ängstlich. (*Ein bißchen wie im Wald verirrt*, dachte sie jetzt, während sie mit dem Rucksack zwischen ihren Turnschuhen auf dem umgestürzten Baumstamm saß.) Dann nickte er und wandte sich ihr wieder zu. »Yeah, irgend etwas. Eine anonyme Macht, die Gutes bewirkt. Anonym. Weißt du, was das heißt?«

Trisha nickte, obwohl sie es nicht genau wußte, aber sie wollte nicht, daß er eine Pause machte, um es ihr zu erklären. Er sollte sie nicht belehren, nicht heute; heute wollte sie ihm nur zuhören.

»Ich glaube, daß es eine Macht gibt, die betrunkene Teenager – die *meisten* betrunkenen Teenager – davor bewahrt, auf der Heimfahrt vom Abschlußball ihrer Schule oder ihrem ersten großen Rockkonzert mit ihren Autos tödlich zu verunglücken. Die die meisten Flugzeuge am Absturz hindert, selbst wenn etwas schiefgeht. Nicht alle, aber die meisten. He, die Tatsache, daß seit 1945 niemand mehr eine Atomwaffe gegen lebende Ziele eingesetzt hat, beweist doch, daß *irgend etwas* auf unserer Seite stehen muß. Irgendwann setzt natürlich jemand eine ein, aber über ein halbes Jahrhundert ... das ist eine lange Zeit.«

Dad machte eine Pause und starrte zu den Gartenzwergen mit ihren leeren, fröhlichen Gesichtern hinüber.

»Es gibt etwas, das verhindert, daß die meisten von uns im Schlaf sterben. Kein perfekter, liebender, allwissender Gott, ich glaube nicht, daß das Beweismaterial das hergibt, aber eine Macht.«

»Das unterschwellig Wahrnehmbare.«

»Du hast's erfaßt.«

Sie hatte es erfaßt, aber es gefiel ihr nicht. Es erschien ihr zu sehr so, als bekäme man einen Brief, den man für interessant und wichtig hielt, aber wenn man ihn aufmachte, war er an »Sehr geehrter Wohnungsinhaber« adressiert.

»Glaubst du an sonst noch was, Dad?«

»Oh, an das Übliche. Tod und Steuern und daß du das schönste Mädchen der Welt bist.«

»*Da-ad.*« Sie lachte und zappelte, als er sie umarmte und aufs Haar küßte; ihr gefielen seine Berührung und sein Kuß, aber nicht der Bierdunst in seinem Atem.

Er gab sie frei und stand auf. »Außerdem glaube ich, daß es Bier Uhr ist. Willst du ein Glas Eistee?«

»Nein, danke«, sagte sie, und vielleicht war *doch* eine Art Vorahnung im Spiel gewesen, denn als er gehen wollte, fragte sie: »*Glaubst* du an sonst noch was? Ernsthaft.«

Sein Lächeln wich einem ernsthaften Gesichtsausdruck. Er stand nachdenklich da (auf ihrem Baumstamm sitzend erinnerte Trisha sich jetzt daran, daß sie sich geschmeichelt gefühlt hatte, weil er ihretwegen so angestrengt nachdachte), ohne darauf zu achten, daß seine Eiscreme ihm jetzt über die Hand zu laufen begann. Dann sah er auf und lächelte wieder. »Ich glaube, daß dein Schwarm Tom Gordon dieses Jahr vierzig Spiele entscheiden kann«, sagte er. »Ich glaube, daß er im Moment der beste Closer, der beste letzte Werfer der Major Leagues ist, daß er – wenn er von Verletzungen verschont bleibt und die Sox nicht einbrechen – im kommenden Oktober bei den World Series dabeisein kann. Genügt dir das?«

»*Jaaaaa!*« rief sie lachend, aus der eigenen Ernsthaftigkeit herausgerissen – denn Tom Gordon war *wirklich* ihr Schwarm, und sie liebte ihren Vater dafür, daß er es wußte und nicht spöttisch, sondern sehr liebevoll darauf reagierte. Trisha sprang auf, lief zu ihm, schlang ihm ihre Arme um den Hals, bekam Eiscreme auf ihr T-Shirt und machte sich nichts daraus. Was war schon ein bißchen Sunny Treat unter Freunden?

Und jetzt, während sie in dem zunehmenden Grau saß, auf das Tropfen von Wasser überall um sie herum im Wald horchte, beobachtete, wie die Bäume schemenhafte Formen annahmen, die bald bedrohlich wirken würden, auf Lautsprecherstimmen (»KOMM AUF MEINE STIMME ZU!«) oder fernes Hundegebell horchte, dachte sie: *Ich kann nicht zum unterschwellig Wahrnehmbaren beten. Ich kann's einfach nicht.* Sie konnte auch nicht zu Tom Gordon beten – das wäre lächerlich gewesen –, aber vielleicht konnte sie hören, wie er warf ... und noch dazu gegen die Yankees. Die Leute bei WCAS hatten ihre Sox an; sie konnte ihre ebenfalls anhaben. Sie mußte sparsam mit ihren Batterien umgehen, das wußte sie, aber sie konnte eine Weile zuhören, nicht wahr? Und wer konnte sagen, was passieren würde? Vielleicht hörte sie die Lautsprecherstimmen und das Hundegebell, bevor das Spiel zu Ende war.

Trisha öffnete ihren Rucksack, holte den Walkman andächtig aus seiner Tasche und setzte ihren Kopfhörer auf. Sie zögerte einen Augenblick, weil sie sich plötzlich sicher war, daß das Radio nicht mehr funktionieren würde, daß sich bei ihrer Rutschpartie den Steilhang hinunter irgendein lebenswichtiger Draht gelockert hatte, daß das Gerät diesmal stumm bleiben würde, wenn sie es einschaltete. Gewiß, das mochte eine dämliche Idee sein, aber an einem Tag, an dem so vieles schiefgegangen war, kam ihr diese Idee auch gräßlich *wahrscheinlich* vor.

Los, los, sei kein Feigling!

Sie drückte auf den Knopf, und wie durch ein Wunder füllte ihr Kopf sich mit dem Klang von Jerry Trupianos Stimme ... und, was noch wichtiger war, mit Hintergrundgeräuschen aus Fenway Park. Sie hockte bei einbrechender Dunkelheit hier draußen im regennassen Wald, hatte sich verlaufen und war allein, aber sie konnte dreißigtausend Menschen hören. Das war ein Wunder.

»... kommt jetzt zum Wurfmal«, sagte Troop eben. »*Er* holt aus. *Er* wirft. Und ... Fehlschlag, *Strike drei gegeben*, Martinez hat ihn glatt überrumpelt! Oh, das war der Slider, und er ist große Klasse gewesen! Genau in die innere Ecke, und Bernie Williams hat wie gelähmt dagestanden! Oje! Und nach zweieinhalb Innings steht's zwischen den Yankees und den Red Sox weiter zwei zu null.«

Eine singende Stimme forderte Trisha auf, 1-800-54-GIANT zu wählen, wenn sie irgendeine Art Autoreparatur brauchte, aber sie hörte die Werbung gar nicht. Schon zweieinhalb Innings gespielt, das bedeutete, daß es gegen acht Uhr sein mußte. Zunächst erschien ihr das verblüffend, aber angesichts des nachlassenden Tageslichts doch wieder glaubhaft. Also war sie seit zehn Stunden auf sich allein gestellt. Das kam ihr wie eine Ewigkeit vor; zugleich schien die Zeit wie im Flug vergangen zu sein.

Trisha wedelte die Insekten weg (diese Geste war jetzt so automatisch geworden, daß sie sie gar nicht mehr wahrnahm) und griff dann in ihre Lunchtüte. Das Thunfischsandwich war weniger schlimm zugerichtet, als sie befürchtet hatte; es war flachgedrückt und in mehrere Stücke zerfetzt, aber noch immer als Sandwich erkennbar. Die Tüte hatte es irgendwie zusammengehalten. Das restliche Twinkie hatte sich jedoch in etwas verwandelt, das Pepsi Robichaud vermutlich »totalen Pamps« genannt hätte.

Trisha saß da, hörte sich das Spiel an und aß langsam eine Hälfte ihres Thunfischsandwichs. Das weckte ihren Appetit, und sie hätte leicht auch den Rest verschlingen können, aber sie legte ihn in die Lunchtüte zurück und aß statt dessen das zu Mus zerquetschte Twinkie, wobei sie den feuchten Teig und die widerlich-leckere weiße Cremefüllung (dieses Zeug hieß immer Creme und nie Sahne, überlegte Trisha sich) mit einem Finger auflöffelte. Als sie alles gegessen hatte, was sie mit ihrem Finger aufnehmen konnte, stülpte sie das Papier um und leckte es sauber. *Nennt mich einfach Fräulein Schmutzfink*, dachte sie und steckte das Twinkie-Papier wieder in ihre Lunchtüte. Sie genehmigte sich drei weitere große Schlucke Surge und fahndete dann mit der Spitze eines schmutzigen Zeigefingers nach weiteren Kartoffelchips, während die Red Sox und die Yankees die zweite Hälfte des dritten Innings absolvierten und das vierte begann.

In der Mitte des fünften Innings stand es vier zu eins für die Yankees, und für Martinez war jetzt Jim Corsi ins Spiel gekommen. Larry McFarland betrachtete Corsi mit tiefem Mißtrauen. Als Trisha und er einmal am Telefon über Baseball gefachsimpelt hatten, hatte er gesagt: »Denk an meine Worte, Schatz – Jim Corsi ist kein Freund der Red Sox.« Trisha hatte unwillkürlich kichern müssen. Das hatte so *feierlich ernst* geklungen. Und nach kurzer Zeit hatte Dad mitgekichert. Für sie beide war das zu einem Schlagwort geworden: etwas, das wie ein Kennwort allein ihnen gehörte: »Denk an meine Worte, Jim Corsi ist kein Freund der Red Sox.«

In der ersten Hälfte des sechsten Innings erwies Corsi sich jedoch als Freund der Red Sox, indem er die Yankees eins-zwei-drei ausmachte. Trisha wußte, daß sie das Radio hätte abschalten sollen, um Batterien zu sparen – Tom Gordon würde in keinem Spiel werfen, in dem die Red Sox drei Runs zurücklagen –, aber sie konnte die Vorstellung nicht ertragen, Fenway Park abzuschalten. Auf das an fernes Meeresrauschen erinnernde Stimmengewirr horchte sie noch eifriger als auf die Stimmen der beiden Sportreporter Jerry Trupiano und Joe Castiglione, die jeden Spielzug kommentierten. Diese Leute waren dort, wirklich dort, aßen Hot dogs und tranken Bier und standen an, um Souvenirs und Softeis und am Legal-Seafood-Stand dicke Suppe aus Meeresfrüchten zu kaufen; sie sahen zu, wie Darren Lewis – DeeLu, wie die Reporter ihn manchmal nannten – zum Schlagmal trat und im gleißend hellen Licht der Scheinwerferbatterien einen Mehrfachschatten warf, während der Himmel über dem Stadion dunkel wurde. Sie konnte es nicht ertragen, diese dreißigtausend murmelnden Stimmen gegen die Waldgeräusche einzutauschen: das helle Sirren der Stechmücken (bei sinkender Nacht zahlreicher als je zuvor), das Tropfen des Regenwassers von den Bäumen, das rostige *rick-rick* der Grillen ... und welche anderen Geräusche noch zu hören sein mochten.

Diese anderen Geräusche fürchtete sie am meisten.

Andere Geräusche im Dunkeln.

DeeLu schlug einen Single nach rechts, und ein Aus später erwischte Mo Vaughn einen Slider, der nicht genug von seiner Flugbahn abwich. »*Weit, weit, GAAANZ WEIT!*« rief Troop ins Mikrofon. »*Der geht in den Bullpen der Red Sox, direkt in die Aufwärmzone der Werfer!* Ein Spieler hat ihn aus der Luft gefangen. *Homerun, Mo Vaughn!* Das ist in diesem Jahr sein zwölfter, und der Vorsprung der Yankees schmilzt auf einen Punkt zusammen.«

Trisha lachte auf ihrem Baumstamm sitzend, klatschte in die Hände und drückte sich dann ihre von Tom Gordon signierte Kappe tiefer in die Stirn. Unterdessen war es vollkommen dunkel geworden.

In der zweiten Hälfte des achten Innings knallte Nomar Garciaparra einen Ball, der zwei Runs brachte, in den Maschendrahtzaun über dem Green Monster, der riesigen grünen Wand an der einen Seite des Spielfelds. Damit gingen die Red Sox mit fünf zu vier in Führung, und Tom Gordon kam in der ersten Hälfte des neunten ins Spiel.

Trisha ließ sich von dem umgestürzten Baum zu Boden gleiten. Die Baumrinde schabte über die Wespenstiche an ihrer Hüfte, aber sie nahm es kaum wahr. Hungrige Stechmücken setzten sich sofort auf ihren nackten Rücken, wo das Trikot und der zerfetzte blaue

Poncho hochgerutscht waren, aber sie spürte sie nicht. Sie betrachtete das letzte Glimmerleuchten des Bachs – verblassendes stumpfes Quecksilber –, hockte auf dem feuchten Waldboden und preßte alle zehn Finger an ihre Wangen. Plötzlich erschien es ihr sehr wichtig, daß Tom Gordon den einen Punkt Vorsprung hielt, daß er den Red Sox diesen Sieg gegen die mächtigen Yankees sicherte, die zu Saisonbeginn zwei Spiele hintereinander gegen Anaheim verloren und seitdem praktisch nur noch gewonnen hatten.

»Los, Tom«, flüsterte sie. In einem Hotelzimmer in Castle View war ihre Mutter außer sich vor Sorge; ihr Vater flog mit Delta Airlines von Boston nach Portland zu Quilla und seinem Sohn; im Unterkunftsgebäude der State Police im Castle County kehrten Suchtrupps von ihren ersten ergebnislosen Suchaktionen zurück, sie hatten große Ähnlichkeit mit denen, die das vermißte Mädchen sich vorgestellt hatte; vor dem Dienstgebäude parkten Übertragungswagen von drei Fernsehstationen aus Portland und zwei aus Portsmouth; drei Dutzend erfahrene Waldläufer (und einige *hatten* Hunde bei sich) blieben weiter in den Wäldern von Motton und den drei Ansiedlungen, die sich bis dorthin erstreckten, wo New Hampshires kaminförmig ausgebildete Nordspitze lag: TR-90, TR-100 und TR-110. Nach allgemeiner Überzeugung der in den Wäldern Zurückbleibenden mußte Patricia McFarland weiter in Motton oder TR-90 sein. Sie war schließlich nur ein kleines Mädchen und hatte sich vermutlich nicht allzuweit von der Stelle entfernt, an der sie zuletzt gesehen worden war. Diese erfahrenen Führer, Wildhüter und Förster wären ausgesprochen verblüfft gewesen, wenn sie gewußt hätten, daß Trisha sich inzwischen fast neun Meilen westlich des Gebiets befand, auf das die Suchenden sich vor allem glaubten konzentrieren zu müssen.

»Los, Tom«, flüsterte sie. »Los, Tom, jetzt eins, zwei, drei. Du weißt, wie's geht.«

Aber nicht heute abend. Gordon eröffnete die erste Hälfte des neunten Innings, indem er Derek Jeter, dem attraktiven, aber bösartigen Vorstopper der Yankees, mit vier Balls einen Walk zur ersten Base ermöglichte, und Trisha fiel etwas ein, das ihr Vater ihr einmal erzählt hatte: erzielte ein Team gleich anfangs einen Walk, stiegen dessen Chancen, anschließend zu punkten, um siebzig Prozent.

Wenn wir gewinnen, wenn Tom das schafft, werde ich gerettet. Dieser Gedanke kam ihr plötzlich – er glich einem in ihrem Kopf explodierenden Feuerwerk.

Dieser Gedanke war natürlich blöd, so dämlich wie die Geste, mit der ihr Vater vor jedem Drei-und-zwei-Wurf auf Holz klopfte (was er jedesmal tat), aber während die Dunkelheit tiefer wurde und der Bach seinen letzten trüben Silberglanz verlor, erschien er ihr auch unwiderlegbar, so eindeutig wie zwei und zwei vier ist: Schaffte es Tom Gordon, würde auch *sie* gerettet werden.

Paul O'Neill schied mit drei Fehlschlägen aus. Bernie Williams trat an. »Immer ein gefährlicher Mann«, bemerkte Joe Castiglione, und Williams schlug sofort ein Single ins Mittelfeld, so daß Jeter zur dritten Base vorrücken konnte. »*Warum* hast du das sagen müssen, Joe?« ächzte Trisha. »Mann, warum hast du das *sagen* müssen?«

Läufer an der ersten und dritten Base, nur einer aus.

Das Publikum in Fenway Park johlte und klatschte hoffnungsvoll. Trisha konnte sich vorstellen, wie die Leute sich auf ihren Sitzen nach vorn lehnten.

»Los, Tom, *los*, Tom«, flüsterte sie. Die Wolke aus Gnitzen und Stechfliegen umgab sie weiter, aber Trisha nahm sie nicht mehr wahr. Ein Gefühl der Verzweiflung berührte ihr Herz kühl und stark – es glich der abscheulichen Stimme, die sie mitten in ihrem Kopf entdeckt hatte. Die Yankees waren zu gut. Ein Base Hit – ein Schlag, mit dem der Batter die erste Base erreichen konnte – würde den Ausgleich bedeuten, ein langer Ball den Sieg in unerreichbare Ferne rücken, und der schlimme, *schlimme* Tino Martinez war am Schlag, während der gefährlichste Mann von allen nach ihm drankommen würde; der Straw Man würde sich jetzt auf ein Knie niedergelassen haben, seinen Schläger schwingen und das Spiel beobachten.

Gordon brachte es gegen Martinez auf zwei und zwei – dann warf er seinen Curveball. »*Strike und aus. Fehlschlag und aus!*« rief Joe Castiglione. Er schien es kaum glauben zu können. »O Mann, war das ein toller Wurf! Martinez muß den Ball um einen Fuß verfehlt haben!«

»*Zwei* Fuß«, ergänzte Troop hilfsbereit.

»Nun sieht's folgendermaßen aus«, sagte Joe, und über seine Stimme hinweg konnte Trisha das Anschwellen der anderen Stimmen, der Stimmen der Fans hören. Das rhythmische Klatschen setzte ein. Die Fenway Faithful erhoben sich wie eine Kirchengemeinde, die einen Choral singen will. »Zwei unterwegs, zwei aus, die Red Sox mit nur einem Punkt Vorsprung, Tom Gordon auf dem Wurfhügel, und ...«

»Sag's bloß nicht«, flüsterte Trisha, deren Fingerspitzen an ihre Mundwinkel gepreßt blieben. »*Wage bloß nicht, es zu sagen!*«

Aber er tat es. »Und der immer gefährliche Darryl Strawberry kommt zum Schlag.«

Das war's; das Spiel war aus und vorbei; der große Satan Joe Castiglione hatte seinen Mund geöffnet und es verhext. Warum hatte er nicht einfach nur Strawberrys *Namen* nennen können? Warum mußte er mit diesem Mist von wegen »immer gefährlich« anfangen, wenn doch jeder Idiot wußte, daß das sie erst gefährlich *machte*?

»Okay, Leute, schnallt euch fest«, sagte Joe. »Strawberry nimmt den Schläger hoch. Jeter tanzt an der dritten Base rum und versucht, einen Wurf Gordons zu provozieren oder wenigstens seine Aufmerksamkeit auf sich zu lenken. Das gelingt ihm nicht. Gordon sieht nach vorn. Varitek gibt ihm rasch das Zeichen. Gordon in Position ... er wirft ... *Strawberry schlägt ... und verfehlt den Ball*, Strike eins. Strawberry schüttelt offensichtlich angewidert den Kopf ...«

»Kein Grund, angewidert zu sein, das war ein ziemlich guter Wurf«, meinte Troop, und Trisha, die von Insekten umschwirrt im nachtdunklen Wald hockte, dachte: *Halt die Klappe, Troop, halt mal kurz die Klappe.*

»Straw tritt aus der Box ... er schlägt gegen seine Stollen ... jetzt steht er wieder bereit. Gordon sieht kurz zu Williams an der ersten Base hinüber ... in Position ... und er wirft. *Außerhalb* und tief.«

Trisha stöhnte auf. Ihre Fingerspitzen drückten jetzt so tief in ihre Wangen, daß sie ihre Lippen zu einem eigenartig verzerrten Lächeln hochzogen. Ihr Herz raste.

»Auf ein neues«, sagte Joe. »Gordon in Position. Er wirft... Strawberry schlägt ... *einen weiten, hohen Schlag ins rechte Feld, wenn der im Feld bleibt, fängt ihn keiner, aber er treibt ab ... er treibt ab ... treibt aaaab...*«

Trisha wartete mit angehaltenem Atem.

»Foul«, sagte Joe endlich, und sie begann wieder zu atmen. »Aber das ist *zuuuu* knapp gewesen. Strawberry hat eben einen Homerun verpaßt, der drei Punkte gebracht hätte. Der Ball hat die Markierungen um höchstens sechs bis acht Fuß verfehlt.«

»Ich würde sagen, vier Fuß«, warf Troop hilfsbereit ein.

»Ich würde sagen, daß du Stinkfüße hast«, flüsterte Trisha. »Los, Tom, los, *bitte*.« Aber er würde es nicht schaffen; das wußte sie jetzt ganz bestimmt. Nur bis hierher, aber nicht weiter.

Trotzdem glaubte sie, ihn jetzt vor sich zu sehen. Überhaupt nicht groß und schlaksig wie Randy Johnson, überhaupt nicht klein und pummelig wie Rich Garces. Mittelgroß, schlank ... und gutaussehend. *Sehr* attraktiv, vor allem mit aufgesetzter Mütze, die seine Augen beschattete ... nur hatte ihr Vater gesagt, fast alle Baseballspieler sähen gut aus. »Das ist genetisch bedingt«, hatte er ihr erklärt und hinzugefügt: »Natürlich haben viele von ihnen nichts im Kopf, also gleicht sich alles wieder aus.« Aber Tom Gordons Aussehen war nicht die Hauptsache. Es war seine konzentrierte Stille vor dem Wurf, die als erstes ihre Aufmerksamkeit und Bewunderung geweckt hatte. Er stakste nicht auf dem Wurfhügel umher, wie es manche taten, oder bückte sich, um an seinen Schuhen herumzumachen oder den Kolophoniumbeutel aufzuheben und ihn dann wieder in einer kleinen weißen Staubwolke zu Boden plumpsen zu lassen. Nein, Nummer 36 wartete einfach, bis der Batter mit seinem ganzen Herumgefummel fertig war. Er stand in seiner strahlend weißen Spielerkleidung unbeweglich da, während er darauf wartete, daß der Batter sich bereitstellte. Und dazu kam natürlich die Geste, die er jedesmal machte, wenn er das Spiel gewonnen hatte. Die Geste, mit der er den Wurfhügel verließ. Die liebte sie.

»Gordon holt aus, wirft ... und der Ball ist am Boden! Veritek hat ihn mit seinem Körper abgeblockt, und das hat einen Run gerettet. Den Run zum *Ausgleich*.«

»Heiliger Strohsack!« sagte Troop.

Joe versuchte nicht einmal, das aufzuwerten. »Draußen auf dem Wurfhügel atmet Gordon tief durch. Strawberry stellt sich bereit. Gordon holt aus... wirft... *zu hoch*.«

Ein Sturm von Buhrufen brauste wie ein widriger Wind über Trisha hinweg.

»Ungefähr dreißigtausend Schiedsrichter auf den Rängen sind mit dieser Entscheidung nicht einverstanden, Joe«, bemerkte Troop.

»Richtig, aber Larry Barnett hinter dem Wurfmal hat das letzte Wort, und Barnett hat den Ball hoch gesehen. Es sieht gut aus für Darryl Strawberry. Drei und zwei.«

Im Hintergrund schwoll das rhythmische Klatschen der Fans noch mehr an. Ihre Stimmen erfüllten die Luft, füllten ihren Kopf. Sie klopfte aufs Holz des Baumstamms, ohne zu merken, was sie tat.

»Die Menge ist aufgesprungen«, sagte Joe Castiglione, »alle dreißigtausend Zuschauer, weil heute abend noch niemand den Laden verlassen hat.«

»Vielleicht einer oder zwei«, meinte Troop. Trisha achtete nicht auf ihn. Joe auch nicht.

»Gordon am Wurfmal.«

Ja, sie konnte ihn an der Pitcher's Plate sehen – jetzt mit aneinandergelegten Händen. Er stand dem Schlagmal nicht mehr direkt zugekehrt, sondern fixierte es über seine linke Schulter hinweg.

»Gordon in Bewegung.«

Auch das sah sie deutlich vor sich: wie der linke Fuß sich zum rechten, der auf der Plate bleiben mußte, zurückbewegte, während die Hände – die eine mit dem Handschuh, die andere hielt den Ball – sich zum Zwerchfell hoben; sie sah sogar, wie Bernie Williams zur zweiten Base losrannte, sowie der Ball in der Luft war, aber Tom Gordon achtete nicht auf ihn, selbst in der Bewegung bewahrte er seine charakteristische Ruhe, hatte nur Augen für Jason Veriteks Fanghandschuh, der tief hinter der Plate in der äußeren Ecke hing.

»Gordon holt aus, *drei... zwo... Wurf... und...*«

Die Menge sagte es ihr, der plötzliche freudige Aufschrei der Menge.

»*Strike! Fehlschlag drei gegeben!*« Joe kreischte beinahe. »*Du meine Güte, er hat bei drei und zwei einen Curveball geworfen und Strawberry keine Chance gelassen! Die Red Sox besiegen die Yankees mit fünf zu vier, und Tom Gordon erzielt sein achtzehntes Save!*« Seine Stimme kehrte in eine normalere Tonlage zurück. »Gordons Mannschaftskameraden sind zum Wurfhügel unterwegs – an ihrer Spitze Mo Vaughn, der eine Faust in die Luft reckt und den Sturmlauf anführt, aber bevor Vaughn ihn erreicht, macht Gordon rasch die Geste, die alle Fans selbst in der kurzen Zeit, in der er erst der Closer der Sox ist, bereits so gut kennengelernt haben.«

Trisha brach in Tränen aus. Sie drückte den Ausschaltknopf des Walkmans und blieb dann einfach auf dem feuchten Boden sitzen: ihren Rücken an den Baumstamm gelehnt und die Beine gespreizt, so daß die an einen Hularock erinnernden Fetzen des blauen Ponchos zwischen ihnen hingen. Sie weinte heftiger, als sie es in dem Augenblick getan hatte, in dem sie sicher war, daß sie sich im Wald verirrt hatte, aber diesmal weinte sie vor Erleichterung. Sie hatte sich verlaufen, aber man würde sie finden. Davon war sie überzeugt. Tom Gordon hatte das Spiel gerettet, und sie würde auch gerettet werden.

Noch immer weinend zog sie sich den Poncho über den Kopf, breitete ihn so tief unter dem umgestürzten Baum aus, wie sie glaubte, darunterkriechen zu können, und ließ sich dann nach links sinken, bis sie auf dem Plastikmaterial lag. Das alles tat sie, ohne es recht wahrzunehmen. In Gedanken war sie noch immer in Fenway Park, sah den Schiedsrichter gegen Strawberry auf Strike drei entscheiden, sah Mo Vaughn zum Wurfhügel laufen, um Tom Gordon zu gratulieren; sie glaubte zu sehen, wie Nomar Garciaparra von der Vorstopperposition, John Valentin von der dritten Base und Mark Lemke von der zweiten herantrabten, um das gleiche zu tun. Aber bevor sie ihn erreichten, machte Gordon, was er immer tat, wenn er ein Spiel entschieden hatte: er deutete gen Himmel. Nur ein rascher Fingerzeig nach oben.

Trisha verstaute den Walkman wieder in ihrem Rucksack, aber bevor sie ihren Kopf auf den ausgestreckten Arm sinken ließ, deutete sie kurz gen Himmel, wie es Gordon tat. Und warum nicht? Schließlich hatte ihr *irgend etwas* geholfen, diesen Tag zu überstehen, so entsetzlich er auch gewesen war. Und wenn man so deutete, fühlte dieses Etwas sich an wie Gott. Man konnte schließlich nicht auf das Glück oder das unterschwellig Wahrnehmbare deuten.

Diese Geste bewirkte, daß Trisha sich besser und schlechter zugleich fühlte – besser, weil es ihr mehr wie ein Gebet erschien, als es richtige Worte getan hätten, schlechter, weil sie sich dadurch zum erstenmal an diesem Tag wirklich einsam fühlte; indem sie wie Tom Gordon gen Himmel deutete, hatte sie das Gefühl, sich auf eine bisher ungeahnte Weise verirrt zu haben. Die Stimmen, die aus den Ohrhörern des Walkmans gedrungen waren und ihren Kopf gefüllt hatten, erschienen ihr jetzt wie Stimmen aus einem Traum, wie Geisterstimmen. Das ließ sie erzittern, denn sie wollte hier draußen nicht an Geister denken, nicht bei Nacht im Wald, nicht im Dunkeln unter einem umgestürzten Baum verkrochen. Sie sehnte sich nach ihrer Mutter. Noch größer war ihre Sehnsucht nach ihrem Vater. Ihr Vater hätte sie hier rausholen können; er hätte sie an der Hand genommen und aus dem Wald geführt. Und wenn sie vor Müdigkeit nicht weiterkönnte, hätte er sie getragen. Er hatte starke Muskeln. Besuchten Pete und sie ihn übers Wochenende, nahm er sie jedesmal am Samstagabend in die Arme und trug sie in ihr kleines Schlafzimmer. Das tat er, obwohl sie schon neun (und für ihr Alter groß) war. Für Trisha war das der liebste Teil ihrer Wochenendbesuche in Malden.

Mit einer Verwunderung, bei der sie sich elend fühlte, entdeckte Trisha, daß sie sich sogar nach ihrem übelgelaunten, ständig meckernden Bruder sehnte.

Trisha schlief weinend und mit tiefem Röcheln ein. Die Insekten umschwirrten sie in der Dunkelheit, kamen näher und näher heran. Schließlich ließen sie sich auf den unbedeckten Partien ihrer Haut nieder und begannen, ihr Blut und ihren Schweiß zu trinken.

Ein Windstoß fuhr durch den Wald, bewegte die Blätter und schüttelte die letzten Regentropfen von ihnen ab. Sekunden später stand die Luft wieder still. Aber dann war es nicht mehr still; in dem tropfnassen Schweigen war das Knacken brechender Zweige zu hören. Als es verstummte, entstand eine Pause, auf die ein Wirbel sich bewegender Zweige und ein rauhes Keuchen folgten. Eine Krähe krächzte einen kurzen Alarmschrei. Nach einer weiteren Pause setzten die Geräusche wieder ein und bewegten sich auf den Baum zu, unter dem Trisha, den Kopf auf ihrem Arm, schlief.

Vierter Durchgang,
zweite Hälfte

Sie waren hinter Dads kleinem Haus in Malden, nur sie beide, saßen in Liegestühlen, die etwas zu rostig waren, blickten über einen Rasen hinaus, der etwas zu hoch war. Die Gartenzwerge schienen sie zu beobachten, lächelten ihr geheimnisvolles, unangenehmes Lächeln aus der Tiefe des wuchernden Unkrauts, das sie umgab. Sie weinte, weil Dad gemein zu ihr war. Er war sonst nie gemein zu ihr, er umarmte sie immer und küßte sie aufs Haar und nannte sie Schatz, aber jetzt war er's, er war gemein, nur weil sie nicht die Kellerklappe unter dem Küchenfenster öffnen, die vier Stufen hinuntergehen und ihm eine Dose Bier aus der Kiste holen wollte, die er dort unten lagerte, wo es kühl war. Sie war so durcheinander, daß sie im Gesicht einen Ausschlag bekommen haben mußte, weil es überall juckte. Ihre Arme auch.

»Na, du kleine Ammer, ist das nicht ein Jammer?« sagte er, indem er sich zu ihr hinüberbeugte, und sie konnte seinen Atem riechen. Er brauchte kein weiteres Bier, er war schon betrunken, die Luft aus seinem Mund roch nach Hefe und toten Mäusen. »Warum willst du so 'ne kleine Schisserin sein? Du hast nicht einen *Tropfen* Eiswasser in den Adern.« Noch immer weinend, aber fest entschlossen, ihm zu beweisen, daß sie *doch* Eiswasser in ihren Adern hatte – zumindest ein wenig –, stand sie aus dem rostigen Liegestuhl auf und ging zu der noch rostigeren Tür der Kellerluke. Oh, es juckte sie einfach *überall*, und sie wollte diese Tür nicht öffnen, weil dahinter etwas Scheußliches lauerte – das wußten sogar die Gartenzwerge, man brauchte sich nur ihr verschlagenes Lächeln anzusehen, um das mitzubekommen. Trotzdem faßte sie nach dem Griff; sie hielt ihn mit einer Hand umfaßt, während Dad sie von hinten mit schrecklich fremder Stimme spöttisch aufforderte, sie solle weitermachen, *los, los*, kleine Ammer, los, *Schatz*, los, Kleines, mach zu und *tu's endlich*.

Als sie die Klappe hochzog, waren die Stufen in den Keller hinunter verschwunden. Die ganze Treppe war verschwunden. An ihrer Stelle befand sich ein ungeheures pralles Wespennest. Hunderte von Wespen flogen aus einem schwarzen Loch heraus, das sie an das Auge eines Mannes erinnerte, der vom Tod überrascht worden ist ... nein, das waren nicht Hunderte, sondern *Tausende* von Wespen, plumpe, schwerfällige Giftfabriken, die geradewegs auf sie zuflogen. Es war nicht mehr möglich, vor ihnen zu flüchten, sie würden sie alle gleichzeitig stechen, und sie würde sterben, während sie über ihre Haut krochen, in ihre *Augen* krochen, in ihren *Mund* krochen, ihre Zunge mit Gift vollpumpten, während sie auf dem Weg durch ihre *Kehle* hinunter in ihren Magen waren ...

Trisha glaubte, sie schreie laut, aber als sie mit dem Kopf an die Unterseite des Baumstamms prallte, Moos und Rindenstücke ihr verschwitztes Haar überschütteten und sie aus dem Schlaf fuhr, hörte sie nur eine Folge kleiner, kätzchenartiger Maunzlaute. Mehr ließ ihre zugeschnürte Kehle nicht zu.

Im ersten Augenblick war sie völlig desorientiert, fragte sich, warum ihr Bett sich so *hart* anfühlte, fragte sich, wo sie sich den Kopf angeschlagen hatte ... war es möglich, daß sie tatsächlich unter ihr Bett geraten war? Und ihre Haut *kribbelte* ganz schrecklich von dem Traum, aus dem sie eben hochgefahren war. O Gott, was für ein gräßlicher Alptraum das gewesen war!

Als sie sich nochmals ihren Kopf anstieß, kam die Erinnerung zurück. Sie war nicht in ihrem Bett oder auch nur darunter. Sie war im Wald, sie hatte sich im Wald verirrt. Sie hatte unter einem Baum geschlafen, und ihre Haut kribbelte noch immer. Nicht vor Angst, sondern weil...

»Weg mit euch, ihr Mistviecher, weg mit euch!« rief sie mit hoher, ängstlicher Stimme und wedelte mit beiden Händen hastig vor ihren Augen herum. Die meisten der Gnitzen und Stechmücken flogen von ihrer Haut auf und bildeten wieder ihre Wolke. Das Kribbelgefühl hörte auf, aber der gräßliche Juckreiz blieb. Es gab keine Wespen, aber sie war trotzdem zerstochen. Während sie schlief, hatte sie so ziemlich alles gestochen, was zufällig vorbeigekommen und Appetit gehabt hatte. Ihr ganzer Körper juckte. Und sie mußte pinkeln.

Trisha kroch keuchend und leise stöhnend unter dem Baumstamm hervor. Sie war von ihrer Rutschpartie überall steif, vor allem der Nacken und die linke Schulter, und ihr linker Arm und ihr linkes Bein – die Glieder, auf denen sie im Schlaf gelegen hatte – waren gefühllos. Gefühllos wie ein Holzpflock, hätte ihre Mutter dazu gesagt. Erwachsene (zumindest in ihrer Familie) hatten für fast alles eine Redensart: gefühllos wie ein Holzpflock, fröhlich wie eine Lerche, munter wie eine Grille, taub wie ein Stock, finster wie ein Kuhmagen, tot wie eine...

Nein, daran wollte sie nicht denken, nicht jetzt.

Trisha versuchte sich aufzurappeln, kam nicht hoch und schleppte sich kriechend auf die kleine Lichtung hinaus. Während sie sich bewegte, kehrte ein Teil des Gefühls in Arm und Bein zurück – mit diesen unangenehm stechenden Kribbelanfällen. Tausend kleine Nadelstiche.

»Hol's der Teufel«, krächzte sie – hauptsächlich um den Klang ihrer eigenen Stimme zu hören. »Hier draußen ist es finster wie in einem Kuhmagen.«

Aber als sie am Bach haltmachte, merkte Trisha, daß das ganz und gar nicht stimmte. Die kleine Lichtung lag in kaltem, klarem Mondschein, der so hell war, daß er deutliche Schatten warf und das Wasser des kleinen Bachs schwach glitzern ließ. Das leuchtende Objekt am Himmel über ihr glich einem leicht mißgestalteten silbernen Stein, dessen Licht fast blendete... aber sie sah trotzdem zu ihm auf, feierlicher Ernst lag auf ihrem geschwollenen, juckenden Gesicht und in ihren Augen. Der Mond leuchtete in dieser Nacht so hell, daß er nur die hellsten Sterne nicht überstrahlte, und irgend etwas an ihm – oder daran, aus welcher Umgebung sie ihn betrachtete – ließ sie spüren, wie einsam sie war. Ihre vorige Überzeugung, sie werde gerettet, nur weil Tom Gordon in der ersten Hälfte des neunten Innings drei Aus erzielt hatte, hatte sich verflüchtigt – da konnte man ebensogut auf Holz klopfen, etwas Salz über seine Schulter werfen oder sich bekreuzigen, bevor man zum Schlagmal trat, wie Nomar Garciaparra es immer tat. Hier gab es keine Kameras, keine Wiederholungen in

Zeitlupe, keine jubelnden Fans. Die kalte Schönheit des Mondgesichts suggerierte ihr, das unterschwellig Wahrnehmbare sei letztlich doch glaubhafter: ein Gott, der nicht wußte, daß er – oder es – ein Gott *war*, ein Gott ohne Interesse an verirrten kleinen Mädchen, ohne wirkliches Interesse an irgendwas, ein Aus-bei-vollen-Bases-Gott, dessen Verstand einer schwirrenden Insektenwolke glich und dessen Auge der ferne, leere Mond war.

Trisha beugte sich über den Bach, um daraus Wasser für ihr pochendes Gesicht zu schöpfen, sah ihr Spiegelbild und stieß einen leisen Klagelaut aus. Der Wespenstich über ihrem linken Wangenknochen war noch weiter angeschwollen (vielleicht hatte sie im Schlaf daran gekratzt oder sich irgendwo angeschlagen) und durch die Schlammschicht, mit der sie ihn beschmiert hatte, gestoßen wie ein frisch ausgebrochener Vulkan, der durch die alte Lava seiner letzten Eruption bricht. Er hatte ihr Auge völlig entstellt, es ganz schief und mißgestaltet gemacht, so daß es jetzt ein Auge war, von dem man sich lieber abwandte, wenn man es auf der Straße auf sich zuschweben sah. Der Rest ihres Gesichts war ebenso schlimm oder sogar noch schlimmer: klumpig, wo sie gestochen worden war, lediglich geschwollen, wo Hunderte von Mücken im Schlaf über sie hergefallen waren. Wo sie am Ufer kniete, war das Wasser verhältnismäßig still, und Trisha sah darin, daß mindestens noch eine Mücke an ihr hing. Sie saß in ihrem rechten Augenwinkel und war zu vollgesogen, um auch nur ihren Stechrüssel aus ihrer Haut zu ziehen. Dabei fiel ihr wieder einer von diesen Erwachsenenausdrücken ein: zu vollgefressen, um springen zu können.

Sie schlug danach, und die platzende Mücke füllte ihr Auge mit ihrem eigenen Blut, das nun brannte. Trisha schaffte es, nicht aufzuschreien, aber ein schwankender angewiderter Laut – *mmmmmmhh* – entschlüpfte ihren krampfhaft zusammengepreßten Lippen. Sie betrachtete ungläubig das Blut an ihren Fingern. Daß eine einzige Stechmücke so viel Blut enthalten konnte! Einfach unglaublich!

Sie tauchte ihre hohlen Hände ins Wasser und wusch sich das Gesicht. Sie trank nicht davon, weil sie sich vage daran erinnerte, von jemandem gehört zu haben, Waldwasser könne Magenbeschwerden hervorrufen, aber das Gefühl auf ihrer heißen, geschwollenen Haut war wunderbar – wie kalter Satin. Sie schöpfte noch mehr, benetzte damit ihren Nacken und tauchte ihre Arme bis zu den Ellbogen ein. Dann grub sie nach Schlamm und begann ihn zu verteilen – diesmal nicht nur auf den Stichen, sondern überall vom runden Ausschnitt ihres 36 GORDON-Trikots bis hinauf zu ihrem Haaransatz. Während sie das tat, dachte sie an eine Episode aus *I Love Lucy*, die sie bei *Nick at Nite* gesehen hatte: Lucy und Ethel waren im Schönheitssalon und trugen diese verrückten Schlammpackungen aus dem Jahre 1958, und Desi kam herein, sah von einer Frau zur anderen und fragte: »He, Lucy, welche bist 'n du?«, und das Publikum hatte gejohlt. So sah sie jetzt bestimmt auch aus, aber das war Trisha egal. Hier draußen gab es keine Studiogäste, auch kein Gelächter vom Tonband, und sie konnte es nicht mehr ertragen, noch weiter zerstochen zu werden. Das hätte sie wahnsinnig gemacht.

Sie trug fünf Minuten lang Schlamm auf, vervollständigte die Maske mit einigen Tupfen auf den Lidern und beugte sich dann über den Bach, um ihr Spiegelbild zu betrachten. Was sie in dem verhältnismäßig stillen Wasser in Ufernähe sah, war ein Schlamm-Mädchen aus einem Panoptikum bei Mondschein. Ihr Gesicht war teigig grau, wie ein Gesicht auf einer bei archäologischen Ausgrabungen ans Tageslicht gebrachten Vase. Darüber standen ihre Haare schmutzig und verfilzt zu Berge. Ihre Augen waren weiß und feucht und ängstlich. Sie sah nicht komisch aus wie Lucy und Ethel bei ihrer kosmetischen Behandlung. Sie sah tot aus. Tot und schlecht aufbalsamiert – oder wie immer das hieß.

Trisha wandte sich an das Gesicht im Wasser, als sie intonierte: »*Dann* sagte Little Black Sambo: *Bitte, Tiger, nehmt mir meine schönen neuen Kleider nicht weg.*«

Aber auch das war nicht komisch. Sie verteilte Schlamm auf ihren geschwollenen, juckenden Armen und wollte danach ihre Hände ins Wasser stecken, um sie zu waschen. Aber das wäre dumm gewesen. Die verflixten alten Mücken hätten sie dann einfach dort gestochen.

Die tausend kleinen Nadelstiche in ihrem Arm und ihrem Bein waren fast ganz verschwunden. Trisha konnte sich hinhocken und pinkeln, ohne umzukippen. Sie konnte sogar aufstehen und herumgehen, auch wenn sie ihr Gesicht schmerzlich verzog, sobald sie den Kopf mehr als nur leicht nach rechts oder links drehte. Vermutlich hatte sie eine Art Schleudertrauma erlitten – wie Mrs. Chetwynd aus ihrer Straße, als irgendein alter Mann ihren Wagen von hinten gerammt hatte, während sie an einer roten Ampel gewartet hatte. Der alte Mann war kein bißchen verletzt gewesen, aber die arme Mrs. Chetwynd hatte danach sechs Wochen lang eine Nackenstütze tragen müssen. Vielleicht würde man ihr eine Nackenstütze verpassen, wenn sie hier herauskam. Vielleicht würde man sie mit einem Rettungshubschrauber abtransportieren, der wie in M*A*S*H ein rotes Kreuz auf dem Bauch trug, und sie ...

Vergiß es, Trisha. Das war die kalte beängstigende Stimme. *Du kriegst keine Nackenstütze. Auch keinen Hubschrauberflug.*

»Halt die Klappe«, murmelte sie, aber die Stimme war nicht so leicht zum Schweigen bringen.

Du wirst nicht einmal aufgebahrt, weil sie dich nie finden werden. Du stirbst hier draußen, du irrst einfach durch diese Wälder, bis du stirbst, und dann kommen die Tiere und fressen deinen verwesenden Körper, und eines Tages kommt ein Jäger vorbei und entdeckt deine Gebeine.

Letzteres war auf so schreckliche Weise glaubhaft – in den Fernsehnachrichten hatte sie ähnliche Geschichten nicht nur einmal, sondern mehrmals gesehen, zumindest glaubte sie, sich daran zu erinnern –, daß sie wieder zu weinen begann. Sie sah den Jäger richtig vor sich: ein Mann in hellroter Wolljacke und orangeroter Mütze, ein Mann mit Dreitagebart. Auf der Suche nach einem Versteck, um einem Weißwedelhirsch aufzulauern, oder vielleicht auch nur, um auszutreten. Er sieht etwas Weißes und denkt zuerst: *Bloß ein Stein*, aber als er näher kommt, sieht er, daß dieser Stein Augenhöhlen hat.

»Hör auf«, flüsterte sie und ging zu dem umgestürzten Baum und den darunter ausgebreiteten verknitterten Überresten ihres Ponchos zurück (sie haßte den Poncho jetzt; sie wußte nicht, weshalb, aber er schien alles zu symbolisieren, was schiefgegangen war). »Bitte, hör auf.«

Aber das tat die kalte Stimme nicht. Die kalte Stimme hatte noch etwas zu sagen. Sie mußte wenigstens noch einen Satz loswerden.

Oder vielleicht stirbst du nicht einfach. Vielleicht bringt das Ding dort draußen dich um und frißt dich.

Trisha blieb neben dem umgestürzten Baum stehen – mit einer Hand umklammerte sie den Stumpf eines abgestorbenen kleinen Asts – und sah sich nervös um. Seit sie aufgeschreckt war, hatte sie eigentlich nur daran denken können, wie schlimm es sie überall juckte. Doch der Schlamm hatte jetzt den gröbsten Juckreiz und das weiterhin spürbare Pochen der Wespenstiche gestillt, und sie erkannte wieder, wo sie war: allein bei Nacht im Wald.

»Wenigstens scheint der Mond«, sagte sie, als sie so neben dem Baumstamm stand und sich nervös auf ihrer kleinen halbmondförmigen Lichtung umsah. Sie wirkte jetzt noch kleiner, als seien die Bäume und das Unterholz näher herangekrochen, während sie geschlafen hatte. *Heimlich* näher gekrochen.

Auch das Mondlicht war keine so gute Sache, wie sie gedacht hatte. Auf der Lichtung schien es hell, das stimmte, aber das war eine täuschende Helligkeit, die alles zu wirklich und zugleich ganz unwirklich erscheinen ließ. Die Schatten waren zu schwarz, und sobald eine Brise die Bäume bewegte, veränderten die Schatten sich auf beunruhigende Weise.

Im Wald keckerte etwas, schien abgewürgt zu werden, keckerte nochmals und verstummte.

In der Ferne schrie eine Eule.

In der Nähe knackte ein Zweig.

Was war das? dachte Trisha und drehte sich nach dem Knacken um. Ihr Puls begann sich zu beschleunigen: vom Gehen übers Joggen bis zum Rennen. In wenigen Sekunden würde er zu einem Spurt ansetzen, und dann würde vielleicht auch *sie* spurten – wieder in besinnungsloser Panik und wie eine Hirschkuh auf der Flucht vor einem Waldbrand.

»Nichts, das war nichts«, sagte sie. Sie sprach halblaut und rasch ... ganz im Tonfall ihrer Mutter, obwohl ihr das nicht bewußt war. Sie wußte auch nicht, daß ihre Mutter in einem Motelzimmer dreißig Meilen von der Stelle entfernt, an der sie neben dem umgestürzten Baum stand, aus unruhigem Schlaf hochgeschreckt war: mit offenen Augen, noch halb träumend und erfüllt von der Gewißheit, ihrer vermißten Tochter sei etwas Schreckliches passiert oder es werde ihr gleich zustoßen.

Was du hörst, ist das Ding, Trisha, sagte die kalte Stimme. Sie klang äußerlich betrübt, innerlich unsagbar frohlockend. *Es kommt dich holen. Es hat deine Witterung aufgenommen.*

»Es gibt kein *Ding*«, flüsterte Trisha mit verzweifelter, zittriger Stimme, die jedesmal in völlige Stille zerstob, wenn sie unsicher anhob. »Komm schon, laß mich in Ruhe, es gibt kein *Ding*.«

Der trügerische Mondschein hatte die Formen der Bäume verändert, hatte sie in Knochenschädel mit schwarzen Augen verwandelt. Das Geräusch zweier Äste, die sich aneinander rieben, wurde zum schleimigen Röcheln eines Ungeheuers. Trisha drehte sich unbeholfen im Kreis und versuchte, überall gleichzeitig hinzuschauen, ihre Augen rollten dabei in ihrem schlammbedeckten Gesicht.

Es ist ein spezielles Ding, Trisha – das Ding, das Verirrten auflauert. Es läßt sie herumlaufen, bis sie richtig Angst haben – weil Angst ihren Geschmack verbessert, weil sie das Fleisch süßer macht –, und holt sie sich dann. Du wirst schon sehen. Es kommt jeden Augenblick unter den Bäumen heraus. Eigentlich schon in ein paar Sekunden. Und wenn du sein Gesicht siehst, wirst du verrückt. Könnte dich jemand hören, würde er glauben, daß du schreist. Aber du wirst lachen, nicht wahr? Denn das tun Verrückte, wenn ihr Leben endet, sie lachen ... und sie lachen ... und sie lachen.

»Hör auf, es gibt kein Ding, es gibt kein Ding im Wald, hör endlich auf damit!«

Das flüsterte sie mit atemloser Schnelligkeit, und ihre Hand, die den Stumpf des abgestorbenen Asts hielt, umklammerte ihn fester und fester, bis er mit einen lauten Knall abbrach, der an eine Starterpistole erinnerte. Dieses Geräusch ließ sie zusammenfahren und einen kleinen Schrei ausstoßen, aber zugleich beruhigte es sie auch. Schließlich wußte sie, was das gewesen war – nur ein kleiner Ast, den sie abgebrochen hatte. Sie konnte noch Äste abbrechen, sie hatte die Welt noch soweit im Griff. Geräusche waren nur Geräusche, und Schatten waren nur Schatten. Sie konnte sich ängstigen, sie konnte auf diese eklige Verräterin von einer Stimme hören, wenn sie wollte, aber es gab kein

(Ding spezielles Ding)

in den Wäldern. Es gab *wildlebende Tiere*, und hier draußen fand in diesem Augenblick bestimmt das alte Fressen-oder-gefressen-werden-Spiel statt, aber es gab kein Di ...

Es gibt etwas.

Und es gab etwas.

Als Trisha jetzt alle Überlegungen einstellte und unwillkürlich den Atem anhielt, wußte sie, daß es hier etwas gab. Sie wußte es mit schlichter kalter Gewißheit. Es gab *irgendwas*. Keine fremden Stimmen in ihrem Innern sagten ihr das, sondern ein Teil ihres Ichs, den sie nicht verstand, ein spezieller Satz verborgener Nerven, der in der Welt von Häusern und Telefonen und elektrischer Beleuchtung vielleicht ruhte und erst hier draußen in den Wäldern aktiv wurde. Dieser Teil konnte nicht sehen, konnte nicht denken, aber er konnte fühlen. Und jetzt fühlte er etwas in ihrer Nähe.

»Hallo?« rief sie zu den Mondschein-und-Knochen-Gesichtern der Bäume hinüber. »Hallo, ist dort jemand?«

In dem Motelzimmer in Castle View, das er auf Quillas Wunsch mit ihr teilte, saß Larry McFarland im Schlafanzug auf der Kante des einen Bettes und hatte seiner Exfrau den Arm um die Schultern gelegt. Obwohl sie nur ein hauchdünnes Batistnachthemd anhatte und er sich ziemlich sicher war, daß sie nichts darunter trug, *und* obwohl er seit gut einem Jahr keine sexuelle Beziehung zu etwas anderem außer seiner linken Hand gehabt hatte, empfand er kein Begehren (jedenfalls kein *drängendes* Begehren). Sie zitterte am ganzen Leib. Für ihn fühlte sich das an, als sei jeder Muskel ihres Rückens von innen nach außen gekehrt.

»Da ist nichts weiter«, sagte er. »Bloß ein Traum. Ein Alptraum, mit dem du aufgewacht bist und der dir dieses Gefühl zurückgelassen hat.«

»Nein«, sagte Quilla und schüttelte so heftig den Kopf, daß ihr Haar sanft an seine Wange schlug. »Sie ist in Gefahr. Das spüre ich. In schrecklicher Gefahr.« Und sie begann zu weinen.

Trisha weinte nicht, nicht jetzt. In diesem Augenblick hatte sie zu viel Angst, um zu weinen. Irgendwas beobachtete sie. *Irgend etwas.*

»Hallo?« rief sie nochmals. Keine Antwort ... aber es war da, und es bewegte sich jetzt, unmittelbar hinter den Bäumen am rückwärtigen Rand der Lichtung, bewegte sich von links nach rechts. Und als ihr Blick sich nur dem Mondschein und einem Gefühl folgend mitbewegte, hörte sie aus der Richtung, in die sie blickte, das Knacken eines Zweiges. Und ein leises Ausatmen ... oder etwa doch nicht? War das vielleicht nur ein Windhauch?

Du weißt's besser, flüsterte die kalte Stimme, und das stimmte natürlich.

»Tu mir nichts«, sagte Trisha, und jetzt kamen die Tränen. »Was du auch bist, bitte tu mir nichts. Ich tue dir bestimmt nichts, bitte tu mir auch nichts. Ich ... ich bin nur ein Kind.« Ihre Knie wurden weich, aber Trisha fiel nicht hin, sondern sackte eher in sich zusammen. Noch immer schluchzend und am ganzen Leib vor Entsetzen zitternd, verkroch sie sich wie das kleine, wehrlose Tier, zu dem sie geworden war, wieder unter dem umgestürzten Baumstamm. Fast ohne es zu merken, flehte sie weiter darum, verschont zu bleiben. Sie griff nach ihrem Rucksack und zog ihn wie einen Schutzschild vors Gesicht. Starke, heftige Panikattacken schüttelten ihren Körper, und als wieder ein Zweig knackte, diesmal näher, schrie sie gellend. Es war noch nicht auf der Lichtung, aber beinahe. Beinahe.

War es in den Bäumen? Bewegte es sich durch das Gewirr aus Zweigen? War es etwas mit Flügeln wie eine Fledermaus?

Sie spähte zwischen ihrem Rucksack und der Wölbung des schützenden Baums nach draußen. Sie sah nur ein Gewirr aus Zweigen vor dem mondhellen Himmel. Dazwischen war kein Lebewesen – zumindest keines, das ihre Augen erkennen konnten –, aber im Wald war es jetzt totenstill geworden. Keine Vögel riefen, keine Käfer summten im Gras.

Es war jetzt sehr nahe, was immer es war, und es versuchte sich zu entscheiden. Es würde kommen und sie zerreißen, oder es würde weiterziehen. Es war kein Scherz, und es war kein Traum. Es waren Tod und Wahnsinn, die unmittelbar jenseits des Randes der Lichtung standen oder kauerten oder vielleicht in den Bäumen hockten. Es überlegte, ob es sie jetzt schlagen ... oder noch etwas länger reifen lassen sollte.

Sie lag unter dem Baum, umklammerte ihren Rucksack und hielt den Atem an. Nach einer Ewigkeit knackte wieder ein Zweig, diesmal etwas weiter entfernt. Was es auch sein mochte, es zog weiter.

Trisha schloß die Augen. Unter ihren mit Schlamm bedeckten Lidern quollen Tränen hervor und liefen über ihre ebenso schlammigen Wangen hinunter. Ihre Mundwinkel zuckten heftig. Sie wünschte sich für kurze Zeit, sie wäre tot – lieber tot sein, als solche Angst erleiden müssen, lieber tot als im Wald verirrt sein.

Etwas weiter entfernt knackte nochmals ein Zweig. Blätter raschelten wie von einer windlosen Bö, und dieses Geräusch kam von noch weiter her. Es zog weiter, aber es wußte jetzt, daß sie hier in seinen Wäldern war. Es würde zurückkommen. Unterdessen erstreckte sich die Nacht vor ihr wie tausend Meilen einer einsamen Straße.

Ich werde nie einschlafen können. Niemals.

Ihre Mutter hatte ihr geraten, sich etwas vorzustellen, wenn sie nicht einschlafen konnte. *Stell dir etwas Hübsches vor. Das ist das Beste, was du tun kannst, wenn der Sandmann sich verspätet, Trisha.*

Sich vorstellen, daß sie gerettet war? Nein, davon hätte sie sich nur elender gefühlt ... als ob man sich ein großes Glas Wasser vorstellte, wenn man durstig war.

Sie *war* durstig, das merkte sie jetzt ... völlig ausgedörrt. Das blieb wohl zurück, vermutete sie, wenn die größte Angst überstanden war – dieser Durst. Sie drehte ihren Rucksack mit einiger Mühe um und öffnete die Verschlüsse. Das wäre einfacher gewesen, wenn sie sich aufgesetzt hätte, aber nichts in der Welt konnte sie dazu bringen, in dieser Nacht unter ihrem Baum hervorzukommen, nichts im *Universum*.

Außer es kommt zurück, sagte die kalte Stimme. *Außer es kommt zurück und zerrt dich heraus.*

Sie zog ihre Wasserflasche aus dem Rucksack, nahm mehrere große Schlucke, verschloß sie und verstaute sie wieder. Dann betrachtete sie sehnsüchtig die Reißverschlußtasche, in der ihr Walkman steckte. Sie hätte ihn am liebsten herausgeholt und ein bißchen Radio gehört, aber sie mußte die Batterien schonen.

Trisha schloß die Klappe, bevor sie schwach werden konnte, und nahm ihren Rucksack wieder in die Arme. Was sollte sie sich vorstellen, nachdem sie nicht mehr durstig war? Mit einem Mal wußte sie es – einfach so. Sie stellte sich vor, Tom Gordon sei bei ihr auf der Lichtung, stehe gleich dort drüben am Bach. Tom Gordon in seiner Spielerkleidung für Heimspiele: so weiß, daß sie im Mondschein fast leuchtete. Nicht wirklich ihr Beschützer, da er nur eine Phantasiegestalt war ... aber *irgendwie* doch ein Beschützer. Warum nicht? Schließlich war dies ihre Phantasie.

Was ist das im Wald gewesen? fragte sie ihn.
Keine Ahnung, antwortete Tom. Das klang gleichgültig. Aber er konnte sich diesen gleichgültigen Tonfall natürlich *leisten*, nicht wahr? Der echte Tom Gordon war zweihundert Meilen von hier entfernt in Boston und schlief inzwischen, vermutlich bei abgesperrter Tür.

»Wie machst du das?« fragte sie, jetzt wieder schläfrig, so schläfrig, daß sie nicht einmal merkte, daß sie laut sprach. »Was ist das Geheimnis?«

Geheimnis von was?

»Wie man ein Spiel entscheidet«, murmelte Trisha, während ihr die Augen zufielen.

Sie dachte, er werde antworten, man müsse an Gott glauben – deutete er denn nicht nach jedem Erfolg gen Himmel? – oder an sich selbst glauben oder vielleicht sein Bestes versuchen (das war der Wahlspruch von Trishas Fußballtrainer: »Ich verlange nur das eine von euch: Gebt euer Bestes!«), aber am Ufer des kleinen Bachs stehend sagte Nummer 36 nichts dergleichen.

Du mußt versuchen, dem ersten Batter den Schneid abzukaufen, lautete seine Antwort. *Du mußt ihn gleich mit dem ersten Wurf herausfordern, einen Ball werfen, den er nicht treffen kann. Er kommt zum Schlagmal und denkt: Ich bin besser als dieser Kerl. Diese Idee mußt du ihm abgewöhnen, und es ist besser, damit nicht zu warten. Am besten tust du's gleich. Deutlich zu machen, daß du der Bessere bist – das ist das Geheimnis, wie man ein Spiel entscheidet.*

»Welchen Ball ...« *wirfst du beim ersten Pitch am liebsten?* hatte sie fragen wollen, aber bevor sie alles herausbringen konnte, war sie eingeschlafen. In Castle View schliefen auch ihre Eltern, diesmal im gleichen schmalen Bett, nachdem sie sich plötzlich, befriedigend und völlig ungeplant, geliebt hatten. *Also, wenn mir das jemand vorhergesagt hätte,* war Quillas letzter wacher Gedanke. *Nicht mal in einer Million Jahre hätte ich...* lautete Larrys.

Von der ganzen Familie schlief Pete McFarland in den ersten Stunden dieses Morgens im Spätfrühling am unruhigsten; er lag im Zimmer neben dem seiner Eltern, stöhnte und zerwühlte sein Bett, während er sich ruhelos von einer Seite auf die andere warf. In seinen Träumen stritten seine Mutter und er sich, waren auf dem Wanderweg unterwegs und stritten sich, und als er sich irgendwann angewidert abwandte (oder vielleicht um ihr nicht die Befriedigung zu gönnen, daß sie sah, daß er ein bißchen zu weinen begonnen hatte), war Trisha fort. An dieser Stelle geriet sein Traum ins Stocken; er blieb in seinem Verstand stecken wie ein Knochen in der Luftröhre. Pete warf sich im Bett herum, als ließe er sich so wieder lösen. Der untergehende Mond schien ins Zimmer und ließ den Schweiß auf Petes Stirn und Schläfen glänzen.

Er drehte sich um, und sie war fort. Drehte sich um, und sie war fort. Drehte sich um, und sie war fort. Hinter ihm lag nur der leere Weg.

»Nein«, murmelte Pete im Schlaf, warf seinen Kopf von einer Seite zur anderen und versuchte, den Traum zu lösen, ihn herauszuhusten, bevor er daran erstickte. Aber das gelang ihm nicht. Er drehte sich um, und sie war fort. Hinter ihm lag nur der leere Weg.

Es war, als hätte er nie eine Schwester gehabt.

Fünfter Durchgang

Als Trisha am nächsten Morgen aufwachte, tat ihr der Nacken so weh, daß sie kaum den Kopf drehen konnte, aber das war ihr egal. Die Sonne stand am Himmel, füllte die halbmondförmige Lichtung mit frühem Morgenlicht. *Das* war ihr wichtig. Sie erinnerte sich, daß sie nachts aufgewacht war, weil es sie überall juckte und sie mal mußte; sie erinnerte sich, daß sie zum Bach gegangen war und ihre Mücken- und Wespenstiche bei Mondschein mit Schlamm bepflastert hatte; sie erinnerte sich, daß sie eingeschlafen war, während Tom Gordon bei ihr Wache gehalten und ihr einige der Geheimnisse seiner Rolle als Closer erklärt hatte. Sie erinnerte sich auch, daß sie schreckliche Angst vor irgendwas im Wald gehabt hatte, aber natürlich war dort nichts gewesen, was sie beobachtet hatte; sie hatte nur davor Angst gehabt, in der Dunkelheit allein zu sein, das war alles.

Irgend etwas tief in ihrem Bewußtsein versuchte, dagegen zu protestieren, aber das ließ Trisha nicht zu. Die Nacht war vorüber. Sie wollte ebensowenig auf sie zurückblicken, wie sie zum Steilhang zurückgehen und ihre Rutschpartie zu dem Baum mit dem Wespennest hinunter wiederholen wollte. Jetzt war es Tag. Jetzt würden massenhaft Suchtrupps ausschwärmen, und sie würde gerettet werden. Das wußte sie. Sie *verdiente*, gerettet zu werden, nachdem sie eine ganze Nacht allein in den Wäldern verbracht hatte.

Sie kroch unter dem Baum hervor, wobei sie ihren Rucksack vor sich herschob, kam auf die Beine, setzte ihre Mütze auf und humpelte zum Bach zurück. Sie wusch sich den Schlamm von Gesicht und Händen, betrachtete die Wolke aus Gnitzen und Stechfliegen, die sich wiederum ihren Kopf zu sammeln begann, und trug widerstrebend eine neue Schlammschicht auf. Dabei erinnerte sie sich daran, wie Pepsi und sie als kleine Mädchen einmal Schönheitssalon gespielt hatten. Sie hatten eine solche Schweinerei mit Mrs. Robichauds Make-up angerichtet, daß Pepsis Mom sie tatsächlich angeschrien hatte, sie sollten aus dem Haus verschwinden, sich gar nicht erst waschen oder versuchen, irgendwas aufzuräumen, sondern bloß abhauen, bevor sie ganz ausraste und ihnen ein paar knalle. Also waren sie hinausgelaufen – voller Puder und Rouge und Eyeliner und grünem Lidschatten und Lippenstift in der Farbe Passion Plum – und hatten wahrscheinlich wie die jüngsten Stripperinnen der Welt ausgesehen. Sie waren zu Trisha gegangen, wo Quilla sie erst entgeistert angestarrt und dann gelacht hatte, bis ihr die Tränen übers Gesicht liefen. Sie hatte die kleinen Mädchen an der Hand genommen, ins Bad geführt und ihnen Cold Cream zum Abschminken gegeben. »*Sanft* nach oben streichen, Mädchen«, murmelte Trisha jetzt. Als sie mit ihrem Gesicht fertig war, spülte sie ihre Hände im Bach ab und aß den Rest ihres Thunfischsandwichs und dann die Hälfte der Selleriestangen. Sie rollte die Lunchtüte mit deutlichem Unbehagen zusammen. Jetzt war das Ei fort, das Thunfischsandwich war fort, die Chips waren fort, und die Twinkies waren fort. Ihr Proviant bestand nur noch aus einer halben Flasche Surge (in Wirklichkeit weniger) einer halben Flasche Wasser und ein paar Selleriestangen.

»Macht nichts«, sagte sie und verstaute die leere Lunchtüte und die restlichen Selleriestangen wieder in ihrem Rucksack. Auch der zerfetzte, schmutzige Poncho kam mit hinein. »Macht nichts, weil bestimmt schon massenhaft Suchtrupps unterwegs sind. Einer wird mich finden. Mittags sitze ich schon beim Essen in einem Diner. Hamburger, Pommes frites, Kakao, Apfelkuchen.« Bei dieser Vorstellung knurrte ihr der Magen.

Sobald Trisha ihr Zeug eingepackt hatte, rieb sie auch ihre Hände wieder mit Schlamm ein. Unterdessen lag die Lichtung in hellem Sonnenschein – der Tag versprach klar und heiß zu werden –, und sie konnte sich jetzt etwas leichter bewegen. Sie streckte sich, trabte ein bißchen auf der Stelle, um den alten Kreislauf in Schwung zu bringen, und rollte ihren Kopf von einer Seite zur anderen, bis die schlimmste Steifheit im Nakken verschwunden war. Sie machte noch einen Augenblick länger Pause und horchte auf Stimmen, auf Hunde, vielleicht auch auf das unregelmäßige *Whup-whup-whup* der Rotoren eines Hubschraubers. Aber sie hörte nur den Specht, der schon nach seinem täglich Brot hämmerte.

Macht nichts, du hast reichlich Zeit. Es ist Juni, weißt du. Dies sind die längsten Tage des Jahres. Geh dem Bach nach. Selbst wenn die Suchtrupps dich nicht gleich finden, bringt der Bach dich zu Menschen.

Aber als der Morgen zum Vormittag wurde, brachte

der Bach sie nur zu Wäldern und noch mehr Wäldern. Die Temperatur stieg. Kleine Schweißbäche begannen dünne Linien durch ihre Schlammpackung zu ziehen. Größere Bäche bildeten dunkle Flecken unter den Achseln ihres 36-GORDON-Trikots; ein weiterer feuchter Fleck, in Baumform, entstand zwischen ihren Schulterblättern. Ihre Haare, die jetzt so schlammig waren, daß sie nicht mehr blond, sondern schmutzigbrünett aussahen, hingen ihr ins Gesicht. Trishas anfängliche Hoffnungen verflüchtigten sich, und die Energie, mit der sie um sieben Uhr von der Lichtung aufgebrochen war, war um zehn Uhr verbraucht. Gegen elf Uhr geschah etwas, was ihr den Mut noch weiter raubte.

Sie hatte den Kamm eines Hügelrückens erreicht – dieser war wenigstens ziemlich sanft und mit einem Teppich aus Blättern und Nadeln bedeckt – und wollte dort etwas rasten, als jene unwillkommene Sinneswahrnehmung, die überhaupt nichts mit ihrem Bewußtsein zu tun hatte, sie erneut alarmierte. Sie wurde beobachtet. Es hatte keinen Zweck, sich einreden zu wollen, das sei nicht wahr, denn es stimmte.

Trisha drehte sich langsam im Kreis. Sie sah nichts, aber der Wald schien wieder verstummt zu sein: keine Backenhörnchen mehr, die raschelnd durch Laub und Unterholz tobten, keine roten Eichhörnchen mehr jenseits des Bachs, keine warnend schimpfenden Eichelhäher mehr. Der Specht hämmerte weiter, in der Ferne krächzten Krähen, aber ansonsten war sie mit den sirrenden Mücken allein.

»Wer ist da?« rief sie.

Sie bekam natürlich keine Antwort und machte sich neben dem Bach an den Abstieg, bei dem sie sich an Büschen festhalten mußte, weil der Untergrund rutschig wurde. *Das hab' ich mir nur eingebildet*, dachte sie ... und wußte recht gut, daß das nicht stimmte.

Der Bach wurde schmaler, und das bildete sie sich garantiert *nicht* ein. Während sie ihm den langen Kiefernhang hinunter und dann durch ein schwieriges Laubwäldchen folgte – zuviel Unterholz und zuviel davon dornig –, schrumpfte er stetig weiter, bis er schließlich nur noch ein höchstens eineinhalb Fuß breites Rinnsal war.

Der Bach verschwand in einem niedrigen Gehölz. Statt es zu umgehen, kämpfte Trisha sich durch den dichten Bewuchs am Ufer, weil sie fürchtete, den Bach sonst aus den Augen zu verlieren. Ein Teil ihres Ichs wußte, daß das keine Rolle gespielt hätte, weil er fast sicher nicht dorthin führte, wo *sie* hinwollte, denn vermutlich führte er gar nirgends hin, aber all diese Dinge schienen keinen Unterschied zu machen. Die Wahrheit war, daß sich bei ihr eine emotionale Bindung an den Bach entwickelt hatte – sie hatte *eine Beziehung zu ihm aufgebaut*, hätte ihre Mom gesagt –, so daß sie es nicht ertragen konnte, ihn zu verlassen. Ohne ihn wäre sie nur ein kleines Mädchen gewesen, das planlos durch den tiefen Wald irrte. Allein der Gedanke daran schnürte ihr die Kehle zu und ließ ihr Herz jagen.

Sie verließ das Laubwäldchen, und der Bach erschien wieder. Trisha folgte ihm mit gesenktem Kopf und finsterer Miene so konzentriert, wie Sherlock Holmes der Fährte des Hundes von Baskerville gefolgt war. Sie merkte weder, daß das Unterholz sich veränderte, weil die Büsche Farnen wichen, noch daß viele der Bäume, zwischen denen der kleine Bach sich jetzt hindurchschlängelte, abgestorben waren, noch wie der Boden unter ihren Füßen weicher zu werden begann. Ihre gesamte Aufmerksamkeit war auf den Bach konzentriert. Sie folgte ihm mit gesenktem Kopf: ein Anblick vorbildlicher Konzentration.

Der Bach wurde wieder breiter, und sie gestattete sich etwa eine Viertelstunde lang (das war gegen Mittag) die Hoffnung, er werde doch nicht versiegen. Dann erkannte sie, daß er zugleich seichter wurde; in Wirklichkeit bestand er aus kaum mehr als einer Reihe von Tümpeln, von denen die meisten mit Algen überwuchert und von unzähligen Insekten belebt waren. Etwa zehn Minuten später verschwand ihr linker Turnschuh im Erdboden, der an dieser Stelle nicht fest war, sondern nur aus einem täuschenden Moospolster über einem Schlammloch bestand. Die schlammige Brühe floß bis über ihren Knöchel, und Trisha zog ihren Fuß mit einem angewiderten kleinen Aufschrei heraus. Der kräftige Ruck zog ihr den Schuh halb vom Fuß. Trisha schrie erneut halblaut auf und lehnte sich an einen abgestorbenen Baum, während sie erst ihren Fuß mit Grasbüscheln abwischte und dann ihren Turnschuh wieder anzog.

Als sie damit fertig war, sah sie sich um und stellte fest, daß sie eine Art Geisterwald erreicht hatte: ein Gebiet, in dem ein Waldbrand gewütet hatte. Vor ihr (und auch schon um sie herum) erstreckte sich ein wirres Labyrinth aus längst abgestorbenen Bäumen. Der Boden, auf dem sie stand, war naß und sumpfig. Aus flachen Tümpeln mit stehendem Wasser ragten Erdhügel wie Schildkrötenpanzer, die mit Schilf, Gras und Unkraut bewachsen waren. Die Luft summte von Stechmücken, zwischen denen Libellen umherschwirrten. Hier gab es jetzt mehr emsig hämmernde Spechte, dem Geräusch nach Dutzende von ihnen. So viele abgestorbene Bäume, so wenig Zeit.

Trishas Bach schlängelte sich in diesen Morast davon und verschwand darin.

»Was mache ich jetzt, häh?« fragte sie weinerlich und mit müder Stimme. »Sagt mir das bitte mal jemand?«

Hier gab es mehr als genug Plätze, an denen man sitzen und darüber nachdenken konnte; überall lagen umgestürzte tote Bäume, viele noch mit Brandspuren an ihren ausgebleichten Stämmen. Der erste, auf den sie sich setzen wollte, knickte jedoch unter ihrem Gewicht ein und ließ sie rücklings auf den morastigen Boden plumpsen. Trisha schrie auf, als die Feuchtigkeit durch ihre Jeans drang – Gott, sie haßte es, einen nassen Hosenboden zu haben –, und rappelte sich gleich wieder auf. Der Baumstamm war in dieser feuchten Umgebung durchgefault; seine frisch abgebrochenen Enden wimmelten von Kugelasseln. Trisha beobachtete sie einige Sekunden lang voll Faszination und gleichzeitig voller Abscheu und ging dann zum nächsten umgestürzten Baum. Diesen prüfte sie zuerst. Er schien belastbar zu sein, und sie setzte sich müde darauf, blickte über den Sumpf mit den Baumruinen, rieb sich geistesabwesend das schmerzende Genick und versuchte zu entscheiden, was sie als nächstes tun sollte.

Obwohl ihr Verstand jetzt weniger klar war als beim Aufwachen, *viel* weniger klar, schien sie weiterhin nur die Wahl zwischen zwei Möglichkeiten zu haben: Sie konnte hierbleiben und auf Rettung hoffen oder weiterwandern und versuchen, den Suchtrupps entgegenzugehen. An Ort und Stelle zu bleiben, wäre in gewisser Beziehung vernünftig gewesen, nahm sie an – zum Beispiel um Kräfte zu sparen. *Wohin* würde sie außerdem ohne den Bach gehen? Völlig ins Ungewisse, das stand fest. Sie konnte sich in Richtung Zivilisation bewegen; sie konnte sich aber auch von der Zivilisation *entfernen*. Sie konnte sogar im Kreis laufen.

Andererseits (»Zu jedem einerseits gehört ein andererseits, Schatz«, hatte ihr Vater ihr einmal erklärt) gab es hier nichts Eßbares, es stank hier nach Schlamm und verfaulenden Bäumen und wer weiß was sonst für ekligem Zeug, hier war es *häßlich*, die ganze Gegend hier war *vergammelt*. Trisha fiel ein, daß sie die Nacht hier würde verbringen müssen, falls sie dablieb und bis Einbruch der Dunkelheit nicht gerettet wurde. Der reinste Horror. Im Vergleich zu diesem Sumpf war die kleine halbmondförmige Lichtung Disneyland gewesen.

Sie stand auf und spähte in die Richtung, die der Bach genommen hatte, bevor er verschwunden war. Vor ihr lag ein Labyrinth aus grauen Baumstämmen mit ihren kreuz und quer abstehenden toten Ästen, aber sie glaubte, dahinter etwas Grünes zu sehen. Ein *ansteigendes* Grün. Vielleicht ein Hügel. Und mehr Scheinbeeren? He, warum nicht? Unterwegs war sie an mehreren mit roten Beeren überladenen Gruppen von Sträuchern vorbeigekommen. Sie hätte Beeren pflücken und im Rucksack mitnehmen sollen, aber sie hatte sich so sehr auf den Bach konzentriert, daß sie einfach nicht auf diese Idee gekommen war. Aber jetzt war der Bach verschwunden, und sie war wieder hungrig. Nicht dem *Verhungern* nahe (zumindest noch nicht), aber hungrig, sicher.

Trisha machte zwei Schritte vorwärts, trat prüfend auf eine Stelle des weichen Bodens, und ihre schlimmsten Befürchtungen bewahrheiteten sich, als sich um die Kappe ihres Turnschuhs herum prompt emporquellendes Wasser sammelte. Sollte sie sich wirklich dort hineinwagen? Nur weil sie *glaubte*, die andere Seite zu sehen?

»Dort könnte es Treibsand geben«, murmelte sie.

Genau! bestätigte die kalte Stimme sofort. Ihr Tonfall klang belustigt. *Treibsand! Alligatoren! Ganz zu schweigen von kleinen grauen Akte-X-Männern mit Sonden, um sie dir in den Hintern zu stecken.*

Trisha ging die zwei Schritte zurück, die sie gemacht hatte, und setzte sich wieder. Sie kaute auf ihrer Unterlippe. Die sie umschwirrenden Insekten nahm sie jetzt kaum mehr wahr. Gehen oder bleiben? Bleiben oder gehen?

Was sie nach ungefähr zehn Minuten dazu brachte, sich in Bewegung zu setzen, war blinde Hoffnung... und der Gedanke an Beeren. Teufel, sie war jetzt bereit, sogar die Blätter zu versuchen. Trisha sah sich selbst, wie sie am Hang eines sanften grünen Hügels leuchtendrote Beeren pflückte – wie ein Mädchen in einer Schulbuchillustration (sie hatte die Schlammpackung auf ihrem Gesicht und ihren strähnigen und zottelig schmutzigen Haarschopf vergessen). Sie glaubte zu sehen, wie sie langsam den Hügel hinaufstieg, ihren Rucksack mit Scheinbeeren füllte ... zuletzt den Hügelkamm erreichte, auf der anderen Seite hinabblickte und etwas sah ...

Eine Straße. Ich sehe eine Landstraße zwischen Weidezäunen ... weidende Pferde ... und in der Ferne eine Scheune. Eine mit Weiß abgesetzte rote Scheune.

Verrückt! Total plemplem!

Oder vielleicht doch nicht? Was war, wenn sie eine halbe Gehstunde von der Rettung entfernt dasaß, weiterhin verirrt, nur weil sie Angst vor ein bißchen Morast hatte?

»Okay«, sagte sie, stand wieder auf und verstellte nervös die Tragriemen ihres Rucksacks. »Okay, Beeren ahoi. Aber wenn's zu eklig wird, kehre ich um.« Nach einem letzten Zug an den Riemen setzte sie sich wieder in Bewegung, ging langsam über den zunehmend feuchteren Boden und prüfte ihn vor jedem Schritt, während sie um noch stehende Baumskelette und Haufen aus abgefallenen toten Ästen herumging.

Irgendwann – vielleicht eine halbe Stunde nachdem sie wieder aufgebrochen war, vielleicht nach einer Dreiviertelstunde – entdeckte Trisha, was Tausende (vermutlich sogar Millionen) von Männern und Frauen vor ihr entdeckt hatten: Wenn es schlimm wird, ist es zum Umkehren oft schon zu spät. Sie trat von schlammigem, aber festem Boden auf einen Erdhügel, der gar kein Erdhügel war, sondern nur eine Tarnung. Ihr Fuß glitschte in eine kalte, zähflüssige Masse, die für Wasser zu dick und für Schlamm zu dünn war. Sie schwankte, bekam einen toten Ast zu fassen, der ihr entgegenragte, und schrie ängstlich und verärgert auf, als er in ihrer Hand abbrach. Dann fiel sie nach vorn in langes Gras, in dem es von Käfern wimmelte. Sie zog das linke Knie an und riß ihren rechten Fuß aus dem Brei. Er löste sich mit einem laut schmatzenden *Plop!* – aber ihr Turnschuh blieb irgendwo dort unten.

»Nein!« brüllte sie laut genug, um einen großen weißen Vogel aufzuscheuchen. Er schien förmlich zu explodieren und zog seine langen Beine hinter sich her, als er sich in die Luft schwang. An einem anderen Ort, zu einer anderen Zeit hätte Trisha diese exotische Erscheinung atemlos bewundert, aber jetzt nahm sie den Vogel kaum wahr. Sie drehte sich kniend um, ihr rechtes Bein war bis zum Knie mit glänzend schwarzem Schlamm überzogen, und steckte einen Arm in das wieder voll Wasser laufende Loch, das vorübergehend ihren Fuß verschlungen hatte.

»Du kriegst ihn nicht!« kreischte sie wutentbrannt. »Er gehört mir, und ... *du ... kriegst ... ihn ... NICHT*!«

Sie tastete in der kalten Brühe herum. Ihre Finger zerrissen dünnes Wurzelgeflecht und wichen den dickeren Wurzeln aus, die sich nicht mehr zerreißen ließen. Etwas, das sich lebendig anfühlte, stieß kurz gegen ihre Handfläche und war dann verschwunden. Im nächsten Augenblick fand ihre Hand den Turnschuh, und sie zog ihn heraus. Sie betrachtete ihn – ein schwarzer Schlammschuh, genau richtig für ein über und über schlammiges Mädchen, der letzte Schrei, die totale Hühnerkacke, wie Pepsi gesagt hätte – und begann wieder zu weinen. Sie hob den Schuh hoch, kippte ihn, und schwarze Brühe lief heraus. Das brachte sie zum Lachen. Dann saß sie ungefähr eine Minute lang im Schneidersitz mit dem geretteten Turnschuh im Schoß auf dem Erdhügel und lachte und weinte im Mittelpunkt eines um sie kreisenden schwarzen Universums aus Insekten, während die toten Bäume ringsum Wache standen und die Grillen zirpten.

Schließlich flaute ihr Weinen zu einem Schniefen, ihr Lachen zu einem erstickten und irgendwie humorlosen Kichern ab. Sie rupfte einige Grasbüschel aus dem Erdhügel und wischte damit die Außenseite ihres Turnschuhs sauber, so gut es eben ging. Dann machte sie ihren Rucksack auf, zerriß die Lunchtüte und benutzte die Stücke als Papierhandtücher, um den Schuh innen auszuwischen. Diese Stücke knüllte sie zusammen und warf sie achtlos hinter sich. Wenn jemand sie verhaften wollte, weil sie diese potthäßliche, übelriechende Gegend verunreinigt hatte, dann sollte er doch!

Sie stand auf, noch immer mit ihrem geretteten Schuh in der Hand, und sah nach vorn. »*O fuck*«, krächzte sie.

Das war das erste Mal in ihrem Leben, daß Trisha das bewußte Wort laut ausgesprochen hatte. (Pepsi sagte es manchmal, aber Pepsi war eben Pepsi.) Jetzt konnte sie das Grün, das sie irrtümlich für einen Hügelrücken gehalten hatte, besser sehen. Es waren Schilfinseln, sonst nichts, nur weitere Schilfinseln. Zwischen ihnen standen weitere Tümpel mit brackigem Wasser und noch viel mehr Bäume, die meisten abgestorben, manche jedoch mit grünen Wedeln an den Kronen. Sie konnte Frösche quaken hören. Kein Hügel. Vom Moor zum Sumpf, vom Regen in die Traufe.

Sie drehte sich um und blickte zurück, aber sie konnte nicht mehr erkennen, wo sie diese höllische Wasserwüste betreten hatte. Hätte sie daran gedacht, die Stelle mit etwas Leuchtendem zu markieren – zum Beispiel mit einem Stück ihres häßlichen, zerfetzten Ponchos –, hätte sie zurückgehen können. Aber sie hatte es nicht getan, und das war's nun.

Du kannst trotzdem zurückgehen – du kennst die grobe Richtung.

Vielleicht, aber sie dachte nicht daran, sich auf Ideen dieser Art einzulassen, die sie überhaupt erst in diese mißliche Lage gebracht hatten.

Trisha sah sich nach den Schilfhügeln und dem verschwommenen Sonnenglanz auf den mit Algen bedeckten Tümpeln um. Reichlich Bäume, an denen man sich festhalten konnte, und dieser Sumpf mußte *irgendwo* aufhören, nicht wahr?

Du bist verrückt, wenn du daran auch nur denkst.

Klar. Dies war eine verrückte Situation.

Trisha blieb noch einen Augenblick stehen und war jetzt in Gedanken bei Tom Gordon und seiner ganz speziellen Stille, mit der er auf dem Wurfhügel stand und darauf achtete, was einer der Catcher der Red Sox, Hatteberg oder Veritek, ihm durch Zeichen signalisierte. So still (wie sie jetzt dastand), daß diese tiefe Stille irgendwie von seinen Schultern nach allen Richtungen auszustrahlen schien. Und danach ging er zum Wurfmal und kam in Bewegung.

Er hat Eiswasser in den Adern, sagte ihr Dad.

Sie wollte hier raus, erst mal aus diesem gräßlichen Sumpf, dann aus dem verdammten Wald insgesamt; sie wollte dorthin zurück, wo es Menschen und Läden und Einkaufszentren und Telefone und Polizeibeamten gab, die einem halfen, wenn man sich verlief. Und sie traute sich das zu. Wenn sie tapfer sein konnte. Wenn sie nur ein wenig von dem alten Eiswasser in den Adern hatte.

Trisha löste sich aus ihrer eigenen Stille, zog den zweiten Reebok aus und knotete die Schnürsenkel beider Turnschuhe zusammen. Sie hängte sie sich wie Kuckucksuhrgewichte um den Hals, überlegte, ob sie auch ihre Socken ausziehen sollte, beschloß jedoch, sie als eine Art Kompromiß anzubehalten (als *Igitt-Schutz* lautete der Gedanke, der ihr in Wirklichkeit durch den Kopf ging). Sie rollte ihre Jeans bis zu den Knien hoch, holte dann tief Luft und atmete langsam aus.

»McFarland holt aus, McFarland wirft«, sagte sie. Sie setzte ihre Red-Sox-Mütze wieder auf (diesmal verkehrt herum, weil verkehrt herum cool war) und brach erneut auf.

Trisha bewegte sich vorsichtig und bedächtig von einem Erdhügel zum nächsten, sah häufig mit kurzen, flüchtigen Blicken auf, wählte Markierungspunkte und hielt dann genau wie gestern auf sie zu. *Nur werde ich heute nicht in Panik geraten und losrennen,* dachte sie. *Heute habe ich Eiswasser in meinen Adern.*

Eine Stunde verstrich, dann zwei. Der Untergrund wurde nicht fester, sondern noch sumpfiger. Schließlich gab es außer den Schilfinseln gar keinen festen Boden mehr. Trisha sprang von einer zur anderen, hielt ihr Gleichgewicht mit Hilfe von Büschen und Zweigen, wo es welche gab, oder breitete ihre Arme wie eine Seiltänzerin aus, wenn sich nirgends ein Halt bot. Schließlich erreichte sie eine Stelle, an der sie zu keiner Schilfinsel mehr hinüberspringen konnte. Sie machte kurz halt, um sich gegen den Schock zu wappnen, stieg dann ins stehende Wasser, schreckte eine Wolke Wasserkäfer auf und setzte torfigen Verwesungsgestank frei. Das Wasser reichte ihr nicht ganz bis zu den Knien. Die Masse, in der ihre Füße versanken, fühlte sich wie kaltes, klumpiges Gallert an. Aus dem aufgewühlten Wasser stiegen gelbliche Blasen auf; in ihnen wirbelten schwarze Fragmente ungeklärter Herkunft herum.

»Kraß«, ächzte sie auf dem Weg zur nächsten Schilfinsel. »Oh, kraß. Kraß-kraß-kraß. Echt zum Kotzen.«

Sie bewegte sich mit großen torkelnden Schritten vorwärts, von denen jeder mit einem kräftigen Ruck endete, wenn sie ihren Fuß wieder aus dem Schlamm zog. Sie versuchte, nicht daran zu denken, was geschehen würde, wenn sie das nicht mehr konnte, wenn sie im Bodenschlamm steckenblieb und zu versinken begann.

»Kraß-kraß-kraß.« Das war ein Singsang geworden. Schweiß lief ihr in warmen Tropfen übers Gesicht und brannte in ihren Augen. Die Grillen schienen bei einem einzigen hohen Ton hängengeblieben zu sein: *riiiiiii*. Von dem Erdhügel, der ihr nächstes Zwischenziel war, sprangen drei Frösche aus dem Gras ins Wasser: *plip-plip-plop*.

»Bud-wei-ser«, machte Trisha mit schwachem Lächeln die Reklame nach.

In der gelbschwarzen Brühe um sie herum schwammen Tausende von Kaulquappen. Während sie auf die Tiere herabsah, stieß ihr einer Fuß gegen etwas Hartes, das mit Schleim überzogen war – wahrscheinlich ein Stück Baumstamm. Trisha gelang es, ohne zu fallen darüber hinwegzukommen und den Erdhügel zu erreichen. Sie zog sich keuchend ins Gras hoch, betrachtete ängstlich ihre mit schleimigem Schlamm überzogenen Füße und Beine und erwartete fast, sie mit sich windenden Blutegeln oder noch Scheußlicherem bedeckt zu sehen. Sie fand nichts Schlimmes (zumindest nichts, was zu erkennen gewesen wäre), aber sie war bis zu den Knien hinauf mit Morast überzogen. Als sie ihre Socken abstreifte, die jetzt schwarz waren, sah die weiße Haut darunter mehr wie Socken aus als die Socken selbst. Darüber mußte Trisha wie verrückt lachen. Sie sank auf ihre Ellbogen gestützt nach hinten und heulte zum Himmel hinauf; sie wollte nicht so lachen, nicht wie

(Verrückte)

eine völlig Schwachsinnige, aber sie konnte nicht gleich damit aufhören. Als sie sich endlich wieder beruhigt hatte, wrang sie ihre Socken aus, zog sie wieder an und stand auf. Sie blieb mit einer über die Augen gelegten Hand stehen, suchte sich einen Baum aus, von dem ein großer abgebrochener Ast ins Wasser herabhing, und erklärte ihn zu ihrem nächsten Zwischenziel.

»McFarland holt aus, McFarland wirft«, sagte sie müde und setzte sich wieder in Bewegung. Sie dachte schon lange nicht mehr an Beeren; sie wollte hier nur noch heil herauskommen.

Es gibt einen Punkt, an dem Menschen, die auf ihre eigenen Reserven zurückgeworfen sind, zu leben aufhören und mit dem bloßen Überleben beginnen. Ein Körper, dessen frische Energiequellen versiegt sind, greift auf gespeicherte Kalorien zurück. Das Denkvermögen beginnt nachzulassen. Das Gesichtsfeld verengt sich und wird zugleich extrem klar. An den Rändern werden die Dinge unscharf. Diese Scheidelinie zwischen Leben und Überleben erreichte Trisha McFarland, als ihr zweiter Nachmittag im Wald sich seinem Ende zuneigte.

Daß sie jetzt genau nach Westen unterwegs war, machte ihr keine großen Sorgen; sie dachte (vermutlich zu Recht), es sei gut, ständig eine bestimmte Richtung einzuhalten – das Beste, was sie tun konnte. Sie war hungrig, war sich dieser Tatsache aber die meiste Zeit über nicht sonderlich bewußt; sie konzentrierte sich zu verbissen darauf, eine gerade Linie einzuhalten. Fing sie an, nach links oder rechts von der Ideallinie abzuweichen, war sie vielleicht noch in diesem stinkenden Morast, wenn es anfing, dunkel zu werden, und das war eine Vorstellung, die sie nicht ertragen konnte. Einmal machte sie halt, um aus ihrer Wasserflasche zu trinken, und gegen vier Uhr trank sie ihr restliches Surge, fast ohne es zu merken.

Die abgestorbenen Bäume fingen an, weniger und

weniger wie Bäume und immer mehr wie hagere Wachposten auszusehen, die mit ihren knorrigen Füßen in dem stillen schwarzen Wasser standen. *Bald wirst du wieder denken, sie hätten Gesichter,* sagte Trisha sich. Als sie an einem dieser Bäume vorbeiwatete (hier gab es in zehn Meter Umkreis keine einzige Schilfinsel), stolperte sie über einen im Wasser nicht sichtbaren Ast oder eine Wurzel und klatschte diesmal der vollen Länge nach planschend und keuchend hin. Mit Sediment versetztes schlammiges Wasser lief ihr in den Mund, und sie spuckte es mit einem Aufschrei aus. Sie konnte ihre Hände im dunklen Wasser sehen. Sie sahen gelblich und talgig aus – wie schon vor langer Zeit ertrunken. Sie zog sie heraus und hielt sie hoch.

»Ich bin okay«, sagte Trisha hastig, und sie spürte beinahe, wie sie irgendeine wichtige Scheidelinie überschritt; sie hatte beinahe das Gefühl, die Grenze zu irgendeinem anderen Land zu überschreiten, in dem eine andere Sprache gesprochen wurde und das Geld komisch war. Die Umstände änderten sich. Aber ...

»Ich bin okay. Doch, ich bin okay.« Und ihr Rucksack war trocken geblieben. Das war wichtig, denn er enthielt ihren Walkman, und ihr Walkman war ihre einzige Verbindung zur Außenwelt.

Schmutzig und vorn nun völlig durchnäßt, marschierte Trisha weiter. Ihr nächster Markierungspunkt war ein abgestorbener Baum, dessen auf halber Höhe gespaltener Stamm wie ein schwarzes Y vor der schon im Westen stehenden Sonne aufragte. Sie bewegte sich darauf zu. Unterwegs kam sie an einem Erdhügel vorbei, streifte ihn mit einem Blick und watete weiter. Wozu sich damit aufhalten? Watend kam sie schneller voran. Ihr Ekel vor dem kalten, verrotteten Gallert unter ihren Füßen war abgeklungen. Wenn man mußte, konnte man sich an alles gewöhnen. Das wußte sie jetzt.

Nicht lange nach ihrem ersten Sturz ins Wasser fing Trisha an, sich mit Tom Gordon zu unterhalten. Anfangs kam ihr das merkwürdig vor – sogar fast unheimlich –, aber in den langen Stunden des Spätnachmittags streifte sie ihre Befangenheit ab, schwatzte munter drauflos, erzählte ihm, zu welchem Markierungspunkt sie als nächstes unterwegs war, erklärte ihm, dieses Sumpfgebiet sei vermutlich durch einen Waldbrand entstanden, und versicherte ihm, sie würden bald aus den Sümpfen herauskommen, die schließlich nicht ewig weitergehen könnten. Sie erzählte ihm gerade, daß sie hoffe, die Red Sox würden heute mindestens zwanzig Runs erzielen, damit er sich draußen in der Aufwärmzone einen ruhigen Abend machen könne, als sie plötzlich abbrach.

»Hast du auch was gehört?« fragte sie.

Ob Tom etwas gehört hatte, wußte sie nicht, aber sie hatte etwas gehört: das stetige Knattern von Hubschrauberrotoren. Fern, aber unverkennbar. Trisha hatte auf einem Erdhügel gerade eine kleine Rast eingelegt, als sie das Geräusch hörte. Sie sprang auf, drehte sich mit einer über die Augen gelegten Hand im Kreis und suchte mit zusammengekniffenen Augen den Horizont ab. Sie sah nichts, und wenig später verhallte das Geräusch.

»Spaghetti«, sagte sie zutiefst enttäuscht. Aber immerhin suchte man nach ihr. Sie erschlug eine Mücke an ihrem Hals und setzte sich wieder in Bewegung.

Zehn oder fünfzehn Minuten später stand sie in ihren sich allmählich auflösenden und schmutzstarrenden

Socken auf einer halb unter Wasser liegenden Baumwurzel und sah neugierig und fragend nach vorn. Jenseits der sie umgebenden unregelmäßigen Reihe abgeknickter Bäume ging der Sumpf in einen seichten, stehenden Tümpel über. Quer durch seine Mitte zogen sich weitere Erdhügel, die aber nicht grün bewachsen, sondern braun waren und aus abgerissenen Zweigen und abgenagten Ästen zu bestehen schienen. Auf einigen von ihnen hockte etwa ein halbes Dutzend dicker brauner Tiere, die aufmerksam zu ihr hinüberstarrten.

Die Denkfalten auf Trishas Stirn glätteten sich langsam, als ihr klar wurde, was für Tiere das waren. Sie vergaß darüber völlig, daß sie im Sumpf war, daß sie naß und schlammig und müde war, daß sie sich verirrt hatte.

»Tom«, flüsterte sie ein bißchen atemlos. »Das sind Biber! Biber, die auf Biberhäusern oder Bibertipis oder wie man sie sonst nennt sitzen. Das sind welche, stimmt's?«

Sie stand auf Zehenspitzen, hielt sich an einem Baumstamm fest, um nicht das Gleichgewicht zu verlieren, und starrte entzückt zu ihnen hinüber. Biber, die auf ihren Häusern aus Ästen und Zweigen herumlungerten ... und sie dabei beobachteten? Das taten sie vermutlich, vor allem der in der Mitte. Er war größer als die anderen, und Trisha hatte das Gefühl, seine schwarzen Augen wandten sich keine Sekunde von ihrem Gesicht ab. Er schien einen Schnurrbart zu haben, und sein glänzendes Fell war dunkelbraun, um sein plumpes Hinterteil herum fast kastanienbraun. Bei seinem Anblick mußte sie sofort an die Illustrationen in *Der Wind in den Weiden* denken.

Schließlich trat Trisha von der Wurzel und watete weiter, wobei sie ihren langen Schatten hinter sich herzuziehen schien. Der Oberbiber (so nannte sie ihn für sich selbst) stand sofort auf, wich zurück, bis sein Hinterteil im Wasser war, und schlug mit seinem breiten Schwanz kräftig auf die Wasseroberfläche. Dieses Klatschen klang in der stillen, heißen Luft unglaublich laut. Im nächsten Augenblick sprangen alle Biber von ihren Asthäusern und tauchten kopfüber ins Wasser. Das war, als sehe man einem Team von Synchron-Kunstspringern zu. Trisha beobachtete sie mit vor ihrem Brustbein gefalteten Händen und einem strahlenden Lächeln auf dem Gesicht. Das war einer der erstaunlichsten Anblicke ihres Lebens, und sie begriff, daß sie niemals imstande sein würde, jemandem zu erklären, weshalb das so war – oder daß der Oberbiber wie ein weiser alter Schulmeister oder so ähnlich ausgesehen hatte.

»Tom, sieh nur!« Sie streckte lachend eine Hand aus. »Siehst du sie im Wasser? Da schwimmen sie! Yeah, Baby!«

In dem schlammigen Wasser bildeten sich ein halbes Dutzend Keile, als die Biber mit kleinen Bugwellen von ihren Asthäusern wegschwammen. Dann waren sie fort, und Trisha lief wieder los. Ihr nächster Markierungspunkt war eine besonders große Schilfinsel, die mit dunkelgrünen Farnen überwuchert war. Aus der Entfernung erinnerten sie an wuscheliges Haar. Sie näherte sich der Insel nicht in gerader Linie, sondern in einem seitlich ausholenden Bogen. Die Biber zu sehen war großartig gewesen – total ghetto, um mit Pepsi zu sprechen –, aber sie hatte keine Lust, mit einem tauchenden Tier zusammenzustoßen. Sie hatte genügend

Bilder gesehen, um zu wissen, daß selbst kleine Biber große Zähne hatten. Eine Zeitlang schrie sie jedesmal leise auf, wenn Unterwasserpflanzen ihre Beine streiften, weil sie überzeugt war, das sei der Oberbiber (oder einer seiner Schergen), der sie aus seinem Revier vertreiben wollte.

Die Biberbaue stets rechts von sich lassend, näherte Trisha sich der besonders großen Schilfinsel – und als sie näher herankam, begann ein Gefühl hoffnungsvoller Erregung in ihr zu wachsen. Diese dunkelgrünen Farne waren nicht einfach nur *Farne*, dachte sie; mit ihrer Mutter und ihrer Großmutter hatte sie nun schon im dritten Frühjahr hintereinander die Wedel von Jungfarnen gesammelt und glaubte zu wissen, daß dies Jungfarne waren. In Sanford gab es längst keine Jungfarne mehr – seit mindestens einem Monat nicht mehr –, aber von ihrer Mutter wußte Trisha, daß sie weiter landeinwärts viel später Saison hatten, auf sehr feuchten Böden fast bis Juli. Schwer zu glauben, daß aus diesem übelriechenden Fleckchen Erde etwas Gutes kommen sollte, aber je näher Trisha der Schilfinsel kam, desto sicherer war sie sich ihrer Sache. Und Jungfarne waren nicht nur gut; Jungfarne waren *köstlich*. Sogar Pete, der überhaupt kein einziges grünes Gemüse mochte (außer in der Mikrowelle totgegarte Tiefkühlerbsen der Marke Birds Eye), aß gern Jungfarne.

Sie ermahnte sich, nicht allzuviel zu erwarten, aber fünf Minuten nach ihrer ersten Vermutung war Trisha sich ihrer Sache sicher. Dort vorn lag keine bloße Schilfinsel; dies war die Jungfarninsel! Allerdings, so überlegte sie, während sie langsam durch jetzt oberschenkeltiefes Wasser weiterwatete, wäre Insekteninsel der bessere Name gewesen. Natürlich gab es hier draußen *massenhaft* Insekten, aber sie erneuerte ihre Schlammpackung regelmäßig und hatte die Störenfriede bis zu diesem Augenblick ziemlich vergessen. Über der Jungfarninsel *schimmerte* die Luft jedoch förmlich von ihnen, und dort gab es nicht nur Gnitzen und Mücken, sondern auch eine Gazillion Fliegen. Als Trisha näher kam, konnte sie ihr einschläferndes, irgendwie *glänzendes* Summen hören.

Sie war noch gut ein halbes Dutzend Schritte von den ersten Klumpen breiter, eingerollter grüner Farnwedel entfernt, als sie stehenblieb. Sie bemerkte kaum, daß ihre Füße in den schlammigen Boden unter Wasser einsanken. Der Bewuchs auf diesem Ufer der kleinen Insel war entwurzelt und zerfetzt; hier und dort trieben noch vollgesogene Büschel Jungfarne in dem schwarzen Wasser. Etwas weiter oben waren im Grün der Pflanzen hellrote Flecken zu erkennen.

»Das gefällt mir nicht«, murmelte Trisha, und als sie dann weiterwatete, ging sie nach links statt geradeaus. Jungfarne waren gut, aber dort oben schien ein verendetes oder schwer verletztes Tier zu liegen. Vielleicht kämpften die Biber in der Paarungszeit um Weibchen oder irgendwas. Sie war noch nicht hungrig genug, um zu riskieren, einem verletzten Biber zu begegnen, während sie sich ein frühes Abendessen zusammensuchte. Dabei konnte man allzuleicht eine Hand oder ein Auge verlieren.

Auf halbem Weg um die Jungfarninsel machte Trisha nochmals halt. Sie wollte nicht hinsehen, aber wegsehen konnte sie schon gar nicht. »He, Tom«, sagte sie mit hoher zittriger Stimme. »Oh, he, schlimm.«

Was sie vor sich sah, war der abgetrennte Kopf eines kleinen Weißwedelhirschs. Er war die Inselböschung hinuntergerollt und hatte eine Spur aus Blut und zerdrückten Jungfarnwedeln hinterlassen. Jetzt lag er mit nach oben gekehrter Unterseite fast im Wasser. Seine Augen schimmerten von Nissen. Regimenter von Fliegen hatten sich auf dem zerfetzten Stumpf seines Halses niedergelassen. Sie summten wie ein kleiner Elektromotor.

»Ich sehe seine Zunge«, sagte sie, und ihre Stimme schien aus weiter Ferne, aus einem hallenden langen Flur zu kommen. Die goldene Sonnenbahn auf dem Wasser war ihr plötzlich viel zu hell, und sie merkte, daß sie, einer Ohnmacht nahe, zu schwanken begann.

»Nein«, flüsterte Trisha. »*Nein*, laß mich nicht, ich *darf* nicht.«

Diesmal klang ihre Stimme zwar leiser, aber dafür näher und weniger *abgehoben*. Das Sonnenlicht erschien ihr wieder fast normal. Gott sei Dank – sie wollte auf keinen Fall bewußtlos werden, während sie fast hüfttief in brackigem, schlammigem Wasser stand. Keine Jungfarnwedel, aber auch keine Ohnmacht. Das glich sich fast aus.

Sie setzte sich wieder in Bewegung, watete jetzt schneller und achtete weniger sorgfältig auf guten Stand, bevor sie ihr Gewicht verlagerte. Sie bewegte sich mit den übertrieben eckigen Bewegungen eines Gehers: mit rotierenden Hüften und knappen Armschwüngen vor dem Oberkörper. In einem Lycrabody hätte sie vermutlich wie der Gast des Tages in der Sendung *Workout mit Wendy* ausgesehen. Also, Leute, diesmal wollen wir eine ganze neue Übung versuchen. Ich nenne sie »Auf der Flucht vor dem abgerissenen Hirschkopf«. Rollt eure Hüften, spannt euer Gesäß an, schwingt eure Schultern!

Sie starrte angestrengt geradeaus, aber es war unmöglich, das schwere, irgendwie selbstzufriedene Summen der Fliegen zu überhören. Wer hatte das getan? Kein Biber, das stand fest. Kein Biber riß jemals einem Hirsch den Kopf ab, so scharf seine Zähne auch sein mochten.

Du weißt, wer das gewesen ist, erklärte ihr die kalte Stimme. *Es ist das Ding gewesen. Das spezielle Ding. Das Ding, das dich in diesem Augenblick beobachtet.*

»Nichts beobachtet mich, das ist blöder Scheiß«, keuchte sie. Dann riskierte sie einen Blick über ihre Schulter und war froh, als sie sah, daß sie sich von der Jungfarninsel entfernte. Aber nicht schnell genug. Sie erhaschte einen letzten Blick auf den fast im Wasser liegenden Tierkopf: ein braunes Ding, das ein summendes schwarzes Halsband trug. »Das ist blöder Scheiß, nicht wahr, Tom?«

Aber Tom gab keine Antwort. Tom *konnte* keine Antwort geben. Tom war um diese Zeit vermutlich in Fenway Park, riß mit seinen Mannschaftskameraden Witze und zog seine leuchtendweiße Heimspielkleidung an. Der Tom Gordon, der hier mit ihr durch die Sümpfe watete – durch diese endlosen Sümpfe –, war lediglich ein homöopathisches Mittelchen gegen Einsamkeit. Sie war auf sich allein gestellt.

Bloß bist du's nicht, Schätzchen. Du bist keineswegs allein. Trisha hatte schreckliche Angst, es sei die Wahrheit, was die kalte Stimme sagte, auch wenn sie nicht ihr Freund war. Dieses Gefühl, beobachtet zu werden, war zurückgekehrt – und stärker als je zuvor. Sie versuchte, es mit Nervosität wegzuerklären (der Anblick des abgerissenen Kopfs hätte jeden nervös gemacht), und das war ihr schon fast gelungen, als sie zu einem Baum kam, dessen abgestorbene alte Rinde von einem halben Dutzend diagonal verlaufender Einschnitte aufgeschlitzt war. Das sah so aus, als hätte etwas sehr Großes und sehr Übelgelauntes im Vorbeitrotten nach dem Baum geschlagen.

»O Gott«, flüsterte sie. »Das sind Krallenspuren.«

Es ist dort vorn, Trisha. Es wartet dort vorn auf dich – mit Krallen und allem.

Vor sich sah Trisha stehendes Wasser, noch mehr Schilfinseln und etwas, das wie ein weiterer grüner Hügel aussah (aber davon hatte sie sich schon einmal täuschen lassen). Sie sah kein Raubtier ... aber es würde sich natürlich nicht zeigen, nicht wahr? Das Raubtier würde tun, was Raubtiere immer taten, während sie auf den richtigen Augenblick zum Sprung warteten, es gab ein Wort dafür, aber sie war zu müde und zu ängstlich und fühlte sich überhaupt zu elend, als daß es ihr eingefallen wäre ...

Sie *lauern*, sagte die kalte Stimme. *Das tun sie, sie lauern. Yeah, Baby. Vor allem spezielle wie dein neuer Freund.*

»Lauern«, krächzte Trisha. »Ja, das ist das richtige Wort. Danke.« Und dann watete sie weiter, weil der Rückweg zu weit gewesen wäre. Selbst wenn dort vorn tatsächlich etwas lauerte, das sie umbringen wollte, der Rückweg war zu weit. Diesmal erwies das Gelände, das wie fester Boden ausgesehen hatte, sich *wirklich* als fester Boden. Anfangs wollte Trisha nicht recht daran glauben, aber als sie dann näher herankam und zwischen dieser Masse aus grünen Büschen und niedrigen Bäumen kein Wasser mehr glitzern sah, begann sie zu hoffen. Auch das Wasser, durch das sie watete, war jetzt seichter; es reichte ihr nur noch bis zur Wadenmitte, nicht mehr bis zu den Knien oder Oberschenkeln. Und auf wenigstens zwei Schilfinseln wuchsen weitere Jungfarne. Viel weniger, als es auf der Jungfarninsel gegeben hatte, aber sie pflückte alle, die sie finden konnte, und verschlang sie gierig. Die Wedel waren süß, mit leicht säuerlichem Nachgeschmack. Es war ein *grüner* Geschmack, den Trisha absolut köstlich fand. Hätte es hier mehr gegeben, hätte sie mehr gepflückt und sie in ihrem Rucksack verstaut, aber es gab nicht mehr. Anstatt das zu bedauern, genoß sie mit der Unbeirrbarkeit eines Kindes, was sie hatte. Im Augenblick hatte sie genug; über später würde sie sich später Sorgen machen. Während sie sich auf gewundenen Pfaden zum festen Land schlängelte, biß sie die eingerollten Wedel ab und nagte danach die Stengel ab. Sie nahm jetzt kaum noch wahr, daß sie durch einen Sumpf watete; ihr anfänglicher Abscheu hatte sich gelegt.

Als sie nach den letzten Jungfarnen auf der zweiten Schilfinsel greifen wollte, erstarrte ihre Hand. Sie hörte wieder das einschläfernde Summen von Fliegen. Diesmal war es viel lauter. Trisha wäre lieber einen Umweg gegangen, wenn sie gekonnt hätte, aber hier am Rand des Sumpfs hatten sich unter Wasser tote Zweige und überflutete Büsche angesammelt. Durch dieses Gewirr schien nur eine halbwegs freie Rinne zu führen, die sie nehmen mußte, wenn sie nicht zwei weitere Stunden damit verbringen wollte, Unterwasserhindernisse zu überwinden und dabei immer zu riskieren, sich die Füße zu zerschneiden.

Sogar in dieser Rinne mußte sie über einen umgestürzten Baum klettern. Er war erst vor kurzem gefallen, und »gefallen« war eigentlich der falsche Ausdruck. In seiner Rinde sah Trisha weitere Krallenspuren, und obwohl dichtes Buschwerk den Wurzelstock verbarg, konnte sie sehen, wie frisch und weiß das Holz des abgebrochenen Stammes noch war. Der Baum war jemandem in die Quere gekommen, und deshalb hatte dieser Jemand ihn einfach umgerannt, so daß er wie ein Zahnstocher abgeknickt war.

Das Summen wurde noch lauter. Der Rest des Hirsches – jedenfalls der größte Teil davon – lag vor einer üppig mit Jungfarnen bewachsenen Fläche in der Nähe der Stelle, an der Trisha schließlich müde und erschöpft aus dem Sumpf stieg. Dort lag er in zwei Teilen, die nur noch durch sein dicht mit glänzenden Fliegen besetztes Gekröse verbunden waren. Einer seiner Läufe war abgerissen worden und stand wie ein Spazierstock an den Stamm des nächsten Baums gelehnt.

Trisha preßte ihren rechten Handrücken an den Mund, hastete weiter, so schnell sie konnte, machte dabei seltsame kleine *Urk-urk*-Geräusche und versuchte mit aller Macht, sich nicht zu übergeben. Dieses Ding, das den Hirsch gerissen hatte, *wollte* vielleicht, daß sie sich übergab. War das möglich? Der vernünftige Teil ihres Verstands (und sie hatte sich noch ziemlich viel davon bewahrt) sagte nein, aber sie hatte den Eindruck, *irgend etwas* habe die beiden größten, üppigsten Farnbestände hier im Sumpf absichtlich mit dem verstümmelten Hirschkadaver verseucht. Und wenn es das getan hatte, war es dann unmöglich zu glauben, es könne auch versuchen, sie das bißchen Nahrung, das sie *hatte* zusammenkratzen können, erbrechen zu lassen?

Ja, das ist's. Sei kein Idiot. Vergiß es. Und übergib dich nicht, um Himmels willen!

Die *Urk-urk*-Geräusche – sie glichen starken, vollmundigen Hicksern – kamen in größeren Abständen, als sie nach Westen weiterging (auf Westkurs zu bleiben war jetzt einfach, da die Sonne tief am Himmel stand) und das Summen der Fliegen hinter ihr zurückblieb. Als es ganz aufgehört hatte, machte Trisha halt, zog ihre Socken aus und schlüpfte wieder in ihre Turnschuhe. Sie wrang die Socken erneut aus und hielt sie dann hoch, um sie zu betrachten. Sie wußte noch gut, wie sie die Socken in ihrem Zimmer in Sanford angezogen hatte, wie sie auf der Bettkante gesessen hatte, um sie anzuziehen, und dabei halblaut »*Put your arms around me ... cuz I gotta get next to you*« gesungen hatte. Das waren die Boyz To Da Maxx; Pepsi und sie fanden die Boyz To Da Maxx klasse, besonders Adam. Sie erinnerte sich an den Sonnenfleck auf dem Boden. Sie erinnerte sich an ihr Titanic-Poster an der Wand. Diese Erinnerung daran, wie sie in ihrem Zimmer ihre Socken angezogen hatte, war ganz klar, aber sehr fern. Vermutlich war das die Art, wie alte Leute wie Grampa sich an Dinge erinnerten, die in ihrer Kindheit passiert waren. Jetzt bestanden die Socken praktisch nur noch aus Löchern, die von dünnen Fäden zusammengehalten wurden, und sie hätte bei diesem Anblick am liebsten geweint (wahrscheinlich weil sie das Gefühl hatte, selbst aus Löchern zu bestehen, die von Fäden zusammengehalten wurden), aber sie unterdrückte auch diesen Drang. Sie rollte die Socken zusammen und verstaute sie in ihrem Rucksack.

Sie war dabei, die Verschlüsse einschnappen zu lassen, als sie wieder das *Whup-whup-whup* von Hubschrauberrotoren hörte. Diesmal schienen sie viel näher zu sein. Trisha sprang auf und drehte sich so schnell um, daß ihre nassen Sachen flatterten. Und dann sah sie im Osten zwei Maschinen, die sich schwarz von dem blauen Himmel abhoben. Sie erinnerten sie ein wenig an die Libellen im Toter-Hirsch-Sumpf hinter ihr. Es hatte keinen Zweck, zu winken und zu schreien, weil sie ungefähr eine Milliarde Meilen entfernt waren, aber sie tat es trotzdem – sie konnte nicht anders. Als sie heiser war, hörte sie endlich auf.

»Sieh nur, Tom«, sagte sie und verfolgte die Hubschrauber wehmütig, als sie von links nach rechts... also von Nord nach Süd flogen. »Sieh nur, sie versuchen mich zu finden. Wenn sie nur ein bißchen näher kämen...«

Aber das taten sie nicht. Die weit entfernten Hubschrauber verschwanden hinter der grünen Wand des Waldes. Trisha blieb unbeweglich stehen, bis das Rotorengeräusch im gleichmäßigen Zirpen der Grillen untergegangen war. Dann seufzte sie tief und kniete sich hin, um ihre Turnschuhe zu schnüren. Sie hatte nicht mehr das Gefühl, beobachtet zu werden, und das war immerhin etwas...

Oh, du Lügnerin, sagte die kalte Stimme. Sie klang amüsiert. *Du kleine Lügnerin, du.*

Aber Trisha log *nicht*, wenigstens nicht absichtlich. Sie war so müde und durcheinander, daß sie nicht genau wußte, *was* sie empfand... außer weiterhin Hunger und Durst. Nachdem sie nun aus Schlamm und Morast heraus war (und den zerfetzten Hirschkadaver hinter sich gelassen hatte), machten Hunger und Durst sich sehr deutlich bemerkbar. Sie dachte flüchtig daran, doch zurückzugehen und weitere Jungfarne zu sammeln – bestimmt konnte sie einen Bogen um den verendeten Hirsch und die gräßlichsten, blutigsten Stellen machen.

Sie dachte an Pepsi, die manchmal ungeduldig mit Trisha war, wenn Trisha sich das Knie aufschlug, wenn sie Rollerblades liefen, oder sich weh tat, wenn sie auf Bäume kletterten. Sah sie in Trishas Augen Tränen emporquellen, sagte Pepsi oft ärgerlich: »Spiel jetzt bloß nicht das kleine Mädchen, McFarland.« Trisha konnte es sich weiß Gott nicht leisten, wegen eines toten Hirschs das kleine Mädchen zu spielen, nicht in ihrer jetzigen Lage, aber ...

... aber sie hatte Angst, das Ding, das den Hirsch gerissen hatte, könnte noch dort sein, lauernd und wartend. Darauf hoffen, daß sie zurückkommen würde.

Das Sumpfwasser trinken? Doch nicht im Ernst. Schmutz war eine Sache, tote Insekten und Mückeneier waren eine andere. Konnten Mückenlarven im Magen eines Menschen ausschlüpfen? Wahrscheinlich nicht. Wollte sie das etwa bei sich selbst ausprobieren? *Ganz entschieden* nicht.

»Außerdem finde ich anderswo bestimmt noch mehr Jungfarne«, sagte sie. »Stimmt's, Tom? Und auch Beeren.« Tom gab keine Antwort, aber sie setzte sich wieder in Bewegung, bevor sie sich die Sache anders überlegen konnte.

Sie marschierte weitere drei Stunden nach Westen – anfangs nur langsam, aber sobald sie ein etwas älteres Waldgebiet erreichte, kam sie schneller voran. Ihre Beine taten weh, und ihr Rücken pochte, aber keine dieser schmerzenden Stellen beschäftigte sie allzu sehr. Nicht einmal ihr Hunger konnte ihre Aufmerksamkeit wirklich fesseln. Während das Licht des schwindenden Tages erst golden und dann rot wurde, war es ihr Durst, der Trishas Gedanken beherrschte. Ihre trockene Kehle pochte schmerzhaft; ihre Zunge fühlte sich an wie ein Staubtuch. Sie verfluchte sich, weil sie nicht aus dem Sumpf getrunken hatte, als die Gelegenheit dazu dagewesen war, und blieb einmal sogar stehen und dachte: *Scheiße, ich gehe zurück.*

Versuch's lieber nicht, Herzchen, sagte die kalte Stimme. *Du würdest nie zurückfinden. Selbst wenn du mit Glück auf genau dem gleichen Weg zurückkämst, würdest du erst bei Dunkelheit ankommen ... und wer weiß, was dort vielleicht auf dich wartet?*

»Halt die Klappe«, sagte sie müde, »halt einfach die Klappe, du blödes, gemeines Miststück.« Aber das blöde, gemeine Miststück hatte natürlich recht. Trisha drehte sich wieder nach der Sonne um – sie war nun orangerot – und marschierte weiter. Ihr Durst ängstigte sie jetzt ernstlich: Wenn er um acht Uhr so schlimm war, wie würde er dann um Mitternacht sein? Wie lange konnte ein Mensch überhaupt ohne Wasser leben? Sie konnte sich nicht daran erinnern, obwohl ihr diese amüsante Information irgendwann schon mal untergekommen war – das wußte sie ganz bestimmt. Jedenfalls nicht so lange wie ohne Essen. Wie würde es sein, vor Durst zu sterben?

»Ich werde nicht in diesem dummen alten Wald verdursten ... nicht wahr, Tom?« fragte sie, aber Tom äußerte sich nicht dazu. Der echte Tom Gordon würde inzwischen das Spiel verfolgen. Tim Wakefield, der trickreiche Knuckleballer der Red Sox, gegen Andy Pettitte, den jungen Linkshänder der Yankees. Trishas Kehle pochte schmerzhaft. Jedes Schlucken tat weh. Sie erinnerte sich daran, wie es geregnet hatte (wie ihre Erinnerung daran, daß sie am Ende ihres Betts gesessen und ihre Socken angezogen hatte, schien auch dieses Ereignis weit zurückzuliegen), und wünschte sich, es würde wieder regnen. Sie würde sich in den Regen stellen und mit zurückgeworfenem Kopf, ausgebreiteten Armen und weit offenem Mund darin herumtanzen; sie würde tanzen wie Snoopy auf dem Dach seiner Hundehütte. Trisha stapfte zwischen Fichten und Kiefern weiter, die höher und in größeren Abständen wuchsen, je tiefer sie in einen älteren Teil des Waldes kam. Das Licht der untergehenden Sonne fiel in schrägen Staubstreifen, deren Farbe allmählich dunkler wurde, durch die schlanken Baumstämme. Die Bäume und das orangerote Licht wären ihr schön erschienen, wenn der Durst nicht gewesen wäre ... und ein Teil ihres Verstands nahm die Schönheit des Waldes trotz ihrer körperlichen Qualen wahr. Das Licht war jedoch zu hell. In ihren Schläfen pochten Kopfschmerzen, und ihre Kehle schien auf die Größe eines Nadelöhrs zusammengeschrumpft zu sein.

In diesem Zustand tat sie das Geräusch strömenden Wassers zunächst als akustische Einbildung ab. Das konnte kein echtes Wasser sein; das wäre einfach zu praktisch gewesen. Trotzdem hielt sie darauf zu, bog dabei nach Südwesten ab, schlüpfte unter tief herabhängenden Zweigen hindurch und stieg über umgestürzte Baumstämme wie jemand, der sich in Trance bewegt. Als das Geräusch noch lauter wurde – zu laut, um etwas anderes als Wasserrauschen sein zu können –, begann Trisha zu rennen. Sie rutschte zweimal auf dem Nadelteppich unter ihren Füßen aus und rannte einmal durch ein häßliches kleines Dornengestrüpp, das frische Kratzer auf ihren Unterarmen und Handrücken hinterließ, aber das nahm sie kaum wahr.

Zehn Minuten nachdem sie das erste schwache Rauschen gehört hatte, erreichte sie einen kurzen, steilen Hang, wo der Fels wie eine Reihe grauer Höcker aus der dünnen Humusschicht und dem Nadelteppich des Waldbodens hervortrat. Unterhalb dieser Felsen rauschte eindrucksvoll schnell ein Wildbach dahin, im Vergleich dazu war ihr erster Bach kaum mehr als ein Tröpfeln aus einem nicht ganz zugedrehten Gartenschlauch gewesen.

Trisha lief völlig unbefangen am Rand des Abhangs entlang, obwohl ein Fehltritt sie mindestens acht Meter tief hätte abstürzen lassen, was wahrscheinlich tödlich gewesen wäre. Nachdem sie ungefähr fünf Minuten lang bachaufwärts gegangen war, erreichte sie einen Felsspalt, der vom Waldrand in die Schlucht hinunterführte, durch die der Wildbach schoß. Der Boden dieser natürlichen Klamm war mit einem jahrzehntealten Teppich aus Laub und Nadeln bedeckt.

Sie setzte sich auf den Waldboden und rutschte vorwärts, bis ihre Füße über den Rand des Spalts baumelten, als sitze sie oben auf einer Spielplatzrutsche. Dann ließ sie sich in die Tiefe gleiten, wobei sie sich mit den Händen abstützte und mit den Füßen bremste, Auf etwa halber Strecke geriet sie ins Rutschen. Statt zu versuchen, ganz abzubremsen – dabei hätte sie sich wahrscheinlich wieder überschlagen –, lehnte sie sich nach hinten, faltete ihre Hände im Nacken, schloß die Augen und hoffte das Beste.

Die unfreiwillige Rutschpartie zum Bach hinunter war kurz und holperig. Trisha prallte mit ihrer rechten Hüfte gegen einen vorstehenden Felszacken, und ein anderer traf ihre gefalteten Hände so heftig, daß ihre Finger für einige Zeit gefühllos waren. Hätten ihre

Hände nicht schützend um ihren Hinterkopf gelegen, überlegte sie sich später, hätte dieser zweite Felszacken ihr die Kopfhaut aufreißen können. Oder schlimmer. »Brich dir nicht dein dummes Genick«, war eine weitere Redensart von Erwachsenen, die sie kannte – in diesem Fall ein Lieblingsausdruck von Gramma McFarland.

Unten prallte sie so heftig auf, daß ihre Knochen knirschten, und ihre Turnschuhe waren plötzlich voll mit eiskaltem Wasser. Sie zog sie heraus, drehte sich um, warf sich flach auf den Bauch und trank gierig, bis ihr ein stechender Schmerz in die Stirn fuhr, wie es manchmal passierte, wenn sie erhitzt und hungrig war und ein Eis zu rasch verschlang. Trisha hob ihr tropfnasses, mit Schlamm bedecktes Gesicht aus dem schäumenden kalten Wildbach und sah keuchend und selig grinsend zu dem dunkler werdenden Himmel auf. Hatte sie jemals so gutes Wasser getrunken? Nein. Hatte sie jemals *irgend etwas* Besseres gekostet? Absolut nicht. Dies war eine Klasse für sich. Sie tauchte ihr Gesicht wieder ein und trank nochmals. Schließlich richtete sie sich kniend auf, stieß einen gewaltigen wäßrigen Rülpser aus und lachte dann zittrig. Ihr Bauch war angeschwollen, fühlte sich straff wie eine Trommel an. Zumindest vorläufig war sie nicht einmal mehr hungrig.

Die Rinne war zu steil und zu glitschig, als daß Trisha sie wieder hätte hinaufklettern können; sie wäre vielleicht halb oder sogar fast ganz hinaufgekommen, nur um wieder bis zur Sohle hinunterzurutschen. Der Hang auf dem anderen Bachufer schien jedoch leicht zu bewältigen – er war steil und mit Bäumen bestanden, aber nicht zu dicht mit Gebüsch bewachsen, und dazwischen gab es reichlich Felsblöcke, die sich als Trittsteine benutzen ließen. Sie konnte noch etwas weiterwandern, bevor es dafür zu dunkel wurde. Warum auch nicht? Seit sie sich den Bauch mit Wasser vollgeschlagen hatte, fühlte sie sich wieder stark, wundervoll stark. Und zuversichtlich. Der Sumpf lag hinter ihr, und sie hatte wieder einen Bach gefunden. Einen guten Bach.

Ja, aber was ist mit dem speziellen Ding? fragte die kalte Stimme. Trisha fand diese innere Stimme auf einmal wieder beängstigend. Die Dinge, die sie sagte, waren schlimm; entdecken zu müssen, daß sich in ihr ein so negativ eingestelltes Mädchen verbarg, war noch schlimmer. *Hast du das spezielle Ding vergessen?*

»Falls es je ein spezielles Ding gegeben hat«, sagte Trisha, »ist es jetzt fort. Vielleicht ist's bei dem Hirsch geblieben.« Das war wahr oder schien zumindest wahr zu sein. Das Gefühl, beobachtet, vielleicht belauert zu werden, war verschwunden. Das wußte die kalte Stimme, und sie äußerte sich nicht dazu. Trisha merkte, daß sie sich ihre Besitzerin gut vorstellen konnte: eine taffe, lästernde kleine Tussi, die Trisha nur ganz zufällig entfernt ähnlich sah (vielleicht wie eine Cousine zweiten Grades). Nun stakste sie mit hochgezogenen Schultern und geballten Fäusten wie der personifizierte Groll davon.

»Ja, hau ab und komm nicht wieder«, sagte Trisha. »Vor dir hab' ich keine Angst.« Und nach einer Pause: »*Fuck you!*« Sie hatte es wieder ausgesprochen, das, was Pepsi *Das Schreckliche F- Wort* nannte, und Trisha bedauerte es nicht. Sie konnte sich sogar vorstellen, es zu ihrem Bruder zu sagen, wenn Pete auf dem Nachhauseweg von der Schule wieder mit seinem ganzen

Malden-Scheiß anfing. Malden dies und Malden das, Dad dies und Dad das, und was wäre, wenn sie einfach sagen würde: *He, Pete, fuck you, damit mußt du selbst klarkommen,* statt zu versuchen, entweder ganz still und mitfühlend oder ganz locker und fröhlich zu sein und Reden-wir-von-was-anderem-Stimmung zu verbreiten? Oder: *He, Pete, das ist ein großes Fuck-you,* einfach so? Trisha sah ihn vor sich stehen – sah Pete, wie er sie anstarrte und vor Staunen den Mund gar nicht mehr zubrachte. Bei dieser Vorstellung mußte sie kichern.

Sie stand auf, trat ans Wasser, suchte vier Steine zusammen, die sie hinüberbringen würden, und warf sie nacheinander vor sich ins Bachbett. Sobald sie am anderen Ufer war, begann sie, dem Wildbach stromabwärts zu folgen.

Das Gelände fiel immer steiler ab, und der Bach neben ihr wurde stetig lauter, während er sich schäumend durch sein felsiges Bett wälzte. Als Trisha eine verhältnismäßig ebene Lichtung erreichte, beschloß sie, hier zu übernachten. Die Luft war dick und schattig geworden, wenn sie versuchte, weiter abzusteigen, riskierte sie einen Sturz. Außerdem war es hier nicht allzu schlecht: auf der Lichtung konnte sie wenigstens den Himmel sehen.

»Bloß die Viecher sind verdammt lästig«, sagte sie, wedelte die Mücken von ihrem Gesicht weg und erschlug ein paar, die auf ihrem Nacken saßen. Sie ging zum Bach, um Schlamm zu holen, aber – haha, reingefallen, Kleine – dort gab es keinen. Jede Menge Steine, aber keinen Schlamm. Trisha blieb einen Augenblick in der Hocke, während die Gnitzen vor ihren Augen komplizierte Flugmanöver vollführten, überlegte sich die

Sache und nickte dann. Sie schob den Nadelteppich auf einer kreisförmigen Fläche mit ihren Handkanten beiseite, scharrte eine flache Mulde in den weichen Boden und füllte sie mit Hilfe ihrer Wasserflasche mit Wasser aus dem Bach. Dann rührte sie mit ihren Fingern Schlamm an, was ihr großes Vergnügen machte (sie dachte dabei an Gramma Andersen, ans Brotbacken am Samstagmorgen in Gramma Andersens Küche, in der sie beim Teigkneten immer auf einer Fußbank stand, weil die Arbeitsplatte so hoch war). Als sie reichlich gute Pampe hatte, beschmierte sie damit ihr ganzes Gesicht. Es war fast dunkel, bis sie damit fertig war.

Trisha stand auf, während sie ihre Arme noch weiter mit Schlamm einrieb, und sah sich um. Heute nacht gab es keinen passend umgefallenen Baum, unter dem sie schlafen konnte, aber ungefähr zwanzig Meter vom diesseitigen Bachufer entfernt erspähte sie ein Gewirr aus abgebrochenen Kiefernzweigen. Sie schleppte sie zu einer der großen Fichten am Bach, lehnte sie wie umgekehrte Fächer an den Stamm und schuf so einen kleinen Hohlraum, in den sie kriechen konnte ... eine Art Halbzelt. Kam kein Wind auf, der die Zweige umwarf, würde es darin vermutlich ganz behaglich sein.

Als sie die beiden letzten Zweige herholte, verkrampfte ihr Magen sich, und sie hatte das Gefühl, als ob sie Durchfall bekäme. Trisha blieb mit je einem Zweig in der Hand stehen und wartete ab, was als nächstes passieren würde. Der Krampf ging vorüber, und das eigenartige Schwächegefühl tief in ihrem Unterleib gab sich wieder, aber sie fühlte sich trotzdem nicht recht wohl. Zittrig. *Bibberig*, hätte Gramma Anderson vermutlich gesagt, aber sie hätte damit nervös gemeint, und Trisha fühlte sich nicht nervös, nicht richtig. Sie wußte nicht, *wie* sie sich fühlte.

Das kommt vom Wasser, sagte die kalte Stimme. *Irgendwas ist im Wasser. Du bist vergiftet, Kindchen, wahrscheinlich bist du bis morgen früh tot.*

»Dann bin ich's eben«, sagte Trisha und stellte die beiden letzten Zweige an ihren provisorischen Unterschlupf. »Ich hab' solchen Durst gehabt. Ich mußte trinken.«

Darauf kam keine Antwort. Vielleicht verstand selbst die kalte Stimme soviel, auch wenn sie eine Verräterin war – sie hatte einfach trinken *müssen*.

Sie ließ ihren Rucksack von den Schultern gleiten, machte ihn auf und nahm andächtig ihren Walkman heraus. Sie setzte den Kopfhörer auf und drückte den Einschaltknopf. WCAS kam noch gut hörbar an, aber der Sender war nicht mehr so stark wie gestern abend. Trisha kam es komisch vor, wenn sie daran dachte, daß sie den Sendebereich dieser Station beinahe zu Fuß verlassen hatte, so wie man bei einer längeren Autoreise aus ihm hinausgefahren wäre. Sie fühlte sich dabei komisch, wirklich sehr komisch. Komisch im Magen.

»Also gut«, sagte Joe Castiglione. Seine Stimme klang dünn, schien aus weiter Ferne zu kommen. »Mo stellt sich bereit, und damit beginnt die zweite Hälfte des vierten Innings.«

Plötzlich hatte sie das bibberige Gefühl auch in der Kehle, nicht nur im Magen, und die starken, vollmundigen Hickser – *urk-urk, urk-urk* – gingen wieder los. Trisha wälzte sich von ihrem Unterschlupf weg, richtete sich kniend auf und übergab sich im Dunkel zwischen zwei Bäumen, mit der linken Hand hielt sie sich dabei an einem Baumstamm fest, und die rechte preßte sie gegen ihren Magen.

In dieser Stellung blieb sie, rang keuchend nach Atem und spuckte den Geschmack von leicht anverdauten Jungfarnen aus – säuerlich, scharf –, während Mo mit drei Strikes ausschied. Nach ihm war Troy O'Leary dran.

»Also, die Red Sox haben jetzt ein hartes Stück Arbeit vor sich«, bemerkte Troop. »Sie liegen in der zweiten Hälfte des vierten Innings mit eins zu sieben zurück, und Andy Pettitte wirft heute echt klasse.«

»*O Scheiße*«, sagte Trisha, dann übergab sie sich wieder. Sie konnte nicht sehen, was herauskam, dazu war es zu dunkel, und sie war froh darüber, aber es fühlte sich dünn an, mehr wie dünne Grütze als Kotze. Irgend etwas am Gleichklang dieser beiden Wörter, Grütze und Kotze, bewirkte, daß ihr Unterleib sich sofort wieder verkrampfte. Sie rutschte, immer noch auf den Knien, von den Bäumen weg, zwischen denen sie sich übergeben hatte, und spürte dann, wie ihr Unterleib sich erneut verkrampfte, diesmal schmerzhafter als zuvor.

»*O Scheiße!*« jammerte Trisha, während sie an ihren Jeans herumzerrte. Sie wußte, daß sie es nicht schaffen würde, wußte es ganz sicher, aber zuletzt gelang es ihr doch, sich eben lange genug zu beherrschen, um Jeans und Slip herunterreißen und wegziehen zu können. Dann kam alles dort unten in einem heißen, brennenden Strom heraus. Trisha schrie auf, und im letzten Abendlicht antwortete ein Vogel mit einem Schrei, als wolle er sie verspotten. Als es endlich vorbei war und sie aufzustehen versuchte, brandete eine Woge von Schwindel über sie hinweg. Sie verlor das Gleichgewicht und plumpste in ihre eigene heiße Schweinerei.

»Verirrt und in meiner eigenen Kacke sitzend«, sagte Trisha. Sie begann wieder zu weinen, konnte dann aber auch lachen, weil ihr das komisch vorkam. *Verirrt und in meiner eigenen Kacke sitzend, ehrlich!* dachte sie. Sie rappelte sich auf, weinte und lachte durcheinander und griff nach Jeans und Slip, die um ihre Knöchel zusammengeballt waren (die Jeans waren an beiden Knien durchlöchert und steif vor Schmutz, aber sie hatte es wenigstens vermieden, sie in Scheiße zu tunken ... zumindest bisher). Sie zog ihre Sachen aus und ging an den Bach: ab der Taille nackt und mit ihrem Walkman in der Hand. Etwa zur selben Zeit, als sie umgekippt und in ihren eigenen Dreck gefallen war, hatte Troy O'Leary ein Single geschlagen; als sie jetzt barfuß in den eiskalten Wildbach stieg, ermöglichte Jim Leyritz den Yankees ein doppeltes Aus. Wechsel von Schlag- und Feldmannschaften. Echt SEX-sa-tionell.

Während Trisha sich bückte, Wasser schöpfte und damit ihr Gesäß und die Rückseite der Oberschenkel abspülte, sagte sie: »Das war das Wasser, Tom, das verdammte alte Wasser, aber was hätte ich tun sollen? Es bloß *ansehen*?«

Ihre Füße waren ganz gefühllos, als sie aus dem Wasser kam; auch ihre Kehrseite war ziemlich taub, aber dafür war sie wenigstens wieder sauber. Sie zog ihren Slip und ihre Jeans an und war eben dabei, ihre Jeans wieder zuzuknöpfen, als ihr Magen sich erneut verkrampfte. Trisha war mit zwei großen Schritten wieder bei den Bäumen, umklammerte denselben wie zuvor und übergab sich nochmals. Dieses Mal schien überhaupt nichts Festes mehr hochzukommen; sie hatte das

Gefühl, zwei Tassen heißes Wasser von sich zu geben. Sie beugte sich nach vorn und legte ihre Stirn an die harzige Rinde der Kiefer. Einen Augenblick lang konnte sie sich ein Schild daran vorstellen, wie es die Leute über die Haustür ihrer Ferienhäuser am See oder am Meer hängen: TRISHAS KOTZ-KATE. Davon mußte sie wieder lachen, aber es war ein böses Lachen. Und durch den weiten Luftraum zwischen diesen Wäldern und der Welt, die sie auf so törichte Weise für die ihre gehalten hatte, trällerte der vertraute Angle: »Wählen Sie 1-800-54-GIANT.«

Nun war es wieder ihr Unterleib, der sich schmerzhaft verkrampfte.

»Nein«, sagte Trisha, deren Stirn weiter an der Rinde lag, mit geschlossenen Augen. »Nein, bitte nicht noch mal. Lieber Gott, hilf mir. Bitte nicht noch mal.«

Du vergeudest nur deinen Atem, sagte die kalte Stimme. *Zum unterschwellig Wahrnehmbaren zu beten hat keinen Zweck.*

Der Krampf ließ nach. Trisha, deren Beine sich gummiartig und instabil anfühlten, ging langsam zu ihrem Unterschlupf zurück. Ihr Rücken schmerzte von ihrer verkrampften Haltung während des Erbrechens; ihre Bauchmuskeln waren eigenartig angespannt. Und ihre Haut war heiß. *Vielleicht habe ich Fieber,* dachte Trisha.

Derek Lowe kam als Pitcher für die Red Sox ins Spiel. Jorge Posada begrüßte ihn mit einem Triple ins äußerste rechte Feld. Trisha kroch in ihren Unterschlupf, wobei sie darauf achtete, keinen der Zweige mit den Armen oder ihrer Hüfte anzustoßen. Hätte sie das getan, wäre das ganze Ding vermutlich in sich zusammengefallen. Mußte sie wieder dringend (so nannte es ihre Mom; Pepsi nannte es »die Hershey-Spritztour machen« oder »die Abortpolka tanzen«), würde sie vermutlich ohnehin alles umstoßen. Aber zumindest vorläufig lag sie hier.

Chuck Knoblauch schlug einen Ball, den Troop als »turmhohen Flugball« bezeichnete. Darren Bragg fing ihn, aber Posada punktete trotzdem. Acht zu eins für die Yankees. Sie waren heute abend nicht zu stoppen, das stand fest. Absolut nicht zu stoppen.

»Wen rufen Sie an, wenn Ihre *Wind*schutzscheibe *ka*putt ist?« sang Trisha auf den Kiefernnadeln liegend halblaut. »1-800-54-GI...«

Ein krampfartiger Schauder ließ sie erzittern; sie fühlte sich plötzlich nicht mehr heiß und fiebrig, sondern fror am ganzen Leib. Sie umklammerte ihre schlammigen Arme mit ihren schlammigen Fingern, hielt sie an sich gedrückt und konnte nur hoffen, die mit solcher Mühe aufgestellten Zweige würden nicht über ihr zusammenfallen.

»Das Wasser«, stöhnte sie. »Das Wasser, das verdammte blöde Wasser, nichts mehr davon.«

Aber sie wußte, daß das nicht stimmte, es war gar nicht nötig, daß die kalte Stimme es ihr mitteilte. Sie war bereits wieder durstig, das Erbrechen und der Nachgeschmack der Jungfarne hatten ihren Durst noch vergrößert, und sie würde den Bach bald wieder aufsuchen.

Trisha lag da und hörte weiter zu, wie die Red Sox spielten. Sie wachten im achten Inning auf, erzielten vier Runs und ließen Pettitte schlecht aussehen. Während die Yankees es in der ersten Hälfte des neunten Innings mit Dennis Eckersley (»Eck«, so nannten Joe und Troop ihn) als Pitcher zu tun bekamen, gab Trisha auf – sie konnte es nicht ertragen, das dämliche Gemurmel des Bachs noch länger zu hören. Auch wenn sie den Walkman lauter stellte, war es da, und ihre Zunge und Kehle bettelten um das, was sie hörte. Sie kroch vorsichtig rückwärts aus ihrem Unterschlupf, ging an den Bach und trank erneut. Das Wasser war kalt und köstlich; es schmeckte nicht wie Gift, sondern wie Nektar und Ambrosia. Während sie zu ihrem Unterschlupf zurückkroch, war ihr abwechselnd heiß und kalt, mal schwitzte, mal fror sie, und als sie sich wieder ausstreckte, dachte sie: *Wahrscheinlich bin ich morgen früh tot. Tot oder so krank, daß ich mir wünsche, ich wäre tot.*

Die Red Sox, die jetzt mit fünf zu acht zurücklagen, hatten Runner an allen Bases, als ihr letzter Batter antrat. Nomar Garciaparras weiter Schlag ging ins Mittelfeld. Wäre er ins Außenfeld gegangen, hätten die Sox das Spiel mit neun zu acht gewonnen. Statt dessen sprang Bernie Williams vor der Mauer der Aufwärmzone hoch, konnte den Ball fangen und durchkreuzte so Garciaparras Plan. Dieser Flugball brachte einen Run, aber das war bereits alles. O'Leary trat als Batter gegen Mariano Rivera an und mit drei Fehlschlägen wieder ab, womit das Spiel und ein durchschnittlicher Abend zu Ende gingen. Trisha schaltete ihren Walkman aus, um die Batterien zu schonen. Dann ließ sie ihren Kopf auf ihre verschränkten Arme sinken und begann schwach und hilflos zu weinen. Sie hatte Magenkrämpfe und Durchfall; die Sox hatten verloren; Tom Gordon war nicht mal ins blöde *Spiel* gekommen. Das Leben war Hühnerkacke. Sie weinte noch immer leise, als sie einschlief.

In der Kaserne der Maine State Police in Castle Rock

ging ein kurzer Anruf ein, als Trisha eben wider besseres Wissen zum zweitenmal aus dem Bach trank. Der Anrufer machte seine Mitteilung der Telefonistin und einem Tonbandgerät, das alle eingehenden Anrufe aufzeichnete.

Anruf beginnt um 21.46 Uhr

Anrufer: *Das Mädchen, das Sie suchen, ist vom Appalachian Trail von Francis Raymond Mazzerole entführt worden – mit M wie Mikroskop. Er ist sechsunddreißig, trägt eine Brille und hat kurzes, blondgefärbtes Haar. Haben Sie das?*
Telefonistin: *Sir, darf ich Sie bitten, mir...*
Anrufer: *Schnauze halten, Schnauze halten, zuhören. Mazzerole fährt einen blauen Ford Van – Econoline heißt der, glaub' ich. Er ist ein Drecksack. Sehen Sie sich seine Vorstrafen an, dann wissen Sie, was ich meine. Er bumst sie ein paar Tage lang, wenn sie ihm keine Schwierigkeiten macht, was Ihnen vielleicht ein paar Tage Zeit gibt, aber dann bringt er sie um. Das hat er schon mal gemacht.*
Telefonistin: *Sir, haben Sie sein Autokennzeichen oder...*
Anrufer: *Ich habe Ihnen seinen Namen gesagt und was er fährt. Damit wissen Sie alles, was Sie brauchen. Er hat das schon mal gemacht.*
Telefonistin: *Sir...*
Anrufer: *Hoffentlich knallen Sie ihn ab.*

Anruf endet um 21.48 Uhr

Festgestellt wurde, daß das Gespräch aus einer Telefonzelle in Old Orchard Beach geführt worden war. Das brachte die Polizei nicht weiter.

Gegen zwei Uhr morgens – drei Stunden nachdem die Polizei in Massachusetts, Connecticut, New York und New Jersey begonnen hatte, nach einem blauen Ford Van zu fahnden, der von einem Blonden mit Brille und kurzen Haaren gefahren wurde – wachte Trisha wieder mit Übelkeit und Magenkrämpfen auf. Sie warf ihren Unterschlupf um, als sie rückwärts hinauskroch, streifte unbeholfen Jeans und Slip herunter und schied eine anscheinend riesige Menge einer schwachen Säure aus. Das tat ihr dort unten weh, tat mit einem stark juckenden Brennen weh, das sie an den schlimmsten Anfall von Nesselfieber erinnerte, den sie je gehabt hatte.

Als dieser Teil vorüber war, kroch sie zu Trishas Kotz-Kate zurück und umklammerte wieder denselben Baum. Ihr Gesicht glühte, ihr Haar war schweißnaß und völlig verklebt; außerdem zitterte sie am ganzen Leib, und ihre Zähne klapperten.

Ich kann nicht noch mehr kotzen. Bitte, lieber Gott, ich kann nicht noch mehr kotzen. Ich sterbe, wenn die Kotzerei weitergeht.

Zu diesem Zeitpunkt sah sie Tom Gordon zum erstenmal wirklich. Er stand ungefähr fünfzehn Meter von ihr entfernt im Wald, und seine weiße Spielerkleidung schien im Mondlicht, das durch die Bäume fiel, fast zu brennen. Er trug seinen Handschuh. Er hatte seine rechte Hand auf dem Rücken, und Trisha wußte, daß er in ihr einen Baseball hielt. Er würde ihn mit der Handfläche umfassen, ihn mit seinen langen Fingern drehen, die Nähte ertasten, wenn sie vorbeiglitten, und erst damit aufhören, wenn sie genau dort lagen, wo er sie haben wollte, damit der Griff stimmte.

»Tom«, flüsterte sie. »Du hast heute abend überhaupt keine Chance bekommen, stimmt's?«

Tom achtete nicht auf sie. Er wartete auf das Zeichen des Catchers. Seine typische Stille strahlte von seinen Schultern aus, hüllte ihn ein. Er stand dort im Mondschein... So deutlich wie die Kratzer an ihren Armen, so wirklich wie die Übelkeit in ihrer Kehle und in ihrem Magen, von der ihr so häßlich bibberig war. Er war die Stille in Person, während er auf das Zeichen wartete. Nicht *vollkommene* Stille, weil seine Hand hinter dem Rücken den Ball drehte und drehte, um den besten Griff zu finden, aber von vorn betrachtet ganz Stille; yeah, Baby, ganz still, während er auf das Zeichen wartete. Trisha fragte sich, ob sie das vielleicht auch konnte – das Zittern von sich abperlen lassen wie Wasser vom Rücken einer Ente, ganz still sein und sich den Aufruhr in ihrem Inneren nicht anmerken lassen.

Sie hielt sich am Baum fest und versuchte es. Das klappte nicht gleich (das taten gute Dinge nie, sagte ihr Dad), aber zuletzt klappte es doch: innerliche Ruhe, gesegnete Stille. Lange verharrte sie so bewegungslos. Wollte der Batter seinen Platz verlassen, weil er fand, sie lasse sich zwischen ihren Würfen zu lange Zeit? Auch gut. Das bedeutete ihr nichts, weder so noch so. Sie war ganz Stille, die auf das richtige Zeichen und den richtigen Griff um den Ball wartete. Stille ging von den Schultern aus; sie strahlte von dort aus, sie kühlte einen und half einem, sich zu konzentrieren.

Die Schauder nahmen ab, dann hörten sie ganz auf. Irgendwann merkte sie, daß auch ihr Magen sich beruhigt hatte. Und die Unterleibskrämpfe waren ebenfalls abgeklungen. Der Mond war untergegangen. Tom Gordon war verschwunden. Natürlich war er nie wirklich dagewesen, das wußte sie, aber...

»Diesmal hat er richtig wirklich ausgesehen«, krächzte sie. »So wirklich wie echt. Wow!«

Trisha stand auf und ging langsam zu dem Baum zurück, an dem ihr Unterschlupf gelehnt hatte. Obwohl sie sich am liebsten nur auf den Nadeln zusammengerollt hätte, um gleich so einzuschlafen, stellte sie die Zweige wieder auf und kroch darunter. Fünf Minuten später schlief sie wie eine Tote. Während sie schlief, kam etwas und beobachtete sie. Es beobachtete sie lange Zeit. Erst als am Himmel im Osten ein heller Streifen Tageslicht erschien, trollte es sich – aber es entfernte sich nicht weit.

Sechster Durchgang

Als Trisha aufwachte, sangen die Vögel voller Zuversicht. Das Tageslicht war stark und hell, es mußte früher Vormittag sein. Sie hätte sogar noch länger schlafen können, aber das ließ ihr Hunger nicht zu. In ihrem Inneren toste eine große Leere von der Kehle bis ganz hinunter zu den Knien. Und genau in der Mitte tat es weh, richtig weh. Es war, als würde sie irgendwo dort drinnen gezwickt. Dieses Gefühl erschreckte sie. Sie war schon früher hungrig gewesen, aber nie so hungrig, daß es auf diese Weise weh getan hätte.

Sie kroch rückwärts aus ihrem Unterschlupf, der dabei wieder zusammenfiel, stand auf und humpelte zum Bach, wobei sie ihre Hände ins Kreuz preßte. Wahrscheinlich sah sie wie Pepsi Robichauds Großmutter aus, die eine, die taub war und so schlimm Arthritis hatte, daß sie ein Laufgestell benutzen mußte. Granny Grunz, so nannte Pepsi sie.

Trisha ließ sich auf die Knie nieder, stützte sich auf beide Hände und trank wie ein Pferd an der Tränke. Wurde ihr vom Wasser wieder schlecht, was zu befürchten war, konnte sie's nicht ändern. Sie mußte ihren Magen mit irgendwas füllen.

Sie stand auf, sah sich mit glanzlosem Blick um, zog

ihre Jeans hoch (sie hatten gut gesessen, als Trisha sie sich vor einer Ewigkeit in ihrem Zimmer im weit entfernten Sanford angezogen hatte, aber jetzt schlotterten sie an ihr herum) und setzte sich dem Bach folgend hügelabwärts in Bewegung. Sie hegte keine wirkliche Hoffnung mehr, er werde sie aus dem Wald führen, aber sie konnte wenigstens etwas Abstand zwischen sich und Trishas Kotz-Kate bringen; das war zu schaffen.

Sie war etwa hundert Schritte weit gekommen, als die taffe Tussi sich meldete. *Hast was vergessen, stimmt's, Herzchen?* Heute klang die taffe Tussi zwar auch wie eine müde werdende Tussi, aber ihre Stimme war trotzdem so kalt und ironisch wie zuvor. Ganz zu schweigen davon, daß sie recht hatte. Trisha blieb einen Augenblick mit gesenktem Kopf stehen, die Haare fielen ihr ins Gesicht, dann machte sie kehrt und stapfte mühsam bergauf, zurück zu ihrem kleinen Nachtlager. Unterwegs mußte sie zweimal haltmachen, damit ihr jagendes Herz sich wieder etwas beruhigen konnte; sie war entsetzt darüber, wie wenig Kraft sie noch besaß.

Sie füllte ihre Wasserflasche, verstaute sie mitsamt den Resten ihres zerfetzten Ponchos in ihrem Rucksack, seufzte den Tränen nahe über sein Gewicht, als sie ihn auf den Rücken nahm (das verdammte Ding war doch praktisch *leer*, um Himmels willen), und brach wieder auf. Sie ging langsam, jetzt mit fast schwerfälligen Schritten, und obwohl sie in abfallendem Gelände unterwegs war, mußte sie ungefähr alle Viertelstunde stehenbleiben und rasten. Sie hatte pochende Kopfschmerzen. Die Farben ihrer Umgebung wirkten alle zu grell, und als ein Eichelhäher auf einem Ast über ihr seinen Warnruf ausstieß, war es wie Nadeln in ihren

Ohren. Sie stellte sich vor, Tom Gordon sei bei ihr und leiste ihr Gesellschaft, und nach einiger Zeit brauchte sie sich das nicht mehr vorzustellen. Er ging neben ihr her, und obwohl sie wußte, daß er nur eine Halluzination war, sah er bei Tageslicht ebenso real aus, wie er es im Mondschein getan hatte.

Gegen Mittag stolperte Trisha über einen Felsbrocken und fiel der Länge nach in ein dorniges Gestrüpp. Dort blieb sie liegen – durch den Sturz außer Atem und mit so wild hämmerndem Herzen, daß weiße Lichter vor ihren Augen tanzten. Ihr erster Versuch, aus dem Gebüsch wieder herauszukommen, schlug fehl. Sie wartete, ruhte sich aus, konzentrierte sich mit halb geschlossenen Augen auf die Stille und versuchte es dann nochmals. Diesmal konnte sie sich aus dem Gestrüpp befreien, aber als sie aufstehen wollte, versagten ihre Beine ihr den Dienst. Aber das war kein Wunder, nicht wirklich. In den vergangenen achtundvierzig Stunden hatte sie außer einem hartgekochten Ei, einem Thunfischsandwich, zwei Twinkies und einigen Jungfarnen nichts zu sich genommen. Außerdem hatte sie Durchfall und die Kotzerei gehabt.

»Ich werde hier sterben, Tom, nicht wahr?« fragte sie. Ihre Stimme klang ruhig und vernünftig.

Als keine Antwort kam, hob sie den Kopf und sah sich um. Nummer 36 war verschwunden. Trisha schleppte sich zum Bach hinüber und trank ausgiebig. Das Wasser schien Magen und Darm nicht mehr zu schaden. Sie wußte nicht, ob das bedeutete, daß sie sich daran gewöhnt hatte, oder nur, daß ihr Körper den Versuch aufgegeben hatte, sich von dem schlechten Zeug, von all dem Schmutz zu befreien.

Trisha setzte sich auf, wischte sich ihren tropfenden

Mund ab und sah den Wildbach entlang nach Nordwesten. In dieser Richtung war das Gelände mittelschwer, und der Wald schien sich wieder einmal zu verändern: Die Kiefern machten kleineren, jüngeren Bäumen Platz – das hieß, dem dichten Gewirr eines Jungwalds mit reichlich Unterholz, das jegliches einfache Fortkommen unmöglich machte. Sie wußte nicht, wie lange sie in diese Richtung würde weitergehen können. Und wenn sie im Bach zu gehen versuchte, würde die Strömung sie bestimmt umreißen. Es gab keine Hubschrauber, keine kläffenden Hunde. Sie ahnte, daß sie diese Geräusche hätte hören können, wenn sie wollte, genau wie sie Tom Gordon sehen konnte, wenn sie wollte, deshalb war es am besten, nicht an solche Dinge zu denken. Überraschten sie irgendwelche Geräusche, waren sie vielleicht echt.

Trisha rechnete nicht damit, von irgendwelchen Geräuschen überrascht zu werden.

»Ich werde im Wald sterben.« Diesmal war es keine Frage.

Ihr Gesicht nahm einen kummervollen Ausdruck an, aber es kamen keine Tränen. Sie streckte ihre Hände aus und betrachtete sie. Sie zitterten. Schließlich rappelte sie sich hoch und setzte ihren Marsch fort. Während sie sich langsam bergab bewegte, wobei sie sich an Baumstämmen und Zweigen festhielt, um nicht zu stürzen, befragten zwei Ermittler der Staatsanwaltschaft ihre Mutter und ihren Bruder. Später an diesem Nachmittag würde ein mit der State Police zusammenarbeitender Psychiater versuchen, sie zu hypnotisieren, was ihm bei Pete gelingen würde. Ihre Fragen konzentrierten sich darauf, wie sie am Samstag morgen auf den Parkplatz gefahren und dann zu ihrer Wanderung aufgebrochen waren. Hatten sie einen blauen Van gesehen? Hatten sie einen blonden Mann mit Brille gesehen?

»Großer Gott«, sagte Quilla und gab endlich den Tränen nach, die sie bisher größtenteils zurückgehalten hatte. »Großer Gott, Sie glauben, daß mein Baby entführt worden ist, nicht wahr? Hinter unserem Rücken verschleppt, während wir uns gestritten haben.« Als sie das sagte, begann auch Pete zu weinen.

In den Townships TR-90, TR-100 und TR-110 ging die Suche nach Trisha weiter, aber das Suchgebiet war verkleinert worden, und die Männer und Frauen in den Wäldern hatten Anweisung, sich auf die Umgebung der Stelle zu konzentrieren, wo die Vermißte zuletzt gesehen worden war. Die Suchtrupps hielten jetzt mehr Ausschau nach den Sachen des Mädchens als nach dem Mädchen selbst: nach ihrem Rucksack, ihrem Poncho, einzelnen Kleidungsstücken. Aber nicht nach ihrem Slip; die Ermittler der Staatsanwaltschaft und die Detectives der State Police waren sich ziemlich sicher, daß den niemand finden würde. Sexualverbrecher wie Mazzerole behielten die Unterwäsche ihrer Opfer meistens, sie hatten sie noch lange bei sich, wenn die Leichen längst in Straßengräben geworfen oder in Abwasserkanäle gestopft worden waren.

Trisha McFarland, die Francis Raymond Mazzerole noch nie im Leben zu Gesicht bekommen hatte, befand sich jetzt dreißig Meilen jenseits der Nordwestgrenze des neuen, verkleinerten Suchgebiets. Selbst wenn die Maine State Guides und die Wildhüter der Forrest Services nicht auf eine falsche Spur gelockt worden wären, hätten sie das kaum glauben können, aber es stimmte. Sie befand sich nicht einmal mehr in Maine; gegen drei

Uhr an diesem Montagnachmittag überschritt sie die Grenze nach New Hampshire. Etwa eine Stunde später sah Trisha die Büsche unter einer Baumgruppe in der Nähe des Bachs. Sie ging auf sie zu, wagte aber nicht, sie für echt zu halten, selbst als sie das helle Rot der Beeren sah – hatte sie sich nicht erst vorhin gesagt, sie könne alle Dinge sehen und hören, die sie sich nur dringend genug wünsche?

Ganz recht ... aber sie hatte sich auch gesagt, wenn sie von etwas überrascht werde, könnte das heißen, daß die Dinge, die sie hörte und sah, wirklich seien. Vier weitere Schritte überzeugten sie davon, daß die Sträucher real waren. Die Beerensträucher ... und ihre üppige Last an Scheinbeeren, mit denen sie wie mit winzigen Äpfeln behangen waren.

»Beeren ahoi!« rief sie mit brüchiger, heiserer Stimme aus, und ihre letzten Zweifel schwanden, als zwei Krähen, die sich etwas weiter im Inneren des Beerengestrüpps an heruntergefallenen Früchten gelabt hatten, aufflogen und sie mißbilligend ankrächzten.

Trisha hatte gehen wollen, aber jetzt rannte sie doch los. Als sie die Sträucher erreichte, blieb sie nach Luft ringend und mit blaßroten Flecken auf den Wangen abrupt stehen. Sie streckte ihre schmutzigen Hände aus und zog sie doch wieder zurück, weil sie auf irgendeiner Ebene ihres Bewußtseins weiter der Überzeugung war, ihre Finger würden ins Leere greifen, wenn sie die Beeren zu berühren versuchte. Die Sträucher würden wie ein Spezialeffekt in einem Film flimmern (wie in einem von Petes geliebten »Morphs«) und sich dann als das erweisen, was sie wirklich waren: nur ein weiteres Gewirr aus scheußlichen braunen Dornenranken, die gierig darauf warteten, möglichst viel von Trishas

Blut zu trinken, solange es noch warm in ihren Adern floß.

»*Nein*«, sagte sie und griff wieder danach. Einen Augenblick lang zweifelte sie noch, und dann ... oh, und dann ...

Die Scheinbeeren unter ihren Fingerspitzen waren klein und weich. Trisha zerquetschte die erste, die sie pflückte; einige Tropfen roter Saft spritzten auf ihre Haut und riefen die Erinnerung daran wach, wie sie einmal zugesehen hatte, als ihr Vater sich rasierte und sich dabei geschnitten hatte.

Sie hob den Finger mit den roten Tropfen (und einem kleinen Stück der entleerten Beerenhaut) und steckte ihn zwischen ihre Lippen. Der Geschmack war süßlich würzig und erinnerte sie nicht an Teaberry-Kaugummi, sondern an Preiselbeersaft, der frisch aus einer im Kühlschrank stehenden Flasche kam. Der Geschmack brachte sie zum Weinen, aber sie merkte nicht, daß ihr Tränen übers Gesicht liefen. Sie griff bereits nach weiteren Beeren, streifte sie in klebrig blutenden Klumpen von den Blättern, stopfte sie sich in den Mund, kaute sie kaum, sondern verschlang sie nur und grapschte sofort nach mehr.

Ihr Körper öffnete sich den Beeren; er genoß ihren zuckrigen Saft. Das nahm sie wirklich wahr – sie war völlig *down* davon, wie Pepsi wohl gesagt hätte. Der denkende Teil ihres Ichs schien etwas abseits zu stehen und alles zu beobachten. Sie pflückte die Beeren von den Sträuchern, indem sie ganze Klumpen mit der Hand umschloß und einfach abriß. Ihre Finger und wenig später auch ihre Handflächen färbten sich rot. Als sie tiefer zwischen die Beerensträucher vordrang, sah sie zunehmend wie ein Mädchen aus, das bei einem

Unfall häßliche Schnittverletzungen davongetragen hat und rasch in der nächsten Notaufnahme zusammengeflickt werden müßte.

Trisha aß nicht nur Beeren, sondern auch einige Blätter, und ihre Mutter hatte auch damit recht gehabt – sie schmeckten, selbst wenn man kein Waldmurmeltier war. Knackig frisch. Die Kombination beider Geschmacksrichtungen erinnerte sie an das Gelee, das Gramma McFarland zu Brathähnchen servierte.

Sie hätte sich wahrscheinlich noch längere Zeit essend nach Süden weiterbewegen können, aber der Flecken mit Beerensträuchern nahm ein abruptes Ende. Als Trisha zwischen den letzten Sträuchern hervorkam, starrte sie plötzlich in das sanfte, erschrockene Gesicht und die dunkelbraunen Augen einer ziemlich großen Hirschkuh. Sie ließ zwei Handvoll Beeren fallen und kreischte aus einem Mund, der aussah, als sei er vollkommen mit Lippenstift verschmiert. Die Hirschkuh hatte sich von ihrem knackenden, schmatzenden Vordringen durch die Beerensträucher nicht stören lassen und schien auch ihr Kreischen nur leicht irritierend zu finden, so daß Trisha später dachte, dieses Tier könne von Glück sagen, wenn es die Jagdsaison im kommenden Herbst überlebte. Die Hirschkuh zuckte nur mit den Ohren und wich mit zwei federnden Schritten – eigentlich waren es kurze Sätze – auf eine Lichtung zurück, deren Boden von staubigen grün-goldenen Lichtstrahlen erhellt wurde.

Hinter ihr standen zwei Hirschkälber, die wachsamer wirkten, auf staksigen Beinen. Die Hirschkuh sah sich erneut nach Trisha um, dann gesellte sie sich mit ihren leichten, federnden Schritten zu ihren Kälbern. Während Trisha sie beobachtete – so erstaunt und entzückt wie beim Anblick der Biber –, hatte sie das Gefühl, die Hirschkuh bewege sich, als habe sie eine dünne Schicht dieser Flubber-Masse unter ihren Hufen.

Die drei Tiere standen nun fast wie für ein Familienporträt posierend auf der Lichtung im Buchenwald. Dann stieß die Mutter eines ihrer Kälber an (oder biß es vielleicht in die Seite), und die drei machten sich davon. Trisha sah ihre weißen Wedel hügelabwärts davonwippen, dann hatte sie die Lichtung für sich allein.

»Lebt wohl!« rief sie ihnen nach. »Danke, daß ihr ...«

Sie verstummte, als ihr klar wurde, was die Hirsche gemacht hatten. Der Waldboden war hier mit Buchekkern übersät. Die kannte Trisha nicht von ihrer Mutter, sondern aus dem Biologieunterricht in der Schule. Vor einer Viertelstunde war sie noch fast verhungert; jetzt befand sie sich mitten in einem Festmahl ... in der vegetarischen Version, klar, aber wen störte das?

Trisha kniete nieder, hob eine Buchecker auf und drückte mit einem abgebrochenen Fingernagel gegen die Naht der braunen Hülse. Sie erwartete nicht allzu viel, aber die Buchecker ließ sich fast so leicht öffnen wie eine Erdnuß. Die Hülse von der Größe eines Fingerknöchels enthielt einen Kern, der etwas größer als ein Sonnenblumenkern war. Sie kostete ihn leicht zweifelnd, aber er schmeckte gut. In seiner Art so gut wie die Scheinbeeren, und ihr Körper schien jetzt auch nach Bucheckern zu gieren.

Ihren schlimmsten Hunger hatte sie mit Beeren gestillt; sie hatte keine Ahnung, wie viele sie schon verschlungen hatte (von den Blättern ganz zu schweigen; wahrscheinlich hatte sie so grüne Zähne wie Arthur Rhodes, der komische kleine Junge, der weiter hinten in Pepsis Straße wohnte). Außerdem war ihr Magen wahrscheinlich geschrumpft. Was sie jetzt tun mußte, war...

»Vorräte sammeln«, murmelte sie. »Yeah, Baby, massenhaft Vorräte sammeln.«

Sie ließ ihren Rucksack von den Schultern gleiten, merkte dabei, wie dramatisch ihr Energiepegel schon wieder gestiegen war – das war mehr als erstaunlich, tatsächlich ein bißchen unheimlich –, und öffnete die Klappe. Dann kroch sie über die Lichtung und sammelte mit schmutzigen Händen Bucheckern ein. Ihr Haar hing ihr in die Augen, ihr verdrecktes Trikot flatterte, und sie zog zwischendurch immer wieder ihre Jeans hoch, die gut gepaßt hatten, als sie sie vor tausend Jahren angezogen hatte, aber jetzt nicht mehr oben bleiben wollten. Während sie Bucheckern einsammelte, sang sie halblaut den Autoglas-Jingle – 1-80054-GIANT – vor sich hin. Sobald sie genügend Bucheckern hatte, so daß der Boden ihres Rucksacks mit einer dicken Schicht bedeckt war, ging sie langsam durch die Beerensträucher zurück, pflückte Scheinbeeren und warf sie (diejenigen, die sie nicht gleich in ihren Mund steckte) oben auf die Bucheckern.

Als sie die Stelle erreichte, an der sie zuvor gestanden und versucht hatte, den Mut aufzubringen, das zu berühren, was sie sah, fühlte sie sich fast wieder erholt. Nicht völlig, aber trotzdem ziemlich gut. *Ganz* war das Wort, das ihr dazu einfiel, und es gefiel ihr so gut, daß sie es laut sagte – nicht nur einmal, sondern gleich zweimal.

Sie stapfte zu ihrem Bach zurück, wobei sie den Rucksack neben sich herschleppte, und setzte sich dort unter einen Baum. Im Wasser sah sie einem guten

Omen gleich einen kleinen gesprenkelten Fisch – vielleicht eine junge Forelle – stromabwärts vorbeischießen.

Trisha blieb einen Augenblick so sitzen, hob ihr Gesicht der Sonne entgegen und schloß dabei die Augen. Dann zog sie ihren Rucksack auf den Schoß, steckte eine Hand hinein und vermengte die Bucheckern mit den Scheinbeeren. Das erinnerte sie an Dagobert Duck, der in seinem Geldspeicher in Gold badete, und sie lachte entzückt. Dieses Bild war absurd und perfekt zugleich.

Sie entkernte ungefähr ein Dutzend Bucheckern, mischte sie mit gleich vielen Beeren (wobei sie diesmal ihre krapproten Finger benützte, um mit damenhafter Sorgsamkeit die Stengel zu entfernen) und warf diese Mischung in drei Portionen als Nachtisch in ihren Mund. Der Geschmack war himmlisch – wie eine der Müslimischungen, die ihre Mutter immer aß –, und als Trisha die letzte Handvoll gegessen hatte, merkte sie, daß sie nicht nur voll, sondern restlos vollgestopft war. Sie wußte nicht, wie lange dieses Gefühl anhalten würde – Beeren und Bucheckern waren vermutlich wie chinesisches Essen: es füllte einen, daß man dachte, man platze, aber nach einer Stunde war man schon wieder hungrig –, aber vorläufig fühlte sie sich wie ein übervoller Weihnachtsstrumpf. Es war wunderbar, satt zu sein. Sie hatte neun Jahre lang gelebt, ohne dieses Gefühl kennengelernt zu haben, und sie hoffte, sie würde es nie wieder vergessen: Es war wunderbar, satt zu sein.

Trisha lehnte sich mit dem Rücken an den Baum und blickte zutiefst glücklich und dankbar in ihren Rucksack. Wäre sie nicht so voll gewesen (*zu vollgefressen, um auch nur papp sagen zu können,* dachte sie), hätte sie ihren Kopf in den Rucksack gesteckt wie eine Stute in ihren Futtersack, nur um ihre Nase mit dem köstlichen Duft dieser Mischung aus Bucheckern und Scheinbeeren zu füllen.

»Ihr habt mir das Leben gerettet, Jungs«, sagte sie. »Ihr habt mir echt das Leben gerettet.«

Auf dem anderen Ufer des rauschenden Bachs lag eine kleine Lichtung, deren Boden mit Kiefernnadeln gepolstert war. Dort drüben fiel der Sonnenschein in breiten gelben Streifen ein, die mit langsam tanzenden Pollen und Waldstaub gefüllt waren. In diesem warmen Licht spielten Schmetterlinge, die sich anmutig umgaukelten. Trisha faltete die Hände auf ihrem Bauch, in dem keine Leere mehr toste, und beobachtete die Schmetterlinge. In diesem Augenblick sehnte sie sich nicht nach ihrer Mutter, ihrem Vater, ihrem Bruder oder ihrer besten Freundin. In diesem Augenblick wünschte sie sich nicht einmal nach Hause zurück, obwohl ihr ganzer Körper schmerzte und ihr Hinterteil brannte und juckte und beim Gehen scheuerte. In diesem Augenblick war sie mit sich selbst im reinen, und nicht nur das: Sie erlebte die größte Zufriedenheit, die sie je gekannt hatte. *Falls ich hier lebend rauskomme, kann ich das keinem erzählen,* dachte sie. Ihre Lider wurden schwer, während sie die Schmetterlinge jenseits des Bachs beobachtete. Zwei von ihnen waren weiß; der dritte war samtig dunkelbraun, vielleicht schwarz.

Was erzählen, Schätzchen? Das war die taffe Tussi, aber ihre Stimme klang ausnahmsweise nicht kalt, nur neugierig. *Was wirklich ist. Wie einfach alles ist. Bloß essen... nun, bloß etwas zu essen haben und danach voll sein...*

»Das unterschwellig Wahrnehmbare«, sagte Trisha laut. Sie beobachtete weiter die Schmetterlinge. Zwei weiße und ein dunkler, die sich zu dritt in der Nachmittagssonne umtanzten. Sie dachte an Little Black Sambo oben auf dem Baum, unter dem die Tiger in seinen schönen neuen Sachen herumliefen und herumliefen, bis sie zuletzt schmolzen und zu Butter wurden. Zu dem, was ihr Dad Butterschmalz nannte.

Ihre rechte Hand löste sich von der linken, rutschte ab, wobei sie sich drehte, und plumpste mit der Handfläche nach oben zu Boden. Es schien zu anstrengend zu sein, sie wieder hochzuheben, deshalb ließ Trisha sie, wo sie war.

Und das unterschwellig Wahrnehmbare, Herzchen? Was ist damit?

»Nun«, antwortete Trisha mit langsamer, schläfriger und nachdenklicher Stimme. »Es ist nicht so, als ob das *nichts* wäre ... nicht wahr?«

Die taffe Tussi äußerte sich nicht dazu. Darüber war Trisha froh. Sie fühlte sich so schläfrig, so satt, so wundervoll. Sie schlief jedoch nicht; auch später, als sie wußte, daß sie geschlafen haben mußte, kam es ihr nicht so vor, als hätte sie es getan. Sie erinnerte sich, daß sie an den Garten ihres Dads hinter dem neuen, kleineren Haus gedacht hatte, daß der Rasen gemäht werden mußte und die Gartenzwerge verschlagen wirkten – als wüßten sie etwas, was man selbst nicht wußte – und wie Dad angefangen hatte, in ihren Augen alt und traurig auszusehen, schon weil ständig dieser Bierdunst aus seinen Poren drang. Das Leben konnte sehr traurig sein, so schien es ihr, und meistens war es, was es sein konnte. Die Menschen taten so, als sei es das nicht, und sie belogen ihre Kinder (beispielsweise hatte kein Film und keine Fernsehsendung, die sie jemals gesehen hatte, sie darauf vorbereitet, das Gleichgewicht zu verlieren und rücklings in ihre eigene Kacke zu plumpsen), um sie nicht zu erschrecken oder frühzeitig zu entmutigen, aber yeah, es konnte traurig sein. Die Welt hatte Zähne, und sie konnte damit zubeißen, wann immer sie wollte. Das wußte sie jetzt. Sie war erst neun, aber sie wußte es, und sie glaubte, es akzeptieren zu können. Sie war schließlich schon fast zehn und groß für ihr Alter.

Ich weiß nicht, warum wir ausbaden müssen, was ihr beiden falsch gemacht habt! Das waren die letzten Worte gewesen, die sie Pete hatte sagen hören, und Trisha glaubte jetzt, die Antwort zu wissen. Es war eine schlimme Antwort, aber vermutlich eine wahre: einfach darum. Und wem das nicht paßte, der konnte eine Nummer ziehen und sich hinten anstellen.

Trisha vermutete, sie sei jetzt in vieler Beziehung älter als Pete.

Sie sah bachabwärts und stellte fest, daß etwa vierzig Meter von dem Platz entfernt, an dem sie saß, ein weiterer Bach in ihren Wildbach mündete; er ergoß sich in einem sprühenden kleinen Wasserfall über sein Ufer. Gut, gut. So sollte die Sache funktionieren. Dieser zweite Bach, den sie gefunden hatte, *würde* größer und größer werden, dieser *würde* sie zu Menschen führen. Er...

Ihr Blick glitt wieder hinüber zu der kleinen Lichtung jenseits des Bachs, und sie sah dort drei Leute stehen, die sie beobachteten. Zumindest nahm Trisha an, sie würde von ihnen beobachtet; ihre Gesichter konnte sie nicht sehen. Auch ihre Füße nicht. Sie trugen lange Gewänder wie Priester in diesen Filmen über Geschichten aus alten Zeiten. (»In days of *old* when knights were *bold* and ladies showed their *fan* – nies«, sang Pepsi Robichaud manchmal beim Seilspringen). Die Säume ihrer langen Gewänder warfen Falten auf dem Nadelteppich der Lichtung. Ihre hochgeschlagenen Kapuzen verbargen die Gesichter darunter. Trisha blickte über den Bach zu ihnen hinüber: leicht überrascht, aber nicht wirklich ängstlich, noch nicht. Zwei der Gewänder waren weiß. Das der Gestalt in der Mitte war schwarz.

»Wer seid ihr?« fragte Trisha. Sie wollte sich etwas gerader hinsetzen und merkte, daß sie das nicht konnte. Ihr Bauch war einfach zu voll. Zum erstenmal in ihrem Leben hatte sie das Gefühl, nicht schlaftrunken, sondern essenstrunken zu sein. »Könnt ihr mir helfen? Ich habe mich verirrt. Schon seit...« Sie wußte es nicht mehr. Waren es zwei oder drei Tage? »...langer Zeit. Helft ihr mir bitte?«

Sie gaben keine Antwort, sondern standen nur da und sahen sie an (jedenfalls *vermutete* sie, daß die drei sie ansahen), und nun bekam es Trisha mit der Angst zu tun. Sie hielten ihre Arme vor der Brust verschränkt, so daß nicht einmal ihre Hände zu sehen waren, weil sie unter den langen Ärmeln ihrer Gewänder verschwanden.

»Wer seid ihr? Sagt mir, wer ihr seid!«

Die linke Gestalt trat vor, und als sie nach ihrer Kapuze griff, fielen die weißen Ärmel zurück und ließen lange weiße Finger sehen. Unter der Kapuze kam ein intelligentes (wenn auch ziemlich pferdeähnliches) Gesicht mit einem fliehenden Kinn zum Vorschein. Der Mann sah wie Mr. Bork aus, der an der Sanford Elementary School Naturkunde unterrichtete und mit ihnen die im

Norden New Englands heimischen Tiere und Pflanzen durchgenommen hatte ... darunter natürlich auch die weltberühmte Buchecker. Die meisten Jungs und einige der Mädchen (zum Beispiel Pepsi Robichaud) nannten ihn »Bork vom Ork«. Er blickte sie über den Bach hinweg durch seine kleine goldgeränderte Brille an.

»Ich komme von dem Gott Tom Gordons«, sagte er. »Von dem, zu dem er hinaufzeigt, wenn er das Spiel gewinnt.«

»Ja?« fragte Trisha höflich. Sie wußte nicht sicher, ob sie diesem Kerl traute. Hätte er behauptet, er *sei* der Gott Tom Gordons, hätte sie ihm nicht getraut, das wußte sie verdammt genau. Sie konnte vieles glauben, aber bestimmt nicht, daß Gott wie ihr Naturkundelehrer in der vierten Klasse aussah. »Das ist ... sehr interessant.«

»Er kann dir nicht helfen«, sagte Bork vom Ork. »Heute ist viel los. Zum Beispiel hat's in Japan ein Erdbeben gegeben, ein schlimmes. Im allgemeinen mischt er sich ohnehin nicht in die Belange der Menschen ein, obwohl ich zugeben muß, daß er ein Sportfan ist. Allerdings nicht unbedingt ein Fan der Red Sox.«

Er trat zurück und schlug seine Kapuze wieder hoch. Einen Augenblick später trat rechts außen der zweite Weißgewandete vor ... wie Trisha vorausgesehen hatte. Schließlich liefen solche Dinge nach bestimmten Regeln ab – drei Wünsche, drei Feen, drei Schwestern, drei Chancen, den Namen des bösen Männleins zu erraten. Ganz zu schweigen von drei Hirschen, die im Wald Bucheckern fraßen.

Träume ich? fragte sie sich selbst und hob eine Hand, um den Wespenstich auf ihrem linken Wangenknochen zu berühren. Er war da, und obwohl die Schwellung etwas zurückgegangen war, tat die Berührung noch immer weh. Also kein Traum. Aber als der zweite Weißgewandete seine Kapuze zurückschlug und sie einen Mann sah, der wie ihr Vater aussah – nicht genau, aber Larry McFarland so ähnlich, wie der erste Weißgewandete Mr. Bork ähnlich gesehen hatte –, dachte sie, es müsse wohl doch einer sein. Falls das stimmte, glich er keinem Traum, den sie jemals gehabt hatte.

»Nicht verraten«, sagte Trisha, »du kommst vom unterschwellig Wahrnehmbaren, stimmt's?«

»Tatsächlich *bin* ich das unterschwellig Wahrnehmbare«, sagte der Mann, der wie ihr Vater aussah, entschuldigend. »Um erscheinen zu können, mußte ich die Gestalt eines Menschen annehmen, den du kennst, denn in Wirklichkeit bin ich ziemlich schwach. Ich kann nichts für dich tun, Trisha. Tut mir leid.«

»Bist du betrunken?« fragte Trisha, die plötzlich wütend war. »Das bist du, stimmt's? Ich kann's bis hierher riechen. Mann!«

Die Verkörperung des unterschwellig Wahrnehmbaren bedachte sie mit einem verschämten kleinen Lächeln, gab keine Antwort, trat zurück und schlug ihre Kapuze wieder hoch.

Nun trat die Gestalt in der schwarzen Robe vor. Trisha wurde von jähem Entsetzen erfaßt.

»Nein«, sagte sie, »du nicht.« Sie versuchte aufzustehen und konnte sich noch immer nicht bewegen. »Du nicht, hau ab, laß mich in Ruhe.«

Aber die schwarzumhüllten Arme hoben sich, und die Ärmel gaben gelblichweiße Krallen frei ... die Krallen, die Spuren an Bäumen hinterlassen hatten, die Krallen, die dem Hirsch erst den Kopf abgerissen und dann seinen Körper zerfleischt hatten.

»Nein«, flüsterte Trisha. »Nein, bitte nicht. Ich will dich nicht sehen.«

Der Schwarzgewandete achtete nicht auf sie. Er schlug seine Kapuze zurück. Darunter kam kein Gesicht zum Vorschein, nur ein ganz aus Wespen bestehender mißgebildeter Schädel. Sie krochen übereinander, ein wimmelndes Gesumme. Trisha sah in diesem Gewimmel auf beunruhigende Weise menschliche Züge erscheinen und wieder vergehen: ein leeres Auge, ein lächelnder Mund. Der Kopf summte, wie die Fliegen auf dem verstümmelten Hirschnacken gesummt hatten; er summte, als habe das Wesen in dem schwarzen Gewand einen Elektromotor als Gehirn.

»Ich komme von dem Ding im Wald«, sagte der Schwarzgewandete mit summender, unmenschlicher Stimme. In Trishas Ohren klang sie wie die Stimme des Mannes, der im Radio vor dem Rauchen warnte – der arme Kerl, der seit einer Krebsoperation keine Stimmbänder mehr hatte und durch ein Gerät sprechen mußte, das er sich an den Kehlkopf hielt. »Ich komme vom Gott der Verirrten. Er hat dich beobachtet. Er hat auf dich gewartet. Er ist dein Wunder, und du bist seines.«

»Hau ab!« Das wollte Trisha schreien, aber in Wirklichkeit brachte sie nur ein heiseres, winselndes Flüstern heraus.

»Die Welt ist ein Szenario des schlimmsten anzunehmenden Falles, und alles, was du empfindest, ist wahr, fürchte ich«, sagte die summende Wespenstimme. Ihre Krallen scharrten langsam an einer Seite ihres Gesichts herunter, gingen durch ihr Insektenfleisch hindurch und legten die leuchtendweißen Knochen darunter frei. »Die Haut der Welt ist aus stechenden Insekten gewoben – eine Tatsache, die du jetzt aus eigener Erfahrung kennst. Darunter liegen nur Knochen und der Gott, den wir gemeinsam haben. Dies ist eine überzeugende Demonstration, findest du nicht auch?«

Trisha sah verängstigt weinend weg – sah wieder nach unten in den Bach. Dabei merkte sie, daß sie sich ein klein wenig bewegen konnte, wenn sie den grausigen Wespenpriester nicht ansah. Sie hob ihre Hände ans Gesicht, wischte ihre Tränen weg und blickte dann wieder zu ihm. »Ich glaube dir nicht! Ich...«

Der Wespenpriester war verschwunden. Alle drei waren fort. Jenseits des Bachs tanzten nur Schmetterlinge in der Luft, jetzt acht oder neun statt der ursprünglichen drei, alle in verschiedenen Farbtönen, nicht nur schwarz und weiß. Und das Licht hatte sich verändert; es nahm allmählich eine golden-orangerote Färbung an. Also waren mindestens zwei Stunden vergangen, wahrscheinlich eher drei. Sie mußte geschlafen haben. »Alles war nur ein Traum«, wie es in alten Märchen hieß... aber sosehr Trisha sich auch bemühte, sie konnte sich nicht erinnern, eingeschlafen zu sein, konnte sich an keine Unterbrechung ihrer bewußten Wahrnehmung erinnern. Und es hatte sich nicht wie ein Traum *angefühlt*.

Dann hatte Trisha eine Idee, die erschreckend und merkwürdig beruhigend zugleich war: Vielleicht hatten die Beeren und Bucheckern sie nicht nur satt, sondern auch high gemacht. Sie wußte, daß es bestimmte Pilze gab, von denen man high werden konnte, daß Leute manchmal Stücke davon aßen, um sich zu berauschen, und wenn Pilze das konnten, wieso nicht auch Scheinbeeren? »Oder die Blätter«, sagte sie. »Vielleicht sind's die Blätter gewesen. Ich wette, daß sie's gewesen sind.« Okay, *keine* mehr, und wenn sie noch so knackig frisch waren.

Trisha stand auf, verzog das Gesicht, als ein Krampf durch ihren Unterleib lief, und beugte sich nach vorn. Sie pupste und fühlte sich besser. Danach ging sie an den Bach, sah einige größere Felsbrocken aus dem Wasser ragen und benutzte sie als Trittsteine, um ans andere Ufer hinüberzuhüpfen. In gewisser Beziehung fühlte sie sich wie neugeboren, hellwach und voller Energie, aber der Gedanke an den Wespenpriester ließ sie nicht los, und sie wußte, daß ihr Unbehagen sich nach Sonnenuntergang nur verschlimmern würde. Wenn sie nicht aufpaßte, würde sie die Panik kriegen. Aber wenn sie sich selbst beweisen konnte, daß das Ganze nur ein Traum gewesen war, den sie nur gehabt hatte, weil sie Scheinbeerenblätter gegessen oder vielleicht Wasser getrunken hatte, an das ihr Körper noch immer nicht ganz gewöhnt war...

Tatsächlich machte ihr Aufenthalt auf der kleinen Lichtung sie nervös. Sie fühlte sich wie eine Gestalt in einem Horrorfilm – das dumme Mädchen, das ins Haus des Psychopathen geht und fragt: »Ist hier jemand?« Sie sah über den Bach zurück, spürte sofort, daß sie aus dem Wald auf dem diesseitigen Ufer beobachtet wurde, und drehte sich so schnell wieder um, daß sie beinahe hingefallen wäre. Aber dort war nichts. Soweit sie erkennen konnte, war nirgendwo irgend etwas.

»Du Hosenscheißer«, sagte Trisha leise, aber das Gefühl, beobachtet zu werden, war zurückgekehrt, und es war sehr deutlich zurückgekehrt. Der Gott der Verirrten, hatte der Wespenpriester gesagt. Er hat dich beobachtet, er hat auf dich gewartet. Der Wespenpriester hatte noch andere Dinge gesagt, aber nur daran erinnerte sie sich: *dich beobachtet, auf dich gewartet.*

Trisha ging zu der Stelle, an der die drei Gestalten in langen Gewändern gestanden haben mußten, und suchte eine Spur von ihnen, irgendeine Spur. Aber sie fand keine. Sie kniete sich hin, um genauer suchen zu können, und konnte trotzdem nichts entdecken, nicht einmal einen Fleck im Muster der Kiefernnadeln, den sie in ihrer Angst als Fußabdruck hätte deuten können. Sie stand wieder auf, wandte sich ab, um den Bach zu überqueren, und wurde dabei auf etwas im Wald rechts von ihr aufmerksam.

Sie bewegte sich in diese Richtung, blieb dann stehen und starrte in das dunkle Gewirr, in dem junge Bäume mit dünnen Stämmen eng zusammengedrängt wuchsen, die über dem Erdboden miteinander um Licht und Raum und unter ihm zweifellos mit dem wuchernden Unterholz um Feuchtigkeit und Wurzelraum konkurrierten. An einigen Stellen ragten Birken wie hagere Gespenster aus dem dunkleren Grün auf. Auf der fast weißen Rinde einer dieser Birken war ein hingespritzter Fleck zu erkennen. Trisha sah sich nervös um, dann bahnte sie sich einen Weg durch das Wäldchen zu der Birke. Ihr Herz hämmerte in ihrer Brust, und ihr Verstand kreischte sie an, sie solle kein solcher Dummkopf, keine solche Verrückte, kein solches *Arschloch* sein, aber sie ging unbeirrbar weiter.

Am Fuß der Birke lag ein blutiges Gewirr aus Darmschlingen, das noch so frisch war, daß sich erst wenige Fliegen darauf niedergelassen hatten. Gestern hatte sie bei einem ähnlichen Anblick mit aller Kraft kämpfen müssen, um sich nicht zu übergeben, aber heute schien das Leben anders zu sein; die Dinge hatten sich geändert. Ihr war nicht bibberig zumute; es gab keine vollmundigen Hickser und keinen instinktiven Drang, sich abzuwenden oder wenigstens wegzusehen. Statt dessen fühlte sie eine Kälte, die irgendwie weit schlimmer war. Das war wie Ertrinken – nur von innen heraus.

In den Büschen neben den Eingeweiden hatte sich ein Stück braunes Fell verfangen, auf dem sie weiße Tupfer erkannte. Dies waren die Überreste eines Hirschkalbs, eines der beiden Jungtiere, die sie auf der Bucheckernlichtung überrascht hatte, dessen war sie ganz sicher. Weiter im Inneren des Waldes, den die Schatten der nahenden Nacht einzuhüllen begannen, sah sie eine Erle stehen, deren Stamm wieder tiefe Krallenspuren trug. Sie befanden sich in einer Höhe, die nur ein ungewöhnlich großer Mann hätte erreichen können. Nicht, daß Trisha geglaubt hätte, diese Spuren stammten von einem Menschen.

Er hat dich beobachtet. Ja, und irgend etwas beobachtete sie auch in dieser Sekunde. Sie konnte fühlen, daß Blicke über ihre Haut krochen, ganz wie es die kleinen Insekten, die Gnitzen und Stechfliegen, taten. Vielleicht hatte sie die drei Priester im Traum oder als Folge einer Halluzination gesehen, aber das Wildgekröse oder die Krallenspuren an der Erle waren keine Halluzinationen. Auch das Gefühl, diese Augen auf sich zu spüren, war keine Einbildung.

Trisha wich schwer atmend, während ihre Augen in ihren Höhlen von einer Seite zur anderen zuckten, zum Rauschen des Bachs zurück und erwartete jeden Augenblick, ihn im Wald zu sehen: den Gott der Verirrten. Sie brach durch das Unterholz, hielt sich an kleinen Zweigen fest und gelangte auf diese Weise rückwärtsgehend bis an den Bach. Sobald sie ihn erreicht hatte, warf sie sich herum und flüchtete über die Felsblöcke ans andere Ufer – halb davon überzeugt, er breche in diesem Augenblick, ganz aus Fängen, Krallen und Stacheln bestehend, aus dem Wald hinter ihr hervor. Sie rutschte auf dem zweiten Felsblock aus, wäre fast ins Wasser gefallen, schaffte es, ihr Gleichgewicht zu bewahren, und stolperte das andere Ufer hinauf. Sie drehte sich um und sah zurück. Dort drüben war nichts. Sogar die meisten Schmetterlinge waren fort, obwohl einer oder zwei noch umherschaukelten, als widerstrebe es ihnen, den Tag zu beenden.

Dies wäre vermutlich ein guter Platz für ein Nachtlager gewesen – nicht weit von den Scheinbeerensträuchern und der Bucheckernlichtung entfernt –, aber sie konnte nicht hier bleiben, wo sie die Priester gesehen hatte. Es waren wahrscheinlich nur Traumgestalten, aber der eine in der schwarzen Robe war grausig gewesen. Außerdem mußte sie an das Hirschkalb denken. Sobald die Fliegen *in Massen* kamen, würde sie ihr Summen hören.

Trisha öffnete ihren Rucksack, holte eine Handvoll Beeren heraus und machte dann eine Pause. »Danke«, sagte sie zu ihnen. »Ihr seid das Beste, was ich je genossen habe, wißt ihr.«

Sie wanderte bachabwärts weiter, schälte unterwegs ein paar Bucheckern und mampfte sie im Gehen. Nach einer kleinen Weile begann sie zu singen, zunächst verhalten, aber dann mit überraschender Begeisterung, während der Tag zur Neige ging: »*Put your arms around me ... cuz I gotta get next to you ... all your love forever ... you make me feel brand new ...*«

Yeah, Baby.

Siebter Durchgang,
erste Hälfte

Als das Zwielicht sich langsam unverkennbar zur Nacht verdichtete, erreichte Trisha ein felsiges Hochplateau mit Blick über ein kleines, in blauen Schatten liegendes Tal. Sie suchte dieses Tal begierig ab, weil sie hoffte, Lichter zu sehen, aber es gab keine. Irgendwo erklang der laute Ruf eines Seetauchers, und eine Krähe schien ihm mißgelaunt zu antworten. Das war alles.

Als sie sich umsah, fielen ihr mehrere niedrige Felsen auf, zwischen denen vom Wind zusammengetriebene Kiefernnadeln kleine Liegepolster bildeten. Trisha stellte ihren Rucksack am Kopfende einer dieser Mulden auf, ging zu den nächsten Kiefern und brach genügend Zweige ab, um ihr Lager damit zu polstern. So entstand zwar kein perfektes Komfortbett, aber es würde ihr reichen. Die anbrechende Dunkelheit hatte inzwischen vertraute Gefühle von Einsamkeit und kummervollerem Heimweh ausgelöst, aber ihr schlimmster Schrecken hatte sich gelegt. Das Gefühl, beobachtet zu werden, war nach und nach abgeklungen. Falls es dieses Ding in den Wäldern tatsächlich gab, hatte es sich zum Glück getrollt und sie wieder sich selbst überlassen.

Trisha ging wieder zum Bach, kniete nieder und trank. Obwohl sie tagsüber immer wieder leichte Magenkrämpfe gehabt hatte, glaubte sie trotzdem, daß ihr Körper sich an dieses Wasser gewöhnte. »Auch kein Problem mit den Beeren und Bucheckern«, sagte sie, dann lächelte sie, »bis auf ein paar Alpträume und dergleichen.«

Sie ging zu ihrem Rucksack und ihrem behelfsmäßigen Lager zurück, holte ihren Walkman heraus und setzte den Kopfhörer auf. Ein plötzlicher Windstoß, der sie streifte, war kalt genug, um ihre schweißnasse Haut abzukühlen und sie zittern zu lassen. Trisha zog die kläglichen Überreste ihres Ponchos heraus und breitete das schmutzige blaue Plastikmaterial als Decke über sich aus. Nicht sehr wärmend, aber (dies war eine von Moms Redensarten) allein der Gedanke zählte.

Sie schaltete ihren Walkman ein, aber obwohl sie das Radio nicht verstellt hatte, hörte sie an diesem Abend nur ein schwaches atmosphärisches Rauschen. Sie konnte WCAS nicht mehr empfangen.

Trisha suchte die UKW-Skala systematisch ab. Irgendwo bei 95 hörte sie leise klassische Musik, und etwa bei 99 predigte ein Moralapostel über Erlösung. Trisha war sehr an Erlösung interessiert, aber nicht von der Art, die dieser Kerl im Rundfunk predigte; die einzige Hilfe, die sie im Augenblick von Gott begehrte, war ein Hubschrauber voller freundlich winkender Leute. Sie suchte weiter, hörte Céline Dion laut und deutlich auf 104, zögerte und suchte dann weiter. Heute abend wollte sie die Red Sox: Joe und Troop, nicht Céline, die davon sang, wie ihr Herz nie aufhören würde zu lieben. Kein Baseball auf UKW, aber auch überhaupt nichts anderes. Trisha schaltete auf Mittelwelle um und suchte bei 850 kHz, der Frequenz von WEEI in Boston. WEEI war der Haussender der Red Sox. Sie erwartete keinen perfekten Empfang oder dergleichen, aber sie war hoffnungsvoll; nachts konnte man viele Mittelwellensender empfangen, und WEEI war ein starker Sender. Der Empfang würde vermutlich ein wenig schwanken, aber damit konnte sie sich abfinden. Ansonsten hatte sie heute abend nicht viel anderes vor; kein heißes Date oder irgendwas in dieser Art. Der Empfang von WEEI war erstaunlich gut – tatsächlich sogar glockenrein –, aber Joe und Troop waren nicht auf Sendung. An ihrer Stelle quasselte einer der Kerle, die ihr Dad als »Talkshow-Idioten« bezeichnete. Dieser hier war ein Sport-Talkshow-Idiot. Regnete es in Boston etwa? Spiel abgesagt, leere Sitze, Planen auf dem Spielfeld? Trisha sah zweifelnd zu ihrem Stück Himmel auf, an dem die ersten Sterne jetzt wie kleine Goldmünzen auf dunkelblauem Samt leuchteten. Es würde nicht mehr lange dauern, bis dort oben eine Zillion von ihnen stand; sie konnte keine einzige Wolke erkennen. Natürlich war sie hundertfünfzig Meilen von Boston entfernt, vielleicht sogar mehr, aber ...

Der Talkshow-Idiot hatte Walt aus Framingham am Telefon. Walt telefonierte vom Auto aus. Als der Talkshow-Idiot ihn fragte, wo er gerade sei, antwortete Walt aus Framingham: »Irgendwo in Danvers, Mike« und sprach dabei den Namen der Stadt wie alle Leute in Massachusetts aus – *Danvizz*, was nicht wie eine Stadt, sondern eher wie etwas klang, das man bei Magenbeschwerden trank. Im Wald verirrt? *Geradewegs aus dem Bach getrunken und davon die Scheißerei gekriegt? Ein Teelöffel Danvizz, und Sie fühlen sich sofort wohler!*

Walt aus Framingham wollte wissen, warum Tom Gordon jedesmal gen Himmel deutete, wenn er ein Spiel gewann (»Sie wissen schon, Mike, diese Zeigesache«, so drückte Walt sich aus), und Mike der Sport-Talkshow-Idiot erklärte ihm, damit wolle Nummer 36 Gott danken.

»Er sollte lieber auf Joe Kerrigan zeigen«, meinte Walt aus Framingham. »Kerrigan ist auf die Idee gekommen, ihn als Closer einzusetzen. Als Starter hat er nicht viel gebracht, wissen Sie?«

»Vielleicht hat Gott Kerrigan diese Idee eingegeben, haben Sie sich das schon mal überlegt, Walt?« fragte der Talkshow-Idiot. »Wobei Joe Kerrigan der Wurftrainer der Red Sox ist – dies zur Information derer, die das vielleicht nicht wissen.«

»Ich weiß es aber, Blödmann«, murmelte Trisha ungeduldig. »Wir reden heute abend hauptsächlich über die Sox, während die Sox einen ihrer seltenen freien Abende genießen«, sagte Mike der Talkshow-Idiot. »Sie beginnen morgen gegen Oakland eine Dreierserie – ja, Westküste, wir kommen, und Sie hören jedes Spiel bei uns auf WEEI –, aber der heutige Abend ist spielfrei.«

Ein spielfreier Abend, das erklärte alles. Trisha spürte, wie eine absurd schwere Enttäuschung sie niederdrückte, und weitere Tränen (in Danvizz sagte man dazu nicht »tears«, sondern »tizz«) begannen sich in ihren Augen zu sammeln. Sie weinte jetzt so leicht; sie weinte jetzt über alles. Aber sie hatte sich auf das Spiel gefreut, verdammt noch mal. Sie hatte nicht gewußt, wie sehr sie die Stimmen Joe Castigliones und Jerry Trupianos brauchte, bis sie erfuhr, daß sie sie heute abend nicht hören würde.

»Wir haben ein paar freie Leitungen«, sagte der Talkshow-Idiot, »und die wollen wir doch nutzen. Findet irgend jemand dort draußen, Mo Vaughn solle aufhören, den kleinen Jungen zu spielen, und statt dessen einfach auf der gepunkteten Linie unterschreiben? Wieviel mehr Geld braucht dieser Kerl überhaupt? Gute Frage, nicht wahr?«

»Eine *dämliche* Frage, El Dopo«, sagte Trisha verdrießlich. »Wärst du ein so guter Batter wie Mo, würdest du auch 'ne Menge Geld verlangen.«

»Möchten Sie über den Klassemann Pedro Martinez reden? Über Darren Lewis? Die neueste Überraschung bei den Werfern der Sox? Eine *nette* Überraschung von den Sox, wer hätte das gedacht? Rufen Sie mich an, erzählen Sie mir, was Sie denken. Bin gleich wieder da.«

Eine fröhliche Stimme begann den vertrauten Jingle zu singen: »Wen rufen Sie an, wenn Ihre *Wind*schutzscheibe *ka*putt ist?«

»1-800-54-GIANT«, sagte Trisha und verließ WEEI. Vielleicht konnte sie ein anderes Spiel finden. Sie wäre selbst mit den verhaßten Yankees zufrieden gewesen. Aber bevor sie irgendwo Baseball fand, erstarrte sie bei der Nennung ihres eigenen Namens.

»... kaum noch Hoffnung für die neunjährige Patricia McFarland, die seit Samstag morgen vermißt wird.«

Die Stimme der Nachrichtensprecherin war leise, schwankend, von atmosphärischen Störungen unterbrochen. Trisha beugte sich nach vorn und drückte die kleinen Ohrhörer mit den Fingern tiefer in ihre Ohren.

»Aufgrund eines bei der State Police in Maine telefonisch eingegangenen Hinweises haben die Strafverfolgungsbehörden in Connecticut heute Francis Raymond Mazzerole aus Weymouth, Massachusetts, im Zusammenhang mit dem Verschwinden der kleinen McFarland verhaftet und sechs Stunden lang verhört. Mazzerole, ein gegenwärtig beim Bau einer Brücke in Hartford beschäftigter Bauarbeiter, ist wegen Belästigung von Kindern zweimal vorbestraft und bleibt in Auslieferungshaft, weil er sich in Maine wegen Belästigung und sexuellen Mißbrauchs von Kindern verantworten muß. Er scheint jedoch offenbar keine Kenntnis von Patricia McFarlands Aufenthaltsort zu haben. Wie aus Ermittlerkreisen verlautet, hat Mazzerole ausgesagt, er habe das vergangene Wochenende in Hartford verbracht, und kann zahlreiche Zeugen benennen, die...«

Der leise Ton begann noch mehr zu schwinden. Trisha drückte den Ausschaltknopf und zog die Kopfhörerstöpsel aus ihren Ohren. Suchten sie weiter nach ihr? Vermutlich schon, aber Trisha hatte sie in Verdacht, den größten Teil des heutigen Tages statt dessen damit zugebracht zu haben, diesen Kerl, diesen Mazzerole auszuquetschen.

»Was für eine Bande von El Dopos«, sagte sie trübselig und verstaute ihren Walkman wieder im Rucksack. Sie streckte sich auf den Kiefernzweigen aus, deckte sich mit dem Poncho zu und rutschte dann mit Schultern und Hinterteil herum, bis sie fast bequem lag. Ein Windstoß fegte über sie hinweg, und sie war froh, daß sie ihr Lager in einer der Mulden zwischen den Felsen hatte. Die Nacht war frisch und würde vermutlich kurz vor Sonnenaufgang richtig kalt werden.

Im Schwarz über ihr standen eine Zillion Sterne –

genau wie vorausgesagt. Exakt eine Zillion. Sobald der Mond aufginge, würden sie etwas verblassen, aber vorerst waren sie hell genug, um einen frostigen Hauch über ihre schmutzigen Wangen zu gießen. Wie jedesmal fragte Trisha sich, ob irgendeiner dieser funkelnden Lichtpunkte andere Lebewesen wärmte. Gab es dort draußen Dschungel, die mit fremdartigen Fabelwesen bevölkert waren? Pyramiden? Könige und Riesen? Vielleicht sogar irgendeine Form von Baseball?

»Wen rufen Sie an, wenn Ihre *Wind*schutzscheibe *ka*putt ist?« sang Trisha halblaut. » 1-800-54...«

Ihre Stimme brach ab, und Trisha sog hörbar Luft über ihre Unterlippe ein, als habe sie sich weh getan. Weißes Feuer zerkratzte das Firmament, als eine Sternschnuppe verglühte. Die Leuchtspur raste halb über das Schwarz des Himmels und erlosch dann. Natürlich war das kein Stern gewesen, kein richtiger Stern, sondern ein Meteorit.

Dann folgte noch einer und wenig später noch einer. Trisha setzte sich auf, so daß ihr zerfetzter Poncho auf ihren Schoß fiel, und machte große Augen. Hier kamen Nummer vier und fünf, die eine etwas andere Richtung nahmen. Nicht bloß ein Meteorit, sondern ein Meteoriten*schauer*.

Als ob etwas nur darauf gewartet hätte, daß sie das begriff, erhellte ein lautloser Sturm aus hellen Leuchtspuren den nächtlichen Himmel. Trisha starrte mit zurückgelegtem Kopf und großen Augen zum Firmament auf, hielt die Arme vor ihrer flachen Brust gekreuzt und umklammerte ihre Schultern mit nervösen Fingern, deren Nägel abgekaut waren. Sie hatte so etwas noch nie gesehen, hätte sich nie träumen lassen, daß es so etwas geben könnte.

»O Tom«, flüsterte sie mit zitternder Stimme. »Oh, sieh dir das an, Tom. Siehst du's?«

Die meisten Meteoriten waren kaum mehr als weiße Blitze: dünne und gerade Leuchtspuren, die so rasch verschwanden, daß man sie für Halluzinationen hätte halten können, wenn sie nicht so zahlreich gewesen wären. Einige wenige – fünf, vielleicht acht – erhellten den Himmel jedoch wie lautlose Feuerwerksraketen, gleißendhelle Leuchtspuren, die an den Rändern orange zu glühen schienen. Dieses Orangerot konnte eine durch Blendung hervorgerufene Illusion sein, aber das glaubte Trisha nicht.

Irgendwann ließ der Schauer nach. Trisha sank zurück und bewegte ihre verschiedenen schmerzenden Körperteile so lange hin und her, bis sie wieder bequem lag ... zumindest so bequem, wie unter diesen Umständen möglich. Dabei verfolgte sie die immer selteneren Leuchtspuren, mit denen Gesteinsbrocken, die viel weiter vom rechten Weg abgekommen waren, als es ihr je möglich sein würde, in den Schwerkraftbrunnen der Erde fielen, zuerst rotglühend wurden, wo die Erdatmosphäre sich verdichtete, und dann mit kurzem Aufleuchten verglühten. Trisha beobachtete sie noch immer, als sie einschlief.

Ihre Träume waren lebhaft, aber bruchstückhaft; sozusagen ein geistiger Meteoritenschauer. Der einzige, an den sie sich einigermaßen deutlich erinnern konnte, war der, den sie gehabt hatte, kurz bevor sie mitten in der Nacht aufwachte: hustend und frierend, mit bis zum Kinn hochgezogenen Knien auf der Seite liegend und am ganzen Leib zitternd.

In diesem Traum sah Trisha sich mit Tom Gordon auf einer früheren Wiese, die nun zum größten Teil wieder mit Büschen und Bäumen, vor allem Birken, bewachsen war. Tom stand neben einem zersplitterten Pfosten, der ihm ungefähr bis zur Hüfte reichte. Oben in diesen Pfosten eingelassen war ein alter Ringbolzen, rostrot, den Tom zwischen seinen Fingern vor und zurück schnippte. Er trug seine Aufwärmjacke über seiner Spielerkleidung. Über der grauen Spielerkleidung, weil er heute abend in Oakland sein würde. Sie hatte Tom gerade nach »dieser Zeigesache« gefragt. Natürlich kannte sie die Antwort, aber sie hatte trotzdem danach gefragt. Vielleicht weil Walt aus Framingham es hatte wissen wollen, und ein El Dopo mit Mobiltelefon wie Walt würde keinem kleinen Mädchen glauben, das sich im Wald verirrt hatte; Walt würde es von dem Closer persönlich hören wollen.

»Ich deute, weil es Gottes Art ist, in der zweiten Hälfte des neunten Innings ins Spiel zu kommen«, sagte Tom. Er schnippte den Ringbolzen auf dem Pfosten zwischen den Fingern vor und zurück. Vor und zurück, vor und zurück. Wen rufen Sie an, wenn Ihr Ringbolzen kaputt ist? Einfach 1-800-54-RINGBOLZEN, versteht sich. »Vor allem wenn die Bases besetzt sind und nur ein Spieler aus ist.« Im Wald keckerte irgend etwas darüber, vielleicht verächtlich. Das Keckern verwandelte sich in ein Klappern, das lauter und lauter wurde, bis Trisha im Dunkeln die Augen öffnete und erkannte, daß dies das Geräusch ihrer eigenen Zähne war. Sie rappelte sich langsam auf und verzog schmerzlich das Gesicht, als jeder Teil ihres Körpers protestierte. Ihre Beine waren am schlimmsten, dicht gefolgt von ihrem Rücken. Ein Windstoß traf sie – diesmal kein Hauch, sondern eine Bö – und warf sie fast um. Trisha fragte sich, wieviel Gewicht sie verloren haben mochte. *Eine*

Woche dieser Art, dann kann man mich an eine Schnur binden und wie einen Drachen steigen lassen, dachte sie. Sie fing an, darüber zu lachen, und ihr Lachen ging in einen weiteren Hustenanfall über. Sie stand mit gesenktem Kopf und knapp über den Knien auf die Schenkel aufgestützten Händen da und hustete. Der Husten begann tief in ihrer Brust und kam als eine Folge harscher Bellaute aus ihrem Mund. Klasse. Echt Klasse. Sie drückte die Innenseite ihres Handgelenks an ihre Stirn, ohne jedoch beurteilen zu können, ob sie Fieber hatte oder nicht.

Trisha ging breitbeinig watschelnd – ihre wunden Gesäßbacken rieben sich weniger aneinander, wenn sie das tat – zu den Kiefern zurück und brach weitere Äste ab, mit denen sie sich diesmal wie mit einer Decke zudecken wollte. Sie schleppte einen Armvoll zu ihrem Bett zurück, holte noch eine Ladung und blieb auf halbem Weg zwischen den Bäumen und der mit Kiefernnadeln gepolsterten Mulde stehen, die sie für ihr Lager ausgewählt hatte. Sie drehte sich unter den funkelnden Vieruhrsternen langsam einmal um sich selbst.

»Kannst du mich nicht in Ruhe lassen?« rief sie und bekam davon einen neuen Hustenanfall. Als sie ihn unter Kontrolle hatte, wiederholte sie die Frage, diesmal jedoch leiser. »Kannst du nicht damit aufhören? Kannst du mir nicht einfach 'ne Chance geben, mich einfach in Ruhe lassen?«

Nichts. Kein Laut außer dem Seufzen des Windes in den Kiefern ... und dann ein Grunzen. Tief und leise und nicht einmal im entferntesten menschlich. Trisha blieb mit der Ladung duftender, harziger Zweige in ihren Armen wie angenagelt stehen. Sie spürte, daß sie am ganzen Körper eine Gänsehaut bekam. Wo war dieses Grunzen hergekommen? Von dieser Seite des Bachs? Vom anderen Ufer? Unter den Kiefern hervor? Sie hegte den schrecklichen Verdacht, fast eine Gewißheit, es sei unter den Kiefern hervorgekommen. Das Ding, das sie beobachtete, lauerte unter den Kiefern. Während sie Äste abgebrochen hatte, um sich damit zuzudecken, war sein Kopf vielleicht keine drei Fuß von ihrem entfernt gewesen; seine Krallen, die an den Baumstämmen tiefe Spuren hinterlassen und die beiden Hirsche gerissen hatten, waren ihren Händen vielleicht noch näher gewesen, als sie die Äste hin und her gebogen hatte, damit sie erst splitterten und dann brachen.

Trisha begann wieder zu husten, und das weckte sie aus ihrer Erstarrung. Sie ließ die Äste wild durcheinander fallen und kroch darunter, ohne auch nur zu versuchen, Ordnung in das wüste Chaos zu bringen. Sie zuckte zusammen und stieß einen leisen Klagelaut aus, als einer der Äste sich in die Stelle über der Hüfte bohrte, wo die Wespenstiche saßen, und blieb dann still liegen. Sie spürte deutlich, daß es jetzt kam, daß es unter den Kiefern hervorschlüpfte und endlich kam, um sie zu holen. Das spezielle Ding der taffen Tussi, der Gott der Verirrten. Man konnte es nennen, wie man wollte: den Herrn finsterer Orte, den Kaiser dunkler Treppennischen, den schlimmsten Alptraum jedes Kindes. Was immer es war: Es machte nun Schluß mit der Neckerei; es hatte die Lust am Spiel verloren. Es würde die Zweige, unter denen sie angstvoll zusammengerollt lag, einfach wegfetzen und sie bei lebendigem Leib auffressen.

Hustend und zitternd, bar jeglichen Sinns für Realität und Rationalität – tatsächlich vorübergehend geistesgestört –, legte Trisha beide Arme über ihren Hinterkopf und wartete darauf, von den Krallen des Dings zerfleischt und in seinen mit Reißzähnen bewehrten Rachen gestopft zu werden. So schlief sie dann ein, und als sie am Dienstag morgen bei Tagesanbruch aufwachte, waren beide Arme von den Ellbogen abwärts eingeschlafen, und sie konnte ihren steifen Hals anfangs überhaupt nicht bewegen; sie mußte beim Gehen den Kopf leicht schief halten.

Ich glaube, ich brauche keine der beiden Grammas zu fragen, wie es ist, alt zu sein, dachte sie, als sie sich hinhockte, um zu pinkeln. *Ich glaube, das weiß ich jetzt.*

Als sie zu dem Asthaufen zurückging, unter dem sie geschlafen hatte (wie ein Eichhörnchen in seinem Bau, dachte sie bitter), fiel ihr auf, daß eine der anderen mit Kiefernnadeln gepolsterten Felsmulden – und zwar, um genau zu sein, die neben ihrer – zerwühlt zu sein schien. Die Nadeln waren zur Seite geschartt, so daß an einer Stelle sogar die dünne schwarze Humusschicht zutage trat. Also war sie in der Dunkelheit vor Tagesanbruch vielleicht doch nicht geistesgestört gewesen. Oder nicht *vollkommen* geistesgestört. Denn später, als sie wieder geschlafen hatte, war etwas gekommen. Es war ganz nahe an sie herangekommen, hatte vielleicht dort gehockt und sie beobachtet. Es hatte sich gefragt, ob es sie jetzt fressen sollte, und sich schließlich dagegen entschieden, um sie noch mindestens einen weiteren Tag reifen zu lassen. Damit sie wie eine Scheinbeere noch süßer wurde.

Trisha drehte sich im Kreis und hatte dabei ein schwaches Déjà-vu-Gefühl, ohne sich jedoch daran zu erinnern, daß sie sich erst vor wenigen Stunden an fast genau dieser Stelle genauso im Kreis gedreht hatte. Sie blieb stehen, als sie wieder in die ursprüngliche Richtung sah, und hustete nervös in ihre Hand. Vom Husten tat ihr die Brust weh – ein kleiner dumpfer Schmerz ganz tief drinnen. Aber das störte sie nicht einmal, denn dieser Schmerz war wenigstens warm, während sie an diesem Morgen sonst überall fror.

»Es ist weg, Tom«, sagte sie. »Was es auch sein mag, es ist wieder fort. Wenigstens für einige Zeit.«

Ja, sagte Tom, *aber es kommt zurück. Und früher oder später wirst du dich ihm stellen müssen.*

»Es ist genug, daß ein jeglicher Tag seine Plage habe«, sagte Trisha. Das Zitat hatte sie von ihrer Gramma McFarland.

Sie wußte nicht genau, was es bedeutete, aber sie glaubte, es *ungefähr* zu wissen, und es schien zu diesem Anlaß zu passen.

Sie setzte sich auf den Felsen neben ihrer Schlafmulde und mampfte drei große Hände voll Beeren und Bucheckern, wobei sie sich einredete, sie esse Müsli. Die Beeren schmeckten an diesem Morgen nicht mehr so gut – tatsächlich waren sie ein bißchen trocken –, und Trisha vermutete, sie würden mittags noch weniger schmecken. Trotzdem zwang sie sich, alle drei Hände voll zu essen, und ging dann an den Bach, um zu trinken. Dabei sah sie eine weitere dieser kleinen Forellen, und obwohl die Fische, die sie bisher gesehen hatte, nicht viel größer als Stinte oder große Sardinen gewesen waren, beschloß sie plötzlich, zu versuchen, einen zu fangen. Ihre Steifheit hatte durch die Bewegung ein wenig nachgelassen, der Tag wurde wärmer, als die Sonne höher stieg, und sie fing an, sich etwas besser zu fühlen. Fast hoffnungsvoll. Vielleicht war heute ihr

Glückstag. Sogar der Husten war nicht mehr so schlimm.

Trisha ging zu ihrem unordentlichen Lager zurück, zog die Überreste ihres armen alten Ponchos hervor und breitete sie auf einem der Felsen aus. Sie suchte einen scharfkantigen Stein und fand einen guten in der Nähe der Stelle, wo der Bach über die abgerundete Kante der Felswand zu Tal stürzte. Dieser Steilhang war mindestens so steil wie jener, den sie an dem Tag, an dem sie sich verlaufen hatte (jener Tag schien Trisha jetzt mindestens fünf Jahre zurückzuliegen), hinuntergerutscht war, aber sie glaubte, daß dieser Abstieg viel einfacher sein würde. Hier gab es reichlich Bäume, an denen man sich festhalten konnte.

Trisha trug ihr improvisiertes Schneidwerkzeug zu ihrem Poncho (so auf dem Felsen ausgebreitet sah der Poncho wie eine große blaue Papierpuppe aus) und säbelte die Kapuze unterhalb der Schulterlinie ab. Sie bezweifelte sehr, daß es ihr wirklich gelingen würde, mit der Kapuze einen Fisch zu fangen, aber der Versuch würde Spaß machen, und sie hatte keine Lust, den Abstieg zu versuchen, bevor sie ein bißchen lockerer geworden war. Während sie arbeitete, sang sie leise vor sich hin: erst den Song der Boyz To Da Maxx, der ihr die ganze Zeit nicht mehr aus dem Kopf gegangen war, dann *MMMm-Bop* von den Hansons, dann Bruchstücke von *Take Me Out to the Ballgame*. Aber meistens sang sie den Jingle »Wen rufen Sie an, wenn Ihre *Wind*schutzscheibe *ka*putt ist?«

In der vergangenen Nacht hatte die kalte Brise die meisten Insekten von ihr ferngehalten, aber sobald der Tag wärmer wurde, sammelte sich wieder die übliche Wolke aus winzigen Kunstfliegern um ihren Kopf.

Trisha nahm sie kaum wahr und verscheuchte sie nur gelegentlich mit einer ungeduldigen Handbewegung, wenn sie ihren Augen zu nahe kamen.

Nachdem sie die Kapuze von ihrem Poncho abgetrennt hatte, hielt Trisha sie mit der offenen Seite nach oben in den Händen und begutachtete sie mit kritisch abwägendem Blick. Interessant. Bestimmt zu primitiv, um zu funktionieren, aber trotzdem irgendwie interessant.

»Wen rufst du an, Baby, wen rufst du an, wenn das *verdammte* Ding *ka*putt ist, oh yeah«, trällerte sie auf dem Weg zum Bach in flüsterndem Singsang vor sich hin. Sie suchte sich zwei Felsbrocken, die nebeneinander aus dem Wasser ragten, und stellte sich breitbeinig darauf. Dann sah sie zwischen ihren gespreizten Beinen ins rauschende Wasser, in dem außer dem scheinbar gewellten Kiesbett des Wildbachs nichts zu sehen war. Kein Fisch in Sicht, aber was machte das schon? Wer ein Fischermädchen sein wollte, mußte vor allem geduldig sein. »*Put your arms around me ... cause I gotta munch on you*«, sang Trisha, dann lachte sie. Ziemlich verrückt! Sie hielt die Kapuze so an den abgeschnittenen Schultern, daß sie nach unten hing, beugte sich nach vorn und tauchte ihr improvisiertes Fischernetz in den Bach.

Die Kapuze wurde von der Strömung nach hinten zwischen ihre Beine gezogen, aber sie blieb dabei offen, was soweit in Ordnung war. Das Problem war ihre Haltung: Rücken gebeugt, Hintern hochgereckt, Kopf in Taillenhöhe. Diese Stellung würde sie nicht lange durchhalten können, aber wenn sie versuchte, auf den Felsen in die Hocke zu gehen, würden ihre müden, zittrigen Beine wahrscheinlich versagen und sie in den

Bach stürzen lassen. Ein eiskaltes Vollbad wäre schlecht für ihren Husten gewesen.

Als ihre Schläfen zu pochen begannen, versuchte Trisha es mit einem Kompromiß, indem sie in die Knie ging und ihren Oberkörper etwas anhob. Damit verlagerte ihre Blickrichtung sich stromaufwärts, und sie sah drei quecksilbrige Blitze – das waren Fische, kein Zweifel – auf sich zuflitzen. Hätte sie Zeit zu einer Reaktion gehabt, hätte Trisha die Kapuze fast sicher hochgerissen und keinen von ihnen gefangen. So hatte sie nur Zeit für einen einzigen Gedanken

(wie Sternschnuppen im Wasser),

und dann schossen die silbrig glitzernden Dinger zwischen die Felsen, auf denen sie stand, und genau unter ihr hindurch. Einer von ihnen verfehlte die Kapuze, aber die beiden anderen schwammen geradewegs hinein.

»Buuja!« kreischte Trisha.

Mit diesem Aufschrei – aus dem soviel Schock und Bestürzung wie Freude sprachen – beugte Trisha sich wieder nach vorn und packte den unteren Rand ihrer Kapuze. Dabei hätte sie ihre Gewichtsverlagerung beinahe übertrieben und wäre im Bach gelandet, aber sie schaffte es irgendwie doch, das Gleichgewicht zu halten. Sie hob die Kapuze, die voller Wasser war, das über die Seiten schwappte, mit beiden Händen hoch. Als sie damit ans Ufer zurücktrat, verformte die Kapuze sich, so daß noch mehr Wasser herausschwappte und das linke Jeansbein zwischen Hüfte und Knie durchnäßte. Eine der kleinen Forellen wurde dabei herausgeschwemmt, zappelte mit dem Schwanz schlagend in der Luft, klatschte dann ins Wasser und schwamm davon.

»SCHIET!« kreischte Trisha, aber jetzt lachte sie dabei. Als sie sich mit der Kapuze, die sie mit beiden Händen vor sich her trug, die Uferböschung hinaufquälte, begann sie auch zu husten.

Sobald sie auf ebenem Boden stand, warf sie einen Blick in die Kapuze, obwohl sie sich sicher war, daß sie nichts sehen würde – sie hatte auch den anderen Fisch verloren, mußte ihn verloren haben, Mädchen fingen keine Forellen, auch nicht ganz junge, in den Kapuzen ihrer Ponchos, sie hatte ihn nur nicht entwischen sehen. Aber die Forelle war noch da und schwamm wie ein Zierfisch in einem Goldfischglas herum.

»O Gott, was mache ich jetzt?« fragte Trisha. Das war ein echtes Gebet – verzweifelt und nachdenklich zugleich.

Die Antwort gab ihr Körper, nicht ihr Verstand. Sie hatte schon massenhaft Cartoons gesehen, in denen Wile E. Coyote Roadrunner betrachtete und zu sehen glaubte, wie er sich in ein Festmahl verwandelte. Sie hatte gelacht, Pete lachte, und sogar Mom lachte, wenn sie gerade mitsah. Jetzt lachte Trisha nicht. Beeren und Bucheckern von der Größe von Sonnenblumenkernen waren in Ordnung, aber sie reichten nicht aus. Selbst wenn man sie miteinander aß und sich einredete, sie seien Müsli, reichten sie nicht aus. Die Reaktion ihres Körpers auf die vier Zoll lange Forelle, die in der blauen Kapuze herumschwamm, war radikal anders, nicht genau Hunger, sondern eine Art Spannung, ein Krampf, der sich auf ihren Magen konzentrierte, aber tatsächlich von überallher kam, ein unartikulierter Schrei

(HER DAMIT),

der kaum etwas mit ihrem Gehirn zu tun hatte. Sie sah eine Forelle, nur eine kleine, weit unterhalb der gesetzlichen Mindestgröße, aber unabhängig davon, was ihre Augen sahen, sah ihr Körper nur Essen. *Richtiges* Essen.

Trisha hatte nur einen klaren Gedanken, als sie die Kapuze zu ihrem Poncho hinübertrug, der noch auf dem Felsen ausgebreitet war (jetzt wie eine Papierpuppe ohne Kopf): *Ich tu's, aber ich rede nie darüber. Wenn sie mich finden, mich retten, erzähle ich ihnen alles, nur nicht, wie ich in meine eigene Scheiße gefallen bin ... und das hier.*

Sie handelte ohne Plan oder Überlegung; ihr Körper wischte ihren Verstand beiseite und übernahm einfach das Kommando. Trisha kippte den Inhalt der Kapuze auf den Nadelteppich und beobachtete, wie das Fischlein herumzappelte, während es in der Luft erstickte. Als es sich nicht mehr rührte, hob sie es auf, legte es auf den Poncho und schnitt ihm den Bauch mit dem scharfkantigen Stein auf, mit dem sie die Kapuze des Ponchos abgetrennt hatte. Ein Fingerhut voll einer wäßrigen, schleimigen Flüssigkeit lief heraus, mehr dünner Rotz als Blut. Im Bauch des Fischs waren winzige rote Eingeweide zu sehen. Diese hebelte sie mit einem schmutzigen Daumennagel heraus. Darüber lag die zarte Rückengräte. Trisha probierte sie herauszuziehen, und bekam etwa die Hälfte heraus. In dieser ganzen Zeit versuchte ihr Verstand nur einmal, das Kommando zu übernehmen. *Den Kopf kannst du nicht essen,* erklärte er ihr, ohne daß sein vernünftiger Tonfall das Entsetzen und den Abscheu darunter ganz hätte tarnen können. *Ich meine ... die Augen, Trisha. Die Augen!* Dann stieß ihr Körper ihn wieder beiseite – diesmal noch grober. *Wenn ich deine Meinung hören will, rüttle ich an den Stäben deines Käfigs,* sagte Pepsi manchmal.

Trisha faßte den ausgenommenen kleinen Fisch am Schwanz, trug ihn zum Bach zurück und tauchte ihn ein, um Schmutz und Kiefernnadeln abzuwaschen. Dann legte sie ihren Kopf in den Nacken, öffnete ihren Mund und biß die vordere Hälfte der Forelle ab. Gräten knirschten unter ihren Zähnen; ihr Verstand versuchte ihr zu zeigen, wie die Augen der Forelle aus ihrem Kopf sprangen und wie kleine schwarze Geleeklumpen auf ihrer Zunge lagen. Nach einem verschwommenen Blick auf dieses Bild verbannte ihr Körper ihren Verstand erneut – diesmal mit Schlägen, statt ihn nur wegzustoßen. Verstand konnte zurückkommen, wenn Verstand gebraucht wurde; Phantasie konnte zurückkommen, wenn Phantasie gebraucht wurde. Im Augenblick führte Körper das Kommando, und Körper sagte: *Abendessen, es gibt Abendessen; auch wenn's erst Morgen ist, das Abendessen ist serviert, und heute gibt's frischen Fisch.*

Die vordere Hälfte der Forelle glitt ihre Speiseröhre hinunter wie ein großer Schluck Öl mit Klumpen darin. Der Geschmack war widerlich und zugleich wundervoll. Es schmeckte nach Leben. Trisha ließ die tropfende untere Hälfte vor ihrem emporgewandten Gesicht baumeln, nahm sich nur die Zeit, noch ein Stück Gräte herauszuziehen, und flüsterte dabei: »Wählen Sie 1-800-54-FRISCHFISCH.«

Sie aß den Rest der Forelle mit Schwanz und allem anderen. Als sie den Fisch verschlungen hatte, stand sie da, blickte über den Bach hinweg, wischte sich ihren Mund ab und fragte sich, ob sie alles wieder erbrechen würde. Sie hatte rohen Fisch gegessen, und obwohl sie seinen Geschmack noch auf der Zunge hatte, konnte sie es noch immer kaum glauben. Ihr Magen hob sich mit einem merkwürdigen kleinen Ruck, und Trisha dachte: *Jetzt ist es soweit.* Dann mußte sie rülpsen, und ihr Magen beruhigte sich wieder. Sie nahm ihre Hand vom Mund und sah in der Handfläche einige Fischschuppen glänzen. Sie wischte sie mit einer Grimasse an ihren Jeans ab und ging dann zu ihrem Rucksack zurück. Sie stopfte die Überreste des Ponchos und die abgetrennte Kapuze (die doch recht gut funktioniert hatte, wenigstens bei Fischen, die jung und dumm waren) auf ihren Proviant und hängte sich den Rucksack wieder um. Sie fühlte sich stark, schämte sich über sich selbst und war stolz auf sich, fiebrig und ein bißchen plemplem.

Ich rede nicht darüber, das ist alles. Ich muß nicht darüber reden, und ich würd's nicht tun. Selbst wenn ich hier wieder rauskomme.

»Und ich hab's verdient, hier rauszukommen«, sagte Trisha leise. »Wer's schafft, einen rohen Fisch zu essen, hat es verdient, rauszukommen.«

Die Japaner tun's dauernd, sagte die taffe Tussi, als Trisha aufbrach, um weiter dem Bach zu folgen.

»Dann erzähle ich's *ihnen*«, sagte Trisha. »Sollte ich jemals auf Besuch nach Japan kommen, erzähle ich's *ihnen*.«

Darauf schien die taffe Tussi ausnahmsweise keine Antwort zu wissen. Trisha war entzückt.

Sie stieg vorsichtig über den Steilhang ab und erreichte das Tal, in dem ihr Wildbach durch einen Mischwald aus Fichten und Laubbäumen rauschte. Der Wald war ziemlich dicht, aber hier gab es weniger Unterholz und kaum Dornengestrüpp, so daß Trisha an diesem Vormittag meistens gut vorankam. Sie hatte nicht mehr das Gefühl, beobachtet zu werden, und der Fisch hatte ihr wieder neue Kräfte gegeben. Sie stellte sich vor, Tom Gordon gehe neben ihr her und sie führten ein langes, interessantes Gespräch, hauptsächlich über Trisha. Tom schien alles über sie wissen zu wollen – ihre Lieblingsfächer in der Schule, warum sie es gemein fand, daß Mr. Hall freitags Hausaufgaben aufgab, auf wie vielfältige Weise Debra Gilhooly es schaffte, solch ein Ekel zu sein, und wie Pepsi und sie vorgehabt hatten, letztes Jahr zu Halloween als Spice Girls loszuziehen, und Mom gesagt hatte, Pepsis Mom könne machen, was sie wolle, aber kein neunjähriges Mädchen, das *ihre* Tochter sei, werde an Halloween in Minirock, hochhackigen Pumps und einem Top mit Spaghettiträgern losziehen. Tom äußerte völliges Verständnis für die äußerst peinliche Lage, in die Trisha dadurch geraten war.

Sie erzählte eben, daß Pete und sie vorhatten, ihrem Dad zum Geburtstag ein handgefertigtes Puzzle zu bestellen bei dieser Firma in Vermont, die das anbot (oder falls das zu teuer war, würden sie sich mit einem Rasentrimmer begnügen), als sie plötzlich stehenblieb. Keine Bewegung mehr machte. Kein Wort mehr sagte.

Sie studierte den Bach fast eine Minute lang, während ihre Mundwinkel herabhingen und eine Hand automatisch die um ihren Kopf schwirrenden Insekten wegwedelte. Das Unterholz kam jetzt unter den Bäumen zurückgekrochen; die Bäume selbst waren kümmerlicher, ließen mehr Licht durch. Überall zirpten Grillen.

»Nein«, sagte Trisha. »Nein, mm-mm. Ausgeschlossen. Nicht wieder.«

Die ungewohnte Stille des Bachs war es gewesen, die sie von ihrem faszinierenden Gespräch mit Tom

Gordon abgelenkt hatte (Leute, die man sich nur vorstellte, waren so gute Zuhörer). Der Bach plätscherte und rauschte nicht mehr. Das kam daher, daß seine Strömungsgeschwindigkeit nachgelassen hatte. In seinem Bett wuchsen mehr Wasserpflanzen als zuvor oberhalb des Tals. Und er wurde breiter.

»Wenn er wieder in einem Sumpf endet, bringe ich mich um, Tom.«

Eine Stunde später bahnte Trisha sich müde ihren Weg durch ein Dickicht aus verkrüppelten Pappeln und Birken, hob ihre Hand, um mit dem Handballen eine besonders lästige Mücke zu zerquetschen, und ließ sie dann einfach an der Stirn liegen: die Geste jedes Menschen in der Geschichte der Menschheit, der erschöpft ist und nicht weiß, was er tun und wohin er sich wenden soll.

Irgendwann war der Bach über seine niedrigen Ufer getreten und hatte eine weite freie Fläche überflutet, so daß ein flaches Hochmoor mit Schilf und Rohrkolben entstanden war. Auf dem stehenden Wasser zwischen der Vegetation glitzerte die Sonne in heißen kleinen Lichtblitzen. Grillen zirpten; Frösche quakten; hoch am Himmel segelten zwei Habichte, ohne einen Flügelschlag; irgendwo lachte eine Krähe. Das Moor sah nicht so häßlich aus wie der Sumpf mit den Schilfinseln und den ins Wasser gestürzten Bäumen, durch den sie gewatet war, aber es erstreckte sich mindestens eine Meile weit (und womöglich zwei), bevor es in einen niedrigen, mit Fichten bewachsenen Hügelrücken überging.

Und der Bach war natürlich verschwunden.

Trisha setzte sich auf die Erde, wollte etwas zu Tom Gordon sagen und merkte dann, wie dämlich es war, sich jemanden vorzustellen, wenn klar war – und mit jeder verstreichenden Stunde klarer wurde –, daß sie hier sterben würde. Es war unwichtig, wie viele Meilen sie zurücklegte oder wie viele Fische sie zu fangen und hinunterzuwürgen schaffte. Trisha begann zu weinen. Sie verbarg ihr Gesicht in den Händen und schluchzte lauter und lauter.

»Ich will zu meiner *Mutter*!« schrie sie den gleichgültigen Tag an. Die Habichte waren weitergesegelt, aber von dem bewaldeten Hügelrücken herüber erklang wieder das Lachen der Krähe. »Ich will zu meiner *Mutter*, ich will zu meinem *Bruder*, ich will zu meiner *Puppe*, ich will *nach Hause*!« Die Frösche quakten nur. Das erinnerte sie an eine Geschichte, die Dad ihr vorgelesen hatte, als sie klein gewesen war – ein Auto steckte im Schlamm fest, und alle Frösche quakten: *Zu tief, zu tief*. Es hatte sie unglaublich geängstigt. Sie weinte noch heftiger, und irgendwann machten ihre Tränen – all diese Tränen, all diese *gottverdammten* Tränen – sie wütend. Sie hob ihren Kopf, den weiter unzählige Insekten umschwirrten, während die verhaßten Tränen ihr weiter über ihr schmutziges Gesicht liefen.

»Ich will zu meiner MUTTER! Ich will zu meinem BRUDER! Ich will hier raus, HABT IHR VERSTANDEN?« Trisha strampelte mit den Beinen, strampelte so heftig, daß einer ihrer Turnschuhe wegflog. Sie war sich bewußt, daß sie einen regelrechten Wutanfall hatte, den ersten seit ihrem fünften oder sechsten Lebensjahr, aber das war ihr egal. Sie warf sich auf den Rücken, trommelte mit ihren Fäusten auf die Erde und öffnete sie dann, um Grasbüschel ausreißen und in die Luft werfen zu können. »*VERDAMMT, ICH WILL HIER RAUS! Warum findet ihr mich nicht, ihr däm-*

lichen, beschissenen Arschlöcher? Warum findet ihr mich nicht? ICH... WILL... NACH... HAUSE!«

Sie lag keuchend im Gras und sah zum Himmel auf. Ihr Magen schmerzte, und ihre Kehle war vom Schreien heiser, aber sie fühlte sich ein wenig besser, als habe ihr Körper sich von irgend etwas Gefährlichem befreit. Sie legte einen Arm über ihr Gesicht und döste noch immer schniefend ein. Als Trisha aufwachte, stand die Sonne über dem Hügelrücken jenseits des Moorgebiets. Es war wieder Nachmittag. *Sagen Sie, Johnny, was haben wir für unsere Mitspieler? Nun, Bob, wir haben einen weiteren Nachmittag. Kein sehr toller Preis, aber das Beste, was eine Bande beschissener Arschlöcher wie wir zu bieten hat, schätze ich.*

Trisha fühlte sich schwindlig, als sie sich aufsetzte. Ein Schwarm großer schwarzer Falter breitete seine Flügel aus und flatterte gemächlich quer durch ihr Gesichtsfeld. Einen Augenblick lang war sie sich sicher, daß sie in Ohnmacht fallen würde. Dieses Gefühl ging vorbei, aber ihr Hals tat immer noch weh, wenn sie schluckte, und sie hatte einen heißen Kopf. *Du hättest nicht in der Sonne schlafen sollen,* sagte sie sich, aber daß sie sich schlecht fühlte, hatte nichts mit ihrem Schlaf in der Sonne zu tun. Der Grund dafür war, daß sie krank wurde.

Trisha zog den Turnschuh wieder an, den sie bei ihrem dummen Wutanfall weggeschleudert hatte, aß eine Handvoll Beeren und trank dann etwas Bachwasser aus ihrer Flasche. Sie erspähte ein Büschel Jungfarne, die am Rand des Moors wuchsen, und aß sie ebenfalls. Sie verblaßten bereits und waren weit zäher als wohlschmeckend, aber sie zwang sich, sie hinunterzuwürgen. Nach dieser Zwischenmahlzeit stand sie auf und sah wieder übers Moor, wobei sie diesmal eine Hand über die Augen legte, weil die Sonne blendete. Im nächsten Moment schüttelte sie langsam und müde den Kopf – die Geste einer Frau, nicht die eines Kindes, und noch dazu einer alten Frau. Sie konnte den Hügelrücken deutlich sehen und war sich sicher, daß der Boden dort drüben trocken war, aber sie konnte den Gedanken nicht ertragen, wieder mit um den Hals gehängten Reeboks durch Morast stapfen zu müssen. Nicht einmal, wenn dieser weniger tief als der andere war und sich unter den Füßen nicht so widerlich anfühlte; nicht für alle im Spätfrühling noch wachsenden Jungfarne der Welt. Wozu auch, wenn es hier keinen Bach mehr gab, dem sie folgen konnte? Hilfe – oder einen anderen Bach – konnte sie genausogut in einer anderen Richtung finden, in der das Gelände leichter war.

Mit dieser Überlegung wandte Trisha sich genau nach Norden und wanderte am Ostrand des Moors entlang, das den größten Teil des Talbodens bedeckte. Seit sie sich verlaufen hatte, hatte sie sehr viele Dinge richtig gemacht – mehr als sie je hätte ahnen können –, aber dies war eine schlechte Entscheidung, die schlechteste, die sie getroffen hatte, seit sie den Weg ursprünglich verlassen hatte. Hätte sie das Moor durchquert und den Hügelrücken erstiegen, hätte sie auf den Devlin Pond außerhalb von Green Mount, New Hampshire, heruntergeblickt. Dieser See war nicht groß, aber an seinem Südufer standen Ferienhäuser, von denen eine schmale, unbefestigte Straße zur New Hampshire Route 52 führte.

An einem Samstag oder Sonntag hätte Trisha fast sicher das Brummen von Motorbooten gehört, mit dem Wochenendbesucher ihre Sprößlinge auf Wasserskiern über den Devlin zogen. Nach dem Unabhängigkeitstag wären dort an jedem Wochentag Motorboote unterwegs gewesen – manchmal so viele, daß sie Zickzackkurse fahren mußten, um nicht zusammenzustoßen. Aber an diesem Tag mitten in der Woche Anfang Juni waren auf dem See nur ein paar Angler mit kleinen 20-PS-Tofftöffs unterwegs, so daß Trisha nichts als die Vögel und die Frösche und die Insekten hörte. Statt den Devlin Pond zu finden, bog sie zur kanadischen Grenze hin ab und geriet noch tiefer in die Wälder. Ungefähr vierhundert Meilen vor ihr lag Montreal.

Und nicht viel dazwischen.

Siebter Durchgang,
auf den Rängen

Im Jahr vor der Scheidung waren die McFarlands im Februar, als Pete und Trisha Ferien hatten, eine Woche lang in Florida gewesen. Das war keine schöne Reise gewesen, denn die Kinder hatten allzuoft trübselig miteinander am Strand Muscheln gesucht, während ihre Eltern sich in dem gemieteten kleinen Strandhaus stritten (er trank zuviel, sie gab zuviel aus, du hast mir versprochen, daß du, warum tust du nie, was jatata-jatata-jatata, dada-dada-dada). Auf dem Rückflug durfte Trisha aus irgendeinem Grund statt Pete am Fenster sitzen. Beim Landeanflug auf den Logan Airport war ihr Flugzeug durch mehrere Wolkenschichten gestoßen mit den vorsichtig schwerfälligen Bewegungen einer übergewichtigen alten Dame auf einem vereisten Gehsteig mit Eisplatten. Trisha, die ihre Stirn an die Fensterscheibe drückte, hatte fasziniert hinausgesehen. Manchmal glänzte die Welt draußen in reinstem Weiß ... dann waren unten für kurze Zeit der Erdboden oder das schiefergraue Wasser des Bostoner Hafens zu sehen ... erneut eine weiße Wolkenschicht ... dann wieder ein flüchtiger Blick auf Wasser oder den Erdboden.

Die vier Tage nach ihrem Entschluß, nach Norden abzudrehen, verliefen wie dieser Sinkflug: überwiegend in Wolkenbänken. Einigen Erinnerungen, die sie *hatte*, traute sie nicht. Am Dienstag abend hatte die Trennlinie zwischen Wirklichkeit und Erfindung zu verschwimmen begonnen.

Am Samstag morgen, nach einer vollen Woche in den Wäldern, war sie praktisch ganz verschwunden. Am Samstag morgen (nicht, daß Trisha ihn als Samstag erkannte, als er heraufdämmerte; den Überblick über die Wochentage hatte sie längst verloren) war Tom Gordon zu ihrem ständigen Begleiter geworden – keine Phantasiegestalt mehr, sondern als wirklich akzeptiert. Auch Pepsi Robichaud begleitete sie einige Zeit lang; die beiden sangen alle ihre liebsten Duette der Boyz und Spice Girls, und danach ging Pepsi hinter einen Baum und kam auf der anderen Seite nicht wieder hervor. Trisha suchte hinter dem Baum, konnte Pepsi nirgends finden und begriff nach einigen Augenblicken stirnrunzelnden Nachdenkens, daß sie nie dagewesen war. Darauf setzte Trisha sich hin und weinte.

Während sie eine weite, mit Felsblöcken übersäte Lichtung überquerte, kam ein großer schwarzer Hubschrauber – der Typ Hubschrauber, den die finsteren Verschwörertypen von der Regierung in *Akte X* benutzten – und schwebte über Trishas Kopf. Bis auf ein schwaches Pulsieren seiner Rotoren schwebte er geräuschlos. Sie winkte ihm zu und schrie um Hilfe, aber obwohl die Besatzung der Maschine sie gesehen haben mußte, flog der schwarze Hubschrauber weg und kam nie wieder. Sie erreichte einen alten Kiefernwald, durch den das Tageslicht in gedämpft staubigen Streifen wie Sonnenstrahlen durch die hohen Fenster einer Kathedrale fiel. Das konnte am Donnerstag gewesen sein. An diesen Bäumen hingen die verstümmelten Kadaver von Tausenden von Hirschen – ein hingeschlachtetes Heer von Tieren, die von Fliegen wimmelten und von Maden aufgebläht waren. Trisha schloß die Augen, und als sie sie wieder öffnete, waren die verwesenden Kadaver verschwunden. Sie fand einen Bach und folgte ihm einige Zeit lang, bevor er versiegte oder sie ihn aus den Augen verlor. Bevor das geschah, blickte sie jedoch hinein und sah auf seinem Boden ein riesiges Gesicht, das ertrunken, aber irgendwie doch noch am Leben war, zu sich aufsehen und lautlos reden. Sie kam an einem großen grauen Baum vorbei, der wie eine verkrüppelte hohle Hand aussah; aus seinem Inneren sprach eine Totenstimme ihren Namen. Eines Nachts wachte sie davon auf, daß etwas schwer auf ihre Brust drückte, und glaubte schon, das Ding aus den Wäldern wolle sie jetzt holen, aber als sie danach griff, war nichts da, und sie konnte wieder atmen. Sie hörte mehrmals Leute, die sie riefen, aber wenn sie ihrerseits rief, kam nie eine Antwort. Zwischen diesen Wolken aus Illusionen blitzten lebhafte reale Sinneseindrücke auf, als habe sie zwischendurch kurz wieder Bodensicht. Sie erinnerte sich daran, wie sie einen weiteren Beerenschlag entdeckt hatte, einen riesigen, der sich über eine ganze Hügelflanke zog, und ihren Rucksack mit Scheinbeeren gefüllt hatte, während sie sang: »Wen rufen Sie an, wenn Ihre *Wind*schutzscheibe *ka*putt ist?« Sie erinnerte sich daran, wie sie ihre Wasserflasche und die Surgeflasche aus einer Quelle gefüllt hatte. Sie erinnerte sich daran, wie sie über eine Wurzel gestolpert und in eine feuchte kleine Bodensenke gefallen war, in der die schönsten Blumen wuchsen, die sie je gesehen hatte: wachsweiß und duftend, von zierlicher Eleganz. Sie erinnerte sich deutlich daran, wie sie auf einen Fuchskadaver ohne Kopf gestoßen war; anders als das an Bäumen hängende Heer von hingeschlachteten Hirschen verschwand dieser Kadaver nicht, als sie die Augen schloß und langsam bis zwanzig zählte. Sie glaubte, bestimmt erlebt zu haben, wie eine Krähe kopfüber an einem Ast hing und sie ankrächzte, und obwohl das wahrscheinlich nicht möglich war, besaß diese Erinnerung eine Qualität, die viele andere (zum Beispiel die mit dem schwarzen Hubschrauber) nicht besaßen: Struktur und Klarheit. Sie erinnerte sich, wie sie mit ihrer Kapuze in dem Bach gefischt hatte, in dem sie später das lange ertrunkene Gesicht sah. Es gab keine Forellen, aber es gelang ihr, ein paar Kaulquappen zu fangen. Diese verschlang sie ganz, nachdem sie sich zuvor davon überzeugt hatte, daß sie wirklich tot waren. Sie litt unter der Vorstellung, die Kaulquappen könnten in ihrem Magen weiterleben und sich dort in Frösche verwandeln.

Sie war krank, das hatte sie ganz richtig erkannt, aber ihr Körper wehrte sich mit bemerkenswerter Zähigkeit gegen die Infektion, die Rachen, Brust und Stirnhöhlen erfaßt hatte. Sie fühlte sich oft stundenlang fiebrig, kaum mehr von dieser Welt. Alles Licht, selbst wenn es schwach und durch ein dichtes Blätterdach abgeschirmt war, tat ihren Augen weh, und sie redete ständig – meistens mit Tom Gordon, aber auch mit ihrer Mutter, ihrem Bruder und ihrem Vater, Pepsi und allen Lehrern und Lehrerinnen, die sie je gehabt hatte, bis zu Mrs. Garmond im Kindergarten zurück. Sie weckte sich nachts selbst auf, wenn sie mit bis zum Kinn hochgezogenen Knien von Fieberschauern geschüttelt auf der Seite lag und so stark hustete, daß sie fürchtete, in ihrem Inneren könnte etwas reißen. Aber statt weiter zu steigen, ging das Fieber dann entweder zurück oder verschwand ganz, und die Kopfschmerzen, die damit einhergingen, ließen ebenfalls nach. Sie erlebte eine Nacht (die zum Mittwoch, obwohl sie das nicht wußte), in der sie durchschlief und fast erfrischt aufwachte. Falls sie auch in dieser Nacht gehustet hatte, war der Husten nicht heftig genug gewesen, um sie zu wecken. Am linken Unterarm hatte sie eine gerötete Stelle, wo sie mit Giftefeu in Berührung gekommen war, aber Trisha erkannte rechtzeitig, woher die Rötung stammte, und klatschte Schlamm darauf. Sie breitete sich nicht weiter aus.

Die deutlichsten Erinnerungen hatte sie daran, wie sie unter aufgehäuften Zweigen lag und sich die Spiele der Red Sox anhörte, während über ihr kalt die Sterne strahlten. Sie gewannen zwei ihrer drei Spiele in Oakland, wobei Tom Gordon die beiden gewonnenen Spiele für die Sox entschied. Mo Vaughn schlug zwei Homeruns, und Troy O'Leary (nach Trishas unmaßgeblicher Meinung ein sehr niedlicher Baseballspieler) erzielte einen. Die Übertragungen erreichten sie über WEEI, und obwohl der Empfang jeden Abend etwas schlechter wurde, hielten die Batterien gut durch. Sie wußte noch, daß sie sich gesagt hatte, falls sie hier jemals rauskomme, müsse sie einen Dankesbrief an das Energizer-Häschen schreiben. Sie tat gewissenhaft ihren Teil, indem sie das Radio abstellte, wenn sie schläfrig wurde. Niemals, auch nicht am Freitag abend, als sie unter Schüttelfrost, Fieber und Durchfall litt, schlief Trisha bei laufendem Radio ein. Das Radio war ihre Rettungsleine, die Spiele waren ihr Rettungsring. Hätte sie sich nicht auf sie freuen können, hätte sie längst einfach aufgegeben, vermutete sie.

Das Mädchen, das in die Wälder gegangen war (fast zehn und groß für sein Alter) hatte vierundvierzig Kilo gewogen. Das Mädchen, das sieben Tage später halb blind einen mit Kiefern bestandenen Hang hinauf und auf eine mit Büschen bewachsene Lichtung hinausstolperte, wog nicht mehr als fünfunddreißig Kilo. Trishas Gesicht war von Mückenstichen verschwollen, und im linken Mundwinkel war eine große Herpesblase entstanden. Ihre Arme waren Stöcke. Ohne es zu merken, zog sie ständig ihre jetzt viel zu weiten Jeans hoch. Sie murmelte leise den Text eines Songs vor sich hin – »*Put your arms around me ... cuz I gotta get next to you*« – und sah wie eine der jüngsten Heroinabhängigen der Welt aus. Sie war erfinderisch gewesen, sie hatte Glück mit dem Wetter gehabt (mäßige Temperaturen, seit dem Tag, an dem sie sich verirrt hatte, kein Regen mehr), und sie hatte tief in ihrem Inneren völlig ungeahnte Kraftreserven entdeckt. Jetzt waren diese Reserven beinahe aufgebraucht, und darüber war Trisha sich mit irgendeinem Teil ihres erschöpften Verstands im klaren. Dieses Mädchen, das sich langsam und torkelnd über die Lichtung oberhalb des Kiefernhangs schleppte, war so gut wie erledigt.

Obwohl in der Welt, die sie verlassen hatte, eine planlose Restsuche weiterging, wurde sie von den meisten, die nach ihr Ausschau hielten, jetzt für tot gehalten. Ihre Eltern hatten darüber zu sprechen begonnen – auf unbeholfene und weiter ungläubige Weise –, ob sie einen Gedenkgottesdienst abhalten lassen oder darauf warten sollten, daß die Leiche gefunden wurde. Und falls sie sich entschlossen zu warten – wie lange? Manchmal wurden die Leichen von Vermißten nie mehr gefunden. Pete sagte nicht viel; er war hohlwangig und schweigsam geworden. Er nahm Moanie Balogna in sein Zimmer mit und setzte sie so in eine Ecke, daß sie zu seinem Bett hinübersehen konnte. Als er sah, wie seine Mutter die Puppe betrachtete, sagte er warnend: »Faß sie nicht an! Wag es bloß nicht!«

In jener Welt mit Lichtern und Autos und Asphaltstraßen war sie tot. In dieser – in der Welt, die abseits des Appalachian Trail existierte, in der Krähen manchmal kopfüber an Ästen hingen – war sie dem Tode nahe. Aber sie ackerte weiter (wie ihr Vater gesagt hätte). Ihre Route wich manchmal leicht nach Osten oder Westen ab, aber nicht oft und nicht viel. Ihre Fähigkeit, eine gewählte Richtung stetig beizubehalten, war fast so bemerkenswert wie die Weigerung ihres Körpers, der Infektion in ihrem Rachen- und Brustraum völlig nachzugeben. Jedoch nicht so nützlich. Trishas Route führte sie langsam, aber stetig aus den dichter mit Dörfern und Kleinstädten besiedelten Gebieten heraus und tiefer in den kaminartigen Ausläufer von New Hampshire hinein.

Das Ding in den Wäldern, was es auch sein mochte, begleitete sie auf ihrem Marsch. Obwohl sie vieles von dem verwarf, was sie fühlte und zu sehen glaubte, tat sie ihr Empfinden für das, was der Wespenpriester den Gott der Verirrten genannt hatte, niemals als unwesentlich ab; sie dachte nicht daran, die Kratzspuren an den Bäumen (oder übrigens auch den Fuchs ohne Kopf) als bloße Halluzinationen abzutun. Fühlte sie das Ding (oder hörte es auch – schon mehrmals hatte sie im Wald Zweige knacken gehört, während es mit ihr Schritt hielt, und zweimal hatte sie sein unmenschliches Grunzen vernommen), zweifelte sie nie daran, daß es sich wirklich in ihrer Nähe befand. Verließ das

Gefühl sie, zweifelte sie nie daran, daß das Ding vorübergehend fort war. Sie und es waren jetzt miteinander verbunden; das würden sie bleiben, bis sie starb. Trisha glaubte nicht, daß der Tod noch lange auf sich warten lassen würde. »Gleich um die Ecke«, hätte ihre Mutter gesagt, nur gab es im Wald keine Ecken. Insekten und Sümpfe und jähe Felsabstürze, aber keine Ecken. Es war nicht fair, daß sie sterben würde, nachdem sie so zäh ums Überleben gekämpft hatte, aber diese Unfairneß machte sie jetzt nicht mehr so wütend. Um wütend zu sein, brauchte man Kraft. Man brauchte Energie. Beides besaß Trisha kaum noch.

Auf halbem Weg über die Lichtung, die sich durch nichts von Dutzenden anderer unterschied, die sie schon überquert hatte, begann sie zu husten. Es tat tief drinnen in der Brust weh, so daß Trisha das Gefühl hatte, dort sitze ein großer Haken. Sie krümmte sich zusammen, hielt sich an einem vor ihr aufragenden Baumstumpf fest und hustete, bis ihr die Tränen aus den Augen sprangen und sie alles doppelt sah. Als der Husten endlich schwächer wurde und schließlich aufhörte, blieb sie zunächst vornübergebeugt stehen und wartete darauf, daß ihr beängstigendes Herzjagen langsamer wurde. Und daß die großen schwarzen Falter vor ihren Augen die Flügel zusammenklappten und dorthin verschwanden, wo auch immer sie herkamen. Nur gut, daß sie diesen Baumstumpf zum Festhalten gehabt hatte, sonst wäre sie bestimmt umgekippt.

Dann fiel ihr Blick auf den Baumstumpf, und ihr Denken setzte abrupt aus. Trishas erster Gedanke danach war: *Ich sehe nicht, was ich zu sehen glaube. Das ist wieder eine Täuschung, wieder eine Halluzination.* Sie schloß die Augen und zählte bis zwanzig. Als sie ihre Augen wieder öffnete, waren die schwarzen Falter verschwunden, aber alles andere war unverändert. Der Baumstumpf war kein Baumstumpf. Er war ein Pfosten. Oben in sein graues, schwammiges Holz war ein rostroter Ringbolzen eingeschraubt.

Trisha ergriff ihn, spürte seine gute, eiserne Realität. Dann ließ sie ihn los und betrachtete die Rostflecken an ihren Fingern. Sie griff ein zweites Mal danach und bewegte ihn vor und zurück. Ein Déjà-vu-Gefühl beschlich sie wie zuvor, als sie sich im Kreis gedreht hatte, nur war es diesmal stärker und hing irgendwie mit Tom Gordon zusammen. Was...?

»Du hast davon geträumt«, sagte Tom. Er stand etwa fünfzehn Meter von ihr entfernt, hatte die Arme verschränkt, lehnte mit dem Hintern am Stamm eines Ahorns und trug seine graue Spielerkleidung für Auswärtsspiele. »Du hast geträumt, daß wir hierherkommen.«

»Hab' ich das?«

»Klar, weißt du's nicht mehr? Am spielfreien Abend unseres Teams. An dem Abend, an dem du Walt gehört hast.«

»Walt...?« Der Name klang nur vage bekannt; seine Bedeutung hatte sie völlig vergessen.

»Walt aus Framingham. Der El Dopo am Mobiltelefon.«

Sie begann sich zu erinnern. »Und dann hat's Sternschnuppen gegeben.«

Tom nickte. Trisha umschritt langsam den Pfosten, ohne dabei ihre Hand von dem Ringbolzen zu nehmen. Sie musterte ihre Umgebung prüfend und stellte fest, daß dies gar keine Lichtung war, nicht wirklich. Hier wuchs zuviel Gras – das hohe grüne Gras, das man auf

Wiesen oder Weiden sah. Dies war eine Wiese, war zumindest vor langer Zeit eine gewesen. Ignorierte man die Birken und das Gestrüpp und betrachtete diese Fläche als Ganzes, konnte man sie mit nichts anderem verwechseln. Es war eine Wiese. *Menschen* legten Wiesen an, genau wie Menschen Pfosten in die Erde rammten, Pfosten mit Ringbolzen.

Trisha ließ sich auf ein Knie nieder und fuhr mit einer Hand den Pfosten hinauf und hinunter – nur leicht, um sich keinen Splitter einzuziehen. Halb auf der anderen Seite entdeckte sie zwei Löcher und einen verbogenen alten Metallstift. Sie tastete das Gras darunter ab, fand nicht gleich etwas und grub tiefer in den verfilzten Untergrund hinein. Dort, unter altem Heu und Timotheusgras verborgen, fand sie noch etwas. Trisha brauchte beide Hände, um es herauszureißen. Es erwies sich als ein rostiges altes Scharnier. Sie hielt es gegen die Sonne hoch. Ein bleistiftdünner Lichtstrahl fiel durch eines der Schraubenlöcher und erzeugte auf ihrer Wange einen hellen Lichtfleck.

»Tom«, flüsterte Trisha. Sie sah zu der Stelle hinüber, wo er mit verschränkten Armen an dem Ahorn gelehnt hatte, und erwartete eigentlich, daß er verschwunden sein würde. Aber er war noch da, und obwohl er nicht lächelte, glaubte sie, um Mund und Augen die Andeutung eines Lächelns zu sehen. »Tom, sieh nur!« Sie hielt das Scharnier hoch.

»Es ist ein Tor gewesen«, sagte Tom.

»Ein Tor!« wiederholte sie hingerissen. »Ein Tor!« Anders ausgedrückt: etwas, das Menschen gemacht hatten. Leute aus einem Märchenland mit Elektrizität und Haushaltsgeräten und dem Insektenschutzmittel 6-12.

»Dies ist deine letzte Chance, weißt du?«

»Was?« Sie musterte ihn unbehaglich.

»Die letzten Innings laufen. Mach keinen Fehler, Trisha.«

»Tom, du ...«

Aber dort drüben stand keiner mehr. Tom war fort. Sie hatte ihn jedoch eigentlich nicht richtig verschwinden sehen, weil Tom von Anfang an nicht dagewesen war. Er existierte nur in ihrer Phantasie.

Was ist das Geheimnis, wie man ein Spiel entscheidet? hatte sie ihn gefragt – sie wußte nicht mehr genau, wann. *Du mußt deutlich machen, daß du der Bessere bist,* hatte Tom gesagt, wobei ihr Verstand vermutlich einen nur mit halbem Ohr gehörten Kommentar aus einer Sportshow oder vielleicht ein Interview nach einem Spiel wiederverwertet hatte, das sie sich mit ihrem Vater angesehen hatte – sein Arm um ihre Schultern, ihr Kopf an ihn gelehnt.

Deine letzte Chance. Letzte Innings. Mach keinen Fehler, Trisha.

Wie soll ich das können, wenn ich nicht mal weiß, was ich tue?

Als darauf keine Antwort kam, ging Trisha noch einmal mit ihrer auf den Ringbolzen gelegten Hand um den Pfosten, so bedächtig und so anmutig wie ein angelsächsisches Mädchen bei irgendeinem uralten Brautritual um den Maibaum. Der Wald, der die überwucherte Wiese einschloß, schien sich vor ihren Augen zu drehen, wie es die Dinge taten, wenn man in Revere Beach oder Old Orchard Karussell fuhr. Er sah nicht anders aus als die Wälder, in denen sie schon viele Meilen zurückgelegt hatte, und wohin sollte sie sich wenden? Welche Richtung war die richtige? Dies war ein Pfosten, aber kein Wegweiser.

»Ein Pfosten, kein Wegweiser«, flüsterte sie und ging jetzt etwas schneller. »Wie kann er mir weiterhelfen, wenn er ein Pfosten, aber kein Wegweiser ist? Wie soll ein Schwachkopf wie ich ...«

Dann hatte sie eine Idee und ließ sich wieder auf die Knie fallen. Sie schlug sich ein Schienbein an einem Felsbrocken auf, daß es blutete, aber sie bemerkte es kaum. Vielleicht war er *doch* ein Wegweiser. Vielleicht war er einer. Weil er ein Torpfosten gewesen war.

Trisha suchte wieder die Löcher in dem Pfosten, in denen die Scharnierschrauben gesessen hatten. Sie kniete sich so hin, daß ihre Füße zu den Löchern zeigten, und kroch dann langsam geradeaus davon. Ein Knie nach vorn ... dann das andere ... dann wieder das erste ...

»*Au!*« schrie sie und riß ihre Hand aus dem Gras hoch. Das hatte mehr weh getan als vorhin, als sie sich das Schienbein angeschlagen hatte. Sie betrachtete ihre Hand und sah kleine Blutstropfen durch die Schmutzkruste heraufquellen. Trisha stützte sich auf ihre Ellbogen und zerteilte das Gras mit beiden Händen, denn obwohl sie wußte, was sich in ihre Hand gerammt hatte, mußte sie es trotzdem sehen.

Es war der gezackte Stumpf des ungefähr einen Fuß über dem Erdboden abgebrochenen zweiten Torpfostens, und sie konnte wirklich von Glück sagen, daß sie sich daran nicht mehr verletzt hatte, einige der aus dem abgebrochenen Pfosten in die Höhe ragenden Splitter waren gut drei Zoll lang und sahen nadelspitz aus. Nicht weit hinter dem Stumpf lag der abgebrochene Teil des Pfostens in dem grauen, verfilzten Gras des Vorjahres verborgen, über dem das aggressive neue Grün dieses Junis wucherte.

Letzte Chance. Letzte Innings.

»Ja, aber vielleicht erwartet hier jemand schrecklich viel von einem Kind«, sagte Trisha. Sie ließ den Rucksack von ihren Schultern gleiten, machte ihn auf, zerrte die Reste ihres Ponchos heraus und riß einen der Streifen ab. Diesen knotete sie um den Stumpf des abgebrochenen Torpfostens, wobei sie nervös hustete. Schweiß lief ihr übers Gesicht. Stechfliegen kamen, um ihn zu trinken; einige ertranken; Trisha merkte nichts davon.

Sie stand auf, schlüpfte wieder durch die Tragriemen ihres Rucksacks und stellte sich in die Mitte zwischen den noch stehenden Torpfosten und den blauen Plastikstreifen, der den abgebrochenen markierte.

»Hier ist das Tor gewesen«, sagte sie. »Genau hier.« Sie sah geradeaus, in Richtung Nordwesten. Dann machte sie kehrt und blickte nach Südosten. »Ich weiß nicht, warum jemand hier ein Tor aufgestellt hat, aber ich weiß, daß niemand sich die Mühe gemacht hätte, wenn's hier keine Straße, keinen Wanderweg, keinen Reitweg oder irgendwas gäbe. Ich will...« Ihre Stimme zitterte, den Tränen nahe. Sie machte eine Pause, schluckte die Tränen hinunter und fing noch einmal an. »Ich will den Weg finden. *Irgendeinen* Weg. Wo ist er? Hilf mir, Tom.«

Nummer 36 antwortete nicht. Ein Eichelhäher schalt sie, und im Wald bewegte sich etwas (nicht *das* Ding, nur irgendein Tier, vielleicht ein Weißwedelhirsch – sie hatte in den letzten drei oder vier Tagen viele Hirsche gesehen), aber das war alles. Vor ihr, rings um sie herum lag eine Wiese, die so alt war, daß man sie jetzt leicht für eine weitere gewöhnliche Lichtung halten konnte, wenn man nicht genau hinsah. Jenseits der

Lichtung sah sie wieder Wald, weitere Bäume, für die sie keine Namen hatte. Sie sah keinen Weg.

Dies ist deine letzte Chance, weißt du?

Trisha machte wieder kehrt, ging über die freie Fläche nach Nordwesten und sah sich dann um, um sich zu vergewissern, daß sie eine gerade Linie eingehalten hatte. Das hatte sie, und sie blickte wieder nach vorn. Zweige bewegten sich in einer leichten Brise, warfen verwirrende Lichtflecken auf den Waldboden und erzeugten damit fast den Effekt einer Diskokugel. Sie konnte einen umgestürzten Baumstamm sehen, ging darauf zu, schlüpfte zwischen dicht zusammenstehenden Bäumen und unter lästig verwobenen Zweigen hindurch, stets hoffend ... aber es war ein Baumstamm, nur ein Baumstamm, kein weiterer Pfosten. Sie blickte weiter nach vorn, sah aber nichts. Mit hämmerndem Herzen und hechelndem Atem, der in schleimigen kleinen Stößen kam, kämpfte Trisha sich auf die Lichtung zurück und erreichte wieder die Stelle, wo das Tor gestanden hatte. Diesmal blickte sie nach Südosten und ging erneut langsam auf den Waldrand zu.

Jetzt aber ran, sagte Troop immer, *wir sind in den letzten Innings, und die Red Sox brauchen Base Runner.*

Wald. Nichts als Wald. Nicht einmal ein Wildwechsel – oder zumindest keiner, den Trisha sehen konnte –, von einem Weg ganz zu schweigen. Sie ging etwas weiter, bemühte sich noch immer, nicht zu weinen, und wußte, daß sie die Tränen sehr bald nicht mehr würde zurückhalten können. Warum mußte der Wind wehen? Wie sollte sie etwas sehen, wenn überall diese beschissenen kleinen Sonnenflecken herumgeisterten? Sie kam sich wie in einem Planetarium oder dergleichen vor.

»Was ist das?« fragte Tom hinter ihr.

»Was?« Trisha drehte sich nicht einmal um. Toms Auftritte erschienen ihr nicht mehr besonders wunderbar. »Ich sehe nichts.«

»Vor dir links. Nur ganz wenig.« Dann ein Finger, der über ihre Schulter deutete.

»Das ist nur ein alter Baumstumpf«, sagte sie – aber stimmte das? Oder hatte sie nur Angst davor, zu glauben, das könnte ein ...

»Das glaube ich nicht«, sagte Nummer 36, der natürlich die scharfen Augen eines Baseballspielers hatte. »Ich glaube, das ist wieder ein Pfosten, Mädchen.«

Trisha arbeitete sich zu ihm vor (und das *war* Arbeit; die Bäume standen hier zum Verrücktwerden eng, das Unterholz war dicht, der Waldboden darunter steinig und glitschig), und ja, es war ein weiterer Pfosten. Dieser hier trug auf seiner Innenseite mehrere rostige Stacheldrahtenden, die sie an spitze kleine Fliegen (wie sie manche Männer statt Krawatten trugen) erinnerten.

Trisha stand mit einer Hand auf seiner angefaulten oberen Fläche da und blickte tiefer in den Wald hinein, der mit den verwirrenden Sonnenflecken gesprenkelt war. Sie erinnerte sich undeutlich daran, wie sie an einem Regentag in ihrem Zimmer gesessen und sich mit einem Spiel- und Bastelbuch beschäftigt hatte, das Mom ihr gekauft hatte. Darin gab es ein Bild, ein unglaublich *volles* Suchbild, auf dem man zehn versteckte Gegenstände finden sollte: eine Pfeife, einen Clown, einen Brillantring, solches Zeug.

Jetzt mußte sie den Weg finden. *Bitte, lieber Gott, hilf mir, den Weg zu finden*, dachte sie und schloß die Augen. Es war der Gott Tom Gordons, zu dem sie betete, nicht das unterschwellig Wahrnehmbare ihres

Vaters. Sie war jetzt nicht in Malden, auch nicht in Sanford, und sie brauchte einen Gott, der wirklich da war, zu dem man hinaufdeuten konnte, wenn – falls – man das Spiel gewann. *Bitte, lieber Gott, bitte. Hilf mir in den letzten Innings.*

Sie öffnete die Augen, soweit sie konnte, und sah hin, ohne hinzusehen. Fünf Sekunden verstrichen, fünfzehn Sekunden, dreißig. Und plötzlich war etwas da. Sie hatte keine Ahnung, was sie genau sah – vielleicht einfach einen Sektor, auf dem es weniger Bäume und etwas helleres Licht gab, vielleicht nur ein suggestives Muster aus Schatten, die alle in dieselbe Richtung wiesen –, aber sie wußte sofort, was das war: die letzten Spuren eines Weges.

Ich kann darauf bleiben, solange ich nicht zu sehr darüber nachdenke, sagte Trisha sich, als sie weiterzugehen begann. Sie kam zu einem weiteren, schon sehr schief geneigten Pfosten; noch ein weiterer Winter mit Schnee und Eis, ein weiterer Frühling mit Tauwetter, dann würde er umstürzen und vom Gras des nächsten Sommers überwuchert werden. *Wenn ich zuviel darüber nachdenke oder zu genau hinsehe, verliere ich ihn.*

Mit dieser Vorgabe begann Trisha, den wenigen Pfosten zu folgen, die von denen übriggeblieben waren, die ein Farmer namens Elias McCorkle im Jahre 1905 eingerammt hatte. Sie markierten einen Holzweg, den er als junger Mann angelegt hatte, bevor er dem Alkohol verfiel und seinen Ehrgeiz verlor. Trisha ging mit weit geöffneten Augen und zögerte niemals (dadurch hätte das Nachdenken eine Chance gehabt, sich einzuschleichen, und sie sehr wahrscheinlich getäuscht). Manchmal gab es Abschnitte, auf denen keine Pfosten standen, aber sie machte nicht halt, um im dichten Unterholz nach ihren Überresten zu fahnden; sie ließ sich von dem Licht, den Schattenmustern und ihrem eigenen Instinkt leiten. In dieser stetigen Art marschierte sie für den Rest des Tages weiter und schlängelte sich durch dichte Baumbestände und hohes Dornengestrüpp, ohne die schwache Spur des Weges jemals aus den Augen zu lassen. Sie war gute sieben Stunden lang unterwegs, und als sie sich gerade vorstellte, wie sie wieder unter ihrem Poncho würde schlafen müssen – darunter zusammengerollt, um vor den schlimmsten Insekten geschützt zu sein –, erreichte sie den Rand einer weiteren Lichtung. Drei Pfosten, die wie betrunken hierhin und dorthin kippten, marschierten zu ihrer Mitte. Am letzten dieser Pfosten hing noch immer ein Rest eines zweiten Tors, das hauptsächlich von dem dicht verfilzten Gras gehalten wurde, das die beiden unteren Kreuzstreben überwucherte. Dahinter führten zwei mit Gras und Gänseblumen überwachsene, allmählich verblassende Spuren nach Süden, in einer Kurve wieder in den Wald hinein. Eine alte Forststraße.

Trisha ging langsam an dem Tor vorbei zu der Stelle, wo die Straße zu beginnen schien (oder zu enden; es kam darauf an, vermutete sie, in welche Richtung man blickte). Sie blieb einen Augenblick bewegungslos stehen, dann sank sie auf die Knie und kroch eine der Fahrspuren entlang. Während sie das tat, begann sie wieder zu weinen. Sie kroch über die mit Gras bewachsene Mitte der alten Straße, ließ sich vom hohen Gras am Kinn kitzeln und folgte der anderen Fahrspur – noch immer auf allen vieren. Sie kroch wie eine Blinde und rief dabei unter Tränen aus:

»Eine Straße! Das ist eine Straße! Ich hab' eine Straße

gefunden! Danke, lieber Gott! Danke, lieber Gott! Danke für diese Straße!«

Schließlich machte sie halt, streifte ihren Rucksack ab und legte sich in die Furche. *Die ist durch Räder entstanden,* dachte sie und lachte unter Tränen. Etwas später wälzte sie sich auf den Rücken und sah zum Himmel auf.

Achter Durchgang

Nach einigen Minuten stand Trisha auf. Sie folgte der Straße eine weitere Stunde lang, bis die Abenddämmerung sie dicht umhüllte. Drüben im Westen, erstmals seit dem Tag, an dem sie sich verirrt hatte, konnte sie Donner rumpeln hören. Sie sollte unter die dichteste Baumgruppe schlüpfen, die sie finden konnte, doch wenn es heftig genug regnete, würde sie trotzdem naß werden. In ihrer augenblicklichen Stimmung war Trisha das ziemlich egal.

Sie blieb zwischen den alten Fahrspuren stehen und wollte eben ihren Rucksack von den Schultern gleiten lassen, als sie vor sich im Halbdunkel etwas entdeckte. Etwas aus der Welt der Menschen; ein Ding mit Ecken. Sie zog ihre Tragriemen wieder hoch, näherte sich langsam der rechten Straßenseite und blinzelte mit zusammengekniffenen Augen wie jemand, der kurzsichtig geworden, aber zu eitel ist, um eine Brille zu tragen. Im Westen rumpelte der Donner etwas lauter.

Es war ein Lastwagen, oder das Fahrerhaus eines Lastwagens, das aus dem dichtem Unterholz ragte. Seine Motorhaube war lang und fast völlig mit Waldefeu überwuchert. Ein Seitenteil der Motorhaube war hochgestellt, so daß Trisha sehen konnte, daß der Motor fehlte; wo er gesessen hatte, wuchsen jetzt Farne. Das Fahrerhaus war dunkelrot vor Rost und auf eine Seite gekippt. Die Windschutzscheibe existierte längst nicht mehr, aber im Fahrerhaus war immer noch ein Sitz. Seine Polsterung war größtenteils verrottet oder von Kleingetier weggenagt.

Weiterer Donner, und diesmal konnte sie sehen, wie Blitze durch die Wolken zuckten, die rasch heranzogen und dabei die ersten Sterne aufzufressen schienen.

Trisha brach einen Zweig ab, streckte ihren Arm durch den Rahmen, in dem die ausstellbare Windschutzscheibe gesessen hatte, und klopfte das Sitzpolster so kräftig wie möglich aus. Die Menge des aufsteigenden Staubs war verblüffend – Staubwolken trieben wie Nebelschwaden aus den Öffnungen, in denen Windschutzscheibe und Seitenfenster gesessen hatten. Noch verblüffender war die Flut von Backenhörnchen, die quiekend von den Bodenbrettern heraufquollen und durch das rautenförmige hintere Fenster flüchteten. »Alle Mann von Bord!« rief Trisha. »Wir haben einen Eisberg gerammt. Frauen und Backenhörnchen zu...« Sie bekam den Staub in die Lunge. Der dadurch ausgelöste Hustenanfall quälte sie, bis sie sich mit ihrem Schlagstock über den Knien schwer hinsetzte und halb ohnmächtig nach Luft rang. Sie entschied sich dafür, die Nacht nun doch nicht im Fahrerhaus des alten Lastwagens zu verbringen. Sie hatte keine Angst vor ein paar verbliebenen Backenhörnchen, nicht einmal vor Schlangen (hätten dort Schlangen gehaust, wären die Backenhörnchen schon längst ausgezogen, vermutete sie), aber sie hatte keine Lust, acht Stunden lang Staub einzuatmen und zu husten, bis sie blau im

Gesicht war. Es wäre klasse gewesen, wieder unter einem richtigen Dach zu schlafen, aber der Preis dafür war ihr zu hoch.

Trisha bahnte sich einen Weg durch das Unterholz in der Nähe des Fahrerhauses und ging noch ein Stück weit in den Wald hinein. Sie setzte sich unter eine große alte Fichte, aß ein paar Bucheckern und trank etwas Wasser. Proviant und Getränke begannen wieder knapp zu werden, aber sie war zu müde, um sich an diesem Abend darüber Sorgen zu machen. Sie hatte eine Straße gefunden, nur das zählte. Die Straße war alt und unbenutzt, aber sie konnte sie irgendwohin führen. Natürlich konnte sie auch versickern, wie die Bäche es getan hatten, aber daran wollte Trisha jetzt nicht denken. Vorerst würde sie sich zu hoffen gestatten, die Straße würde sie dorthin bringen, wo die Bäche sie nicht hingebracht hatten.

Diese Nacht war heiß und drückend – die schwüle Seite der kurzen, aber manchmal extremen Sommer in New England. Trisha wedelte ihrem schmutzigen Hals mit dem Halsausschnitt ihres schmutzigen Trikots Kühlung zu, streckte die Unterlippe vor, blies sich die Haare aus der Stirn, setzte dann ihre Mütze wieder auf und lehnte sich halb liegend an ihren Rucksack. Sie dachte daran, ihren Walkman herauszuholen, und entschied sich dagegen. Versuchte sie, heute abend die Übertragung eines Spiels an der Westküste zu hören, schlief sie bestimmt ein und gab den fast verbrauchten Batterien den Rest.

Sie rutschte noch tiefer, verwandelte ihren Rucksack in ein Kopfkissen und empfand etwas, das so gänzlich verschwunden gewesen war, daß seine Rückkehr ihr wie ein Wunder erschien: einfache Zufriedenheit.

»Danke, lieber Gott«, sagte sie. In den nächsten drei Minuten war sie eingeschlafen.

Sie wachte ungefähr zwei Stunden später auf, als die ersten kalten Tropfen eines prasselnden Gewitterregens ihren Weg durchs Geäst fanden und ihr ins Gesicht klatschten. Dann spaltete Donner die Welt, und sie setzte sich keuchend auf.

Die Bäume ächzten und knarrten in stürmischem Wind, fast in einem Orkan, und ein jäh niederzuckender Blitz ließ sie mit scharfen Kontrasten wie auf Pressefotos hervortreten.

Trisha kam mühsam auf die Beine, strich sich ihre Haare aus den Augen und fuhr dann erschrocken zusammen, als weiterer Donner rumpelte ... nur war es diesmal eher ein Peitschenknall als ein Rumpeln. Das Gewitter tobte fast genau über ihr. Auf diese Weise würde sie bald klatschnaß sein, selbst wenn sie unter den Bäumen blieb. Sie riß ihren Rucksack an sich und stolperte zu der dunklen Masse des alten Lastwagens mit seinem halb umgekippten Fahrerhaus zurück. Schon nach drei Schritten blieb sie stehen, sog die feuchte Luft keuchend ein, hustete sie dann aus und spürte dabei kaum die Blätter und kleinen Zweige, die im böigen Wind ihren Nacken und ihre Arme peitschten. Irgendwo im Wald hinter ihr stürzte ein Baum mit berstendem, splitterndem Krachen um.

Es war hier, und es war ganz nah.

Als der Wind plötzlich umsprang und ihr eine Handvoll Regen ins Gesicht trieb, konnte sie es schließlich auch riechen – seinen scharfen Raubtiergestank, der sie an Käfige im Zoo erinnerte. Nur steckte das Ding dort draußen nicht in einem Käfig.

Trisha setzte sich wieder in Richtung Lastwagen in

Bewegung, hielt eine Hand vor sich, zum Schutz vor den vom Wind gepeitschten Zweigen, und drückte mit der anderen ihre Red-Sox-Mütze auf ihren Kopf, damit sie nicht davonflog. Dornenranken schlangen sich um ihre Knöchel und Waden, und als sie aus dem schützenden Wald an den Rand ihrer Straße trat (das war sie in ihrer Vorstellung, *ihre* Straße), war sie augenblicklich klatschnaß.

Als sie die linke Tür des Fahrerhauses erreichte, die halb offen in festgerosteten Scharnieren hing und durch deren Fensterrahmen, der einer leeren Augenhöhle glich, sich Ranken schlängelten, zuckte wieder ein Blitz herab und färbte die ganze Welt purpurrot. In seinem grellen Licht sah Trisha jenseits der Straße etwas stehen, etwas mit hängenden Schultern, mit schwarzen Augen und großen aufgestellten Ohren, die wie Hörner aussahen. Vielleicht waren es Hörner. Es war kein Mensch; andererseits hielt sie es auch nicht für ein Tier. Es war ein Gott. Es war ihr Gott, es war der Wespengott, der dort im Regen stand.

»NEIN!« kreischte sie und hechtete ins Fahrerhaus, ohne auf die Staubwolke, die sie einhüllte, und den Modergeruch der alten Polsterung zu achten. »NEIN, HAU AB! VERSCHWINDE UND LASS MICH IN RUHE!«

Ein weiterer Donnerschlag war die Antwort. Auch der Regen antwortete ihr, indem er auf das rostige Dach des Fahrerhauses trommelte. Trisha verbarg ihren Kopf in den Armen und wälzte sich hustend und zitternd auf die Seite. Sie wartete noch immer darauf, daß es kommen würde, als sie wieder einschlief.

Dieser Schlaf war fest und – soweit sie sich erinnern konnte – traumlos. Als sie aufwachte, war es heller

Tag. Es war heiß und sonnig, die Bäume schienen grüner zu sein als am Tag zuvor, das Gras üppiger, die zwitschernden Vögel von einer ausgelassenen Fröhlichkeit. Wasser tropfte von den raschelnden Blättern und Zweigen; als Trisha den Kopf hob und durch das schräge glaslose Rechteck blickte, in dem die Windschutzscheibe des alten Lastwagens gesessen hatte, sah sie als erstes Sonnenlicht, das sich auf der Oberfläche einer Pfütze in einer der Fahrspuren der Straße spiegelte.

Dieses Glänzen blendete sie so sehr, daß sie schützend eine Hand hob und die Augen zusammenkniff. Das Nachbild hing vor ihr, auch als das wahre Bild verschwunden war: der widergespiegelte Himmel, erst blau, dann in einem verblassenden Grün.

Trotz der fehlenden Scheiben war sie in dem Fahrerhaus des Lastwagens ziemlich trocken geblieben. Auf dem Boden um die alten Pedale herum stand eine Wasserlache, und ihr linker Arm war naß geworden, aber das war praktisch alles. Falls sie im Schlaf gehustet hatte, war ihr Husten nicht laut genug gewesen, um sie zu wecken. Ihr Hals fühlte sich etwas gereizt an, und ihre Stirnhöhlen schienen verstopft zu sein, aber diese Dinge konnten sich bessern, sobald sie aus dem verdammten Staub herauskam.

Es ist letzte Nacht hier gewesen. Du hast es gesehen. Aber hatte sie das? Hatte sie das wirklich?

Es ist deinetwegen gekommen, es wollte dich holen. Dann bist du in den Lastwagen geklettert, und es hat beschlossen, dich doch unbehelligt zu lassen. Warum, weiß ich nicht, aber so ist es gewesen.

Oder vielleicht auch nicht. Vielleicht war die ganze Sache nur ein böser Traum gewesen, wie man ihn haben konnte, wenn man halbwach war und zugleich noch halb schlief. Etwas, das dadurch ausgelöst worden war, daß sie mitten in einem heftig tobenden Gewitter mit herabzuckenden Blitzen und stürmischen Winden aufgewacht war. In einer Situation dieser Art konnte man alles mögliche sehen.

Trisha packte ihren Rucksack an einem leicht ausgefransten Tragriemen, schlängelte sich rückwärts aus der Fahrertür ins Freie, wirbelte dabei weiteren Staub auf und bemühte sich, ihn nicht einzuatmen. Als sie draußen war, trat sie einige Schritte zurück (die ehemals rostrote Oberfläche des Fahrerhauses war durch die Nässe pflaumenfarben geworden) und wollte ihren Rucksack über die Schultern nehmen. Dann erstarrte sie mitten in der Bewegung. Der Tag war hell und warm, der Regen hatte aufgehört, sie hatte eine Straße, der sie folgen konnte... aber plötzlich fühlte sie sich alt und müde und auf einem absoluten Tiefpunkt angelangt. Leute konnten sich alles mögliche einbilden, wenn sie plötzlich aufwachten, vor allem wenn sie mitten in einem Gewitter aufwachten. Natürlich konnten sie das. Aber was sie jetzt sah, bildete sie sich nicht ein.

Während sie geschlafen hatte, hatte irgend etwas einen Kreis durch die Blätter und Nadeln und Sträucher gegraben, die den verlassenen Lastwagen umgaben. Im Morgenlicht war es deutlich zu sehen – eine Kreislinie aus nasser schwarzer Erde in dem üppigen Grün. Büsche und kleine Bäume, die im Weg gestanden hatten, waren mit ihren Wurzeln ausgerissen und die abgeknickten Stücke beiseite geworfen worden. Der Gott der Verirrten war gekommen und hatte einen Kreis um sie gezogen, wie um zu sagen: *Haltet euch fern – sie gehört mir, sie ist mein Eigentum.*

Neunter Durchgang,
erste Hälfte

Trisha war den ganzen Sonntag lang unterwegs, während der niedrige, dunstige Himmel auf ihr lastete. Vormittags dampften die nassen Wälder noch, aber am frühen Nachmittag waren sie wieder trocken. Die Hitze war gewaltig. Sie war noch immer froh, die Straße gefunden zu haben, aber jetzt wünschte sie sich trotzdem Schatten. Sie fühlte sich wieder fiebrig und nicht nur müde, sondern völlig erschöpft. Das Ding beobachtete sie, hielt im Wald mit ihr Schritt und beobachtete sie. Diesmal verließ das Gefühl sie nicht mehr, weil das Ding sie nicht verließ. Es war im Wald rechts neben ihr. Sie glaubte einige Male, es tatsächlich zu sehen, aber vielleicht waren das nur Schatten, die sich mit der durchs Geäst wandernden Sonne zu bewegen schienen. Trisha wollte es gar nicht sehen; ihr genügte, was sie in der Nacht zuvor im Licht jenes einzelnen Blitzstrahls erkannt hatte. Sein Fell, seine riesigen aufgestellten Ohren, seine plumpe Masse.

Und die Augen. Seine schwarzen Augen, groß und unmenschlich. Glasig, aber aufmerksam. Ihrer gewahr.

Es geht nicht weg, bevor es sicher ist, daß ich hier nicht mehr rausfinde, dachte sie erschöpft. *Das wird es nicht zulassen. Es wird mich nicht entkommen lassen.*

Kurz nach Mittag sah sie, daß die Pfützen in den Fahrspuren auszutrocknen begannen, und ergänzte ihren Wasservorrat, solange noch Gelegenheit dazu war. Sie benutzte ihre Kappe als Filter, ließ das Wasser durch sie in die Kapuze ihres Ponchos rinnen und füllte es dann in die Plastikflaschen. Das Wasser blieb trüb, sogar schmutzig, aber solche Dinge machten ihr keine wirklichen Sorgen mehr. Wäre das Waldwasser für ihren Körper tödlich, überlegte sie sich, wäre sie vermutlich bereits gestorben, als es das erstemal Brechdurchfall hervorgerufen hatte. Was ihr jedoch Sorgen machte, war der Nahrungsmangel. Als sie ihre Flaschen gefüllt hatte, aß sie die Beeren und Bucheckern, bis auf einen kleinen Rest; morgen zum Frühstück würde sie dann den Boden ihres Rucksacks absuchen, wie sie ihn nach den letzten Kartoffelchips abgesucht hatte. Vielleicht würde sie entlang der Straße etwas Eßbares finden, aber sie machte sich keine großen Hoffnungen.

Die Straße ging endlos weiter, war an manchen Stellen etwas weniger ausgeprägt und lag dann wieder für einige hundert Meter deutlich erkennbar vor ihr. Auf einem Abschnitt war der Streifen zwischen den Fahrspuren mit dornigen Sträuchern bewachsen. Trisha hielt sie für Brombeersträucher – sie sahen genau wie die Sträucher aus, von denen ihre Mom und sie in den Spielzeugwäldern von Sanford ganze Mützen voll frischer, süßer Beeren gepflückt hatten, aber für Brombeeren war es einen Monat zu früh. Sie sah auch Pilze, traute aber keiner Art genug, um sie zu essen. Sie gehörten nicht zum Erfahrungsschatz ihrer Mutter, und in der Schule hatten sie keine durchgenommen. In der Schule hatten sie alles über Bucheckern gelernt und daß man nie zu Unbekannten ins Auto steigen durfte (weil manche es auf kleine Mädchen abgesehen hatten), aber nichts über Pilze. Mit Bestimmtheit wußte sie nur, daß man starb – unter gräßlichen Schmerzen starb –, wenn man die falsche Sorte aß. Und sie stehenzulassen war kein großes Opfer. Sie hatte mittlerweile nur noch wenig Appetit, und ihr Hals war entzündet.

Gegen vier Uhr nachmittags stolperte sie über ein Aststück, fiel auf ihre rechte Seite, versuchte sich aufzurappeln und merkte, daß sie das nicht konnte. Ihre Beine zitterten und waren vollkommen kraftlos. Sie streifte ihren Rucksack ab (mit dem sie beunruhigend lange zu kämpfen hatte) und schaffte es endlich, sich von ihm zu befreien. Sie aß alle bis auf zwei oder drei Buchekkern und hätte die letzte fast wieder hervorgewürgt. Sie kämpfte darum, sie bei sich zu behalten, und siegte, indem sie einen langen Hals wie ein Jungvogel machte und zweimal schluckte. Damit die Buchecker wirklich unten blieb (zumindest vorläufig), trank sie einen Schluck warmes, sandiges Wasser nach.

»Zeit für die Red Sox«, murmelte sie und holte ihren Walkman aus dem Rucksack. Sie bezweifelte, daß sie die Übertragung hereinbekommen würde, aber ein Versuch konnte nicht schaden; draußen an der Westküste war es jetzt ungefähr ein Uhr, und da bestimmt tagsüber gespielt wurde, mußte das Spiel gerade anfangen.

Im UKW-Bereich war überhaupt nichts zu hören, nicht einmal irgendeine ferne, leise Musik. Auf Mittelwelle fand sie einen Mann, der rasend schnell auf Französisch quasselte (und zwischendurch mehrmals lachte, was beunruhigend war), und dann etwa bei 1 600 kHz, ganz am Ende der Skala, stieß sie auf ein

Wunder: Joe Castigliones Stimme, schwach, aber verständlich.

»Also, Valentin entfernt sich schon mal von der zweiten«, sagte er gerade. »Jetzt kommt der Wurf bei drei und eins ... *und Garciaparra schlägt hoch und weit ins rückwärtige Mittelfeld! Der Ball fliegt weit ... er ist DRAUSSEN! Die Red Sox führen mit zwei zu null!*«

»Gut gemacht, Nomar, echt klasse, Mann«, sagte Trisha mit einer heiser krächzenden Stimme, die sie kaum als ihre eigene erkannte, und pumpte mit ihrer Faust schwach in der Luft. O'Leary schied mit drei Fehlschlägen aus, dann war das Inning zu Ende. »*Wen rufen Sie an, wenn Ihre WINDschutzscheibe KAputt ist?*« sangen Stimmen aus einer fernen Welt, aus einer, in der es überall Wege gab und alle Götter hinter den Kulissen tätig waren.

»1-800«, begann Trisha. »54 ...«

Sie verstummte, bevor sie den Jingle zu Ende bringen konnte. Als ihr Halbschlaf tiefer wurde, rutschte sie immer weiter nach rechts und hustete manchmal. Ihr tiefes Husten klang bellend, schleimig. Während des fünften Innings kam etwas an den Waldrand, um sie anzustarren. Fliegen und Stechfliegen bildeten eine Wolke um die Andeutung eines Gesichts. In dem trügerischen Glanz seiner Augen lag eine vollständige Geschichte von nichts. Es blieb lange Zeit dort stehen. Schließlich deutete es mit seinen rasiermesserscharfen Krallen auf sie – *sie gehört mir, sie ist mein Eigentum* – und zog sich in den Wald zurück.

Neunter Durchgang,
zweite Hälfte

Irgendwann im letzten Drittel des Spiels glaubte Trisha, für kurze Zeit benommen aufzuwachen. Der Kommentator war Jerry Trupiano – zumindest *klang* seine Stimme wie die von Troop, aber er sagte, die Seattle Monsters hielten alle Bases besetzt und Gordon versuche nun, das Spiel zu entscheiden. »Dieses Ding am Schlagmal ist ein Killer«, sagte Troop, »und Gordon wirkt zum erstenmal in diesem Jahr ängstlich. Wo ist Gott, wenn du ihn brauchst, Joe?«

»Danvizz«, sagte Joe Castiglione. »*Crying real tizz.*«

Bestimmt war das ein Traum, mußte einer gewesen sein – ein Traum, in den sich vielleicht, vielleicht auch nicht, ein Hauch von Realität gemischt hatte. Als Trisha dann wieder ganz wach war, wußte sie nur sicher, daß die Sonne schon fast untergegangen war, daß sie fieberte, ihr Hals bei jedem Schlucken weh tat und ihr Radio bedrohlich stumm war.

»Bist eingeschlafen, als es an war, du blödes Ding«, sagte sie mit ihrer neuen krächzenden Stimme. »Du großes, dämliches Arschloch.« Sie betrachtete die Oberseite des Gehäuses, weil sie hoffte, dort das kleine rote Licht zu sehen, weil sie hoffte, sie habe nur zufällig den Sender verstellt, als sie angefangen hatte, nach einer Seite abzurutschen (sie war mit heftigen Nackenschmerzen aufgewacht, da ihr Kopf die ganze Nacht über gegen eine Schulter gedrückt worden war), aber sie wußte, daß das eine unsinnige Hoffnung war. Und tatsächlich war das kleine rote Licht erloschen.

Sie versuchte sich einzureden, die Batterien hätten ohnehin nicht mehr sehr lange halten können, aber das nützte nichts, und sie weinte erneut. Das Wissen, daß ihr Radio verstummt war, machte sie traurig, so traurig. Es war, als habe man seinen besten Freund verloren. Sie bewegte sich langsam und schwerfällig, als sie den Walkman in ihrem Rucksack verstaute, die Schnallen schloß und den Rucksack wieder auf den Rücken nahm. Obwohl er fast leer war, schien er eine Tonne zu wiegen. Wie war das möglich?

Wenigstens bin ich auf einer Straße, sagte sie sich. *Ich bin auf einer Straße.* Aber jetzt, wo das Licht eines weiteren Tages allmählich vom Himmel verschwand, schien nicht einmal das zu helfen. *Straße, Schmaße,* dachte sie. Die Tatsache, daß eine existierte, schien sie zu verspotten, erschien ihr allmählich wie eine verpatzte Gelegenheit, ein Spiel zu entscheiden – als ob ein Team nur ein oder zwei Aus vom Sieg entfernt wäre ... und dann fiele das Stadiondach ein. Diese blöde Straße konnte noch hundertvierzig Meilen durch die Wälder weitergehen, und an ihrem Ende lag dann vielleicht nichts; nur noch mehr dichtes Unterholz oder ein anderer gräßlicher Sumpf.

Trotzdem begann sie wieder zu gehen, langsam und schleppend, mit gesenktem Kopf und hängenden Schultern, so daß die Tragriemen ständig herunterzurutschen versuchten, wie es die Träger eines Trägerkleidchens taten, wenn es zu groß war. Nur brauchte man bei einem Kleid die Träger lediglich wieder hochzuschieben. Die Tragriemen mußte man erst *anfassen* und dann hoch*heben*.

Ungefähr eine halbe Stunde vor Einbruch der Nacht rutschte einer der Tragriemen ganz von ihrer Schulter, so daß der Rucksack schief hing. Trisha spielte kurz mit dem Gedanken, das verdammte Ding einfach fallen zu lassen und ohne es weiterzugehen. Das hätte sie vermutlich sogar getan, wenn der Rucksack nur noch ihre letzte Handvoll Scheinbeeren enthalten hätte. Aber er enthielt Wasser, und auch wenn das Wasser sandig war, tat es ihrem entzündeten Hals gut. Also beschloß sie, statt dessen hier zu übernachten.

Sie sank in der Straßenmitte zwischen den beiden Fahrspuren auf die Knie, ließ ihren Rucksack mit einem Seufzer der Erleichterung von den Schultern gleiten und benutzte ihn als Kopfkissen. Dann sah sie zu der dunklen Masse des Waldes zu ihrer Rechten hinüber.

»Bleib bloß weg«, sagte sie, so deutlich sie nur konnte. »Bleib weg, sonst wähle ich 1-800 und rufe den Riesen. Hast du mich verstanden?«

Etwas hörte sie. Es mochte sie verstehen oder nicht, und es antwortete auch nicht, aber es war da. Sie konnte es fühlen. Ließ es sie noch immer reifen? Nährte es sich von ihrer Angst, bevor es herauskam, um sie zu fressen? In diesem Fall war das Spiel beinahe zu Ende. Sie war fast nicht mehr imstande, Angst zu empfinden. Sie dachte plötzlich daran, es nochmals anzurufen, ihm zu erklären, was sie eben gesagt habe, sei nicht ihr Ernst gewesen, sie sei nur müde und es könne kommen und sie sich holen, wenn es wolle. Aber sie tat es dann doch nicht. Sie fürchtete, es könnte sie beim Wort nehmen.

Sie trank etwas Wasser und sah zum Himmel auf. Sie dachte an Bork vom Ork, der ihr erklärt hatte, Tom Gordons Gott könne sich nicht mit ihr abgeben, weil er anderweitig ausgelastet sei. Trisha bezweifelte, daß das ganz stimmte ... aber er war nicht hier, das schien festzustehen. Vielleicht war dies weniger eine Frage des *Könnens* als des *Wollens*. Bork vom Ork hatte auch gesagt: *Ich muß zugeben, daß er ein Sportfan ist ... allerdings nicht unbedingt ein Fan der Red Sox.*

Trisha nahm ihre Red-Sox-Kappe ab – mittlerweile war sie zerknautscht und schweißfleckig und mit Schlamm und Walderde beschmiert – und fuhr mit einem Finger über den gewölbten Schirm. Ihr bestes Stück. Ihr Vater hatte Tom Gordon dazu gebracht, die Mütze für sie zu signieren. Er hatte sie mit einem Brief nach Fenway Park geschickt, in dem er geschrieben hatte, Tom sei der Lieblingsspieler seiner Tochter, und Tom Gordon (oder sein bevollmächtigter Vertreter) hatte sie in dem frankierten und an ihn selbst adressierten Umschlag, den ihr Vater beigelegt hatte, mit Toms Autogramm quer über dem Mützenschirm zurückgeschickt. Sie war immer noch ihr bestes Stück, vermutete Trisha. Außer etwas schlammigem Wasser, einer Handvoll vertrockneter, geschmackloser Beeren und ihrer schmutzigen Kleidung war die Mütze so ziemlich ihr *einziger* Besitz. Und nun war das Autogramm unleserlich, durch den Regen und ihre eigenen schweißnassen Hände zu einem schwarzen Schatten verwischt. Aber es war dagewesen, und sie war *noch immer* da – zumindest vorläufig.

»Lieber Gott, wenn du schon kein Red-Sox-Fan sein kannst, sei ein Tom-Gordon-Fan«, sagte sie. »Kannst du wenigstens so viel tun? Kannst du so viel sein?«

Sie döste die ganze Nacht hindurch in wechselnden Stadien des Wachseins, zitterte vor Kälte, schlief ein und schreckte dann wieder auf, weil sie sicher war, daß es hier bei ihr war, daß es aus dem Wald gekommen war, um sie sich zu holen.

Tom Gordon sprach mit ihr; einmal sprach auch ihr Vater mit ihr. Er stand dicht hinter ihr und fragte sie, ob sie ein paar Makronen wolle, aber als sie sich umdrehte, war niemand da. Weitere Meteoriten zogen flammend über den Himmel, aber sie war sich nicht sicher, ob sie tatsächlich da waren oder nur in ihren Träumen existierten. Einmal holte sie ihren Walkman heraus, weil sie hoffte, die Batterien hätten sich ein wenig erholt – das taten sie manchmal, wenn man ihnen eine Ruhepause gönnte –, aber bevor sie das nachprüfen konnte, ließ sie ihn ins hohe Gras fallen und konnte ihn nicht mehr wiederfinden, sosehr sie das verfilzte Gras auch mit ihren Fingern durchkämmte. Irgendwann kehrten ihre Hände zu ihrem Rucksack zurück und ertasteten, daß die Klappe weiterhin sicher geschlossen war. Trisha gelangte zu dem Schluß, sie habe das Radio gar nicht herausgenommen, weil sie die Riemen und Verschlüsse im Dunkeln nie so ordentlich hätte schließen können. Ein Dutzend bellender Hustenanfälle beutelten sie. Es tat jetzt bis tief in den Brustkorb hinunter weh. Irgendwann stemmte sie sich weit genug hoch, um pinkeln zu können, und was herauskam, war so heiß, daß es brannte und sie sich auf die Lippen biß.

Die Nacht verging, wie es Nächte fortschreitender Krankheit immer tun; die Zeit wurde formlos und fremdartig. Als die Vögel endlich zu zwitschern begannen und Trisha den ersten grauen Lichtschimmer durch die Bäume dringen sah, konnte sie es kaum glauben. Sie hob ihre Hände und sah ihre schmutzigen Finger an. Sie konnte auch kaum glauben, daß sie noch lebte, aber das schien der Fall zu sein.

Sie blieb liegen, bis der Tag hell genug war, daß sie die ständig um ihren Kopf hängende Insektenwolke sehen konnte. Dann stand sie langsam auf und wartete, um zu sehen, ob ihre Beine sie tragen würden oder nachgeben und sie wieder zu Boden gehen lassen würden.

Wenn sie das tun, krieche ich, dachte sie, aber sie brauchte nicht zu kriechen, noch nicht; die Beine trugen ihr Gewicht. Sie bückte sich und hakte eine Hand unter einen der Tragriemen. Als sie sich wieder aufrichtete, überfiel sie heftiger Schwindel, und ein Geschwader dieser Falter mit schwarzen Flügeln nahm ihr die Sicht. Dann verschwanden sie endlich, und Trisha schaffte es, ihren Rucksack auf den Rücken zu nehmen.

Nun ergab sich ein weiteres Problem: Wohin war sie unterwegs gewesen? Sie wußte es nicht mehr ganz sicher, und die Straße sah in beiden Richtungen gleich aus. Sie trat in eine der Fahrspuren und sah unsicher vor und zurück. Dabei stieß ihr Fuß gegen etwas. Das Etwas war ihr Walkman: ganz ins Kopfhörerkabel verheddert und naß vom Tau. Sie bückte sich, hob ihn auf und starrte ihn verständnislos an. Sollte sie ihren Rucksack wieder abnehmen, ihn aufmachen und den Walkman darin verstauen? Das erschien ihr so schwierig – etwa so schwierig, wie einen Berg zu versetzen. Andererseits erschien es ihr falsch, ihn einfach wegzuwerfen – es wäre, als gestehe sie damit ein, daß sie aufgegeben habe.

Trisha blieb drei Minuten lang oder noch länger unbeweglich stehen und blickte mit ihren fieberglänzenden Augen auf den kleinen Walkman hinunter. Wegwerfen oder behalten? Wegwerfen oder behalten? Die Entscheidung liegt bei dir, Patricia, willst du den Satz Kochtöpfe für wasserloses Garen behalten oder weiterspielen, um das Auto, den Nerzmantel und die Reise nach Rio zu gewinnen?

Ihr fiel ein, was sie tun würde, wenn sie das Mac PowerBook ihres Bruders Pete wäre: Sie würde den ganzen Bildschirm mit Fehlermeldungen und kleinen Bombensymbolen füllen. Bei dieser Vorstellung mußte sie unwillkürlich lachen.

Ihr Lachen ging fast augenblicklich in einen Hustenanfall über. Er war der bisher bei weitem heftigste Anfall, und er ließ sie sich zusammenkrümmen. Schon bald bellte sie wie ein Hund, während sie ihre Hände unmittelbar über den Knien flach auf die Oberschenkel gestützt hatte und ihr herabhängendes Haar wie ein schmutzstarrender Vorhang vor ihrem Gesicht hin und her schwankte. Sie schaffte es irgendwie, sich auf den Beinen zu halten, sie weigerte sich, nachzugeben und zusammenzuklappen, und während der Husten nachließ, wurde ihr klar, daß sie den Walkman am Bund ihrer Jeans befestigen konnte. Dafür war der Clip hinten auf dem Gehäuse da, nicht wahr? Sicher, klar doch. Was für ein El Dopo sie war.

Sie öffnete ihren Mund, um *Elementar, mein lieber Watson* zu sagen – Pepsi und sie sagten das manchmal zueinander –, und als sie das tat, schlabberte etwas Feuchtes und Warmes über ihre Unterlippe. Sie fuhr darüber, sah hellrotes Blut in ihrer Handfläche und starrte es mit vor Entsetzen geweiteten Augen an.

Ich muß mir beim Husten auf etwas im Mund gebissen haben, dachte sie und wußte es sofort besser. Das hier kam tiefer aus ihrem Inneren. Der Gedanke erschreckte sie, und ihre Angst ließ sie die Welt deutlicher wahrnehmen. Sie merkte, daß sie wieder denken konnte. Sie räusperte sich (behutsam; alles andere hätte zu weh getan) und spuckte aus. Hellrot. Eine schöne Bescherung, aber dagegen konnte sie jetzt nichts machen, und sie war wenigstens so weit klar im Kopf, daß ihr einfiel, wie sie feststellen konnte, in welche Richtung sie auf der Straße weitergehen mußte. Die Sonne war rechts von ihr untergegangen. Jetzt stellte Trisha sich so hin, daß die aufgehende Sonne links von ihr durch die Bäume blinzelte, und sie sah sofort, daß diese Richtung stimmte. Sie verstand gar nicht, wie sie überhaupt im Zweifel gewesen sein konnte.

Langsam, vorsichtig, wie jemand, der über frisch gebohnertes Parkett geht, setzte Trisha sich wieder in Bewegung. *Das ist es wahrscheinlich,* dachte sie. *Heute ist vermutlich meine letzte Chance, vielleicht ist sogar dieser Vormittag meine letzte Chance. Vielleicht bin ich heute nachmittag zu krank und schwach, um gehen zu können, und wenn ich nach einer weiteren Nacht hier draußen noch einmal auf die Beine käme, wär's ein blauäugiges Wunder.*

Ein blauäugiges Wunder. War das eine Redensart ihrer Mutter oder ihres Vaters?

»Mir scheißegal!« krächzte Trisha. »Wenn ich hier rauskomme, erfinde ich selbst ein paar Redensarten.«

Fünfzig oder sechzig Schritte nördlich der Stelle, an der sie jene endlose Sonntagnacht und den Montag morgen verbracht hatte, merkte Trisha, daß sie ihren Walkman noch immer in der rechten Hand hielt. Sie blieb stehen und machte sich mit umständlicher Sorgfalt an die mühsame Aufgabe, ihn am Bund ihrer Jeans zu befestigen. Ihre Jeans schlotterten ihr jetzt wirklich am Leib, und sie bemerkte, wie spitz ihre Hüftknochen hervortraten. *Wenn ich noch ein paar Pfund abnehme, kann ich die neueste Pariser Mode vorführen,* dachte sie. Als sie gerade überlegte, was sie mit dem Kopfhörerkabel machen sollte, erschütterte das Rattern entfernter Explosionen jäh die stille Morgenluft – als würde ein kleiner Rest Limonade durch einen riesigen Strohhalm aufgesaugt.

Trisha schrie.

Trisha schrie, und sie war nicht die einzige, die erschrak; ein paar Krähen krächzten, und ein Fasan flatterte mit aufgeplustertem Flügelschwirren empört aus dem Unterholz.

Trisha stand mit weit aufgerissenen Augen da, während der vergessene Kopfhörer am Ende seines Kabels neben ihrem verschorften, schmutzigen linken Knöchel pendelte. Dieses Geräusch kannte sie; es war das Rattern von Fehlzündungen durch einen alten Auspuff. Vielleicht ein Lastwagen oder die getunte Karre eines Teenagers. Dort vorn war eine Straße. Eine *richtige* Straße.

Sie wäre am liebsten losgerannt, aber sie wußte, daß sie das nicht durfte. Damit hätte sie ihre gesamte Kraft mit einem Schlag vergeudet. Das wäre schrecklich gewesen. In Ohnmacht zu fallen und vielleicht tatsächlich in Hörweite von echtem Verkehr an Entkräftung zu sterben wäre so gewesen, als verpatze man das Spiel noch, wenn das gegnerische Team bereits beim letzten Strike angelangt war. Solche Abscheulichkeiten passierten, aber sie würde nicht zulassen, daß sie ihr passierten.

Statt dessen begann sie zu gehen, zwang sich zu langsamen, überlegten Bewegungen und horchte die ganze Zeit auf eine weitere Serie dieser ratternden Fehlzündungen oder fernes Motorengeräusch oder ein Hupen. Aber sie hörte nichts, gar nichts, und nach etwa einer Stunde begann sie zu glauben, alles sei nur eine Halluzination gewesen. Es war ihr nicht wie eine vorgekommen, aber...

Sie kam über eine Anhöhe und sah auf der anderen Seite hinunter. Sie begann erneut zu husten und spuckte wieder Blut, das in der Sonne hellrot glänzte, aber Trisha achtete nicht darauf – sie hob nicht einmal eine Hand. Dort unten endete der Holzweg mit den Fahrspuren, auf dem sie sich befand, stieß T-förmig auf eine nicht asphaltierte Forststraße.

Trisha ging langsam hinunter und blieb auf ihr stehen. Sie konnte keine Reifenspuren erkennen – der gewalzte Belag war zu hart –, aber hier gab es richtige Fahrspuren, zwischen denen kein Gras wuchs. Die neue Straße verlief rechtwinklig zu ihrer Straße, ungefähr in Ost-West-Richtung. Und hier traf Trisha endlich die richtige Entscheidung. Daß sie sich nach Westen wandte, hatte keinen anderen Grund, als daß sie wieder Kopfschmerzen hatte und nicht genau in Richtung Sonne gehen wollte ... aber sie *wandte* sich nach Westen. Vier Meilen von ihrem Standort entfernt verlief die New Hampshire Route 96 als vielfach ausgeflicktes Asphaltband durch die Wälder. Nur wenige Personenwagen und sehr viele Holzlaster benutzten diese Straße; die Fehlzündungen aus der uralten Auspuffanlage eines dieser Laster hatte Trisha gehört, als sein Fahrer vor dem Kemongus Hill heruntergeschaltet hatte. In der stillen Morgenluft hatte dieses Geräusch über neun Meilen weit getragen.

Sie setzte sich wieder in Bewegung – diesmal mit dem Gefühl neuer Kraft. Etwa eine Dreiviertelstunde später hörte sie etwas anderes, das noch fern, aber unverkennbar war.

Sie legte den Kopf schief wie der Hund auf Gramma McFarlands alten Schallplatten, die Gramma oben auf ihrem Speicher aufbewahrte. Sie hielt den Atem an. Sie hörte das Pochen ihres Herzschlags in ihren Schläfen, das Pfeifen ihres Atems in ihrem entzündeten Hals, das Rufen der Vögel, das Rascheln von Laub in der Brise. Sie hörte das Summen von Insekten an ihren Ohren ... und auch ein anderes Summen. Das Summen von Autoreifen auf Asphalt. Sehr fern, aber unüberhörbar.

Trisha begann zu weinen. »Bitte, laß mich mir das nicht nur einbilden«, sagte sie mit ihrer heiseren Stimme, die jetzt kaum mehr als ein Flüstern war. »Ach, lieber Gott, bitte, laß mich mir das nicht e ...«

Hinter ihr begann ein lauteres Rascheln – aber nicht von der Brise, nicht diesmal. Selbst wenn es ihr gelungen wäre, sich das einzureden (auch nur für ein paar bescheuerte Sekunden), was wäre dann mit dem Knakken abbrechender Äste gewesen? Und danach das knarrende und splitternde Geräusch, mit dem etwas umstürzte – vermutlich ein kleiner Baum, der im Weg gewesen war. Ihm im Weg. Es hatte zugelassen, daß sie der Rettung so nahe kam, hatte ihr gestattet, bis auf Hörweite an den Pfad heranzukommen, den sie so sorglos und leichtsinnig verlassen hatte. Es hatte ihre schmerzhafte Fortbewegung beobachtet, vielleicht belustigt, vielleicht mit einer Art göttlichem Mitgefühl, das zu schrecklich war, als daß man überhaupt daran denken durfte. Nun wollte es nicht länger beobachten, nicht länger warten.

Langsam, voller Entsetzen, zugleich aber mit einem seltsamen Gefühl ruhiger Unvermeidlichkeit, drehte Trisha sich um, um dem Gott der Verirrten ins Auge zu blicken.

Neunter Durchgang, zweite Hälfte: Entscheidung

Es kam unter den Bäumen links der Straße hervor, und Trishas erster Gedanke war: *Ist das alles? Soll das am Ende alles gewesen sein?* Erwachsene Männer hätten kehrtgemacht und wären vor dem *Ursus americanus* geflüchtet, der schwerfällig aus den letzten tarnenden Büschen getrottet kam – er war ein ausgewachsener nordamerikanischer Schwarzbär, vielleicht hundertachtzig Kilo schwer –, aber Trisha war auf eine Horrorgestalt gefaßt gewesen, aus den Tiefen der Nacht zum Leben erweckt.

In seinem glänzenden Pelz hatten sich Blätter und Kletten verfangen, und in einer Hand – ja, er hatte eine, zumindest das krallenbewehrte Rudiment einer Hand – hielt er einen Ast, der zum größten Teil entrindet war. Diesen trug er wie den Amtsstab oder das Zepter eines Waldherrschers. Er kam mitten auf die Straße hinaus, und es sah fast aus, als ob er rudere. Er blieb einen Augenblick lang auf allen vieren, dann erhob er sich leise grunzend auf seine Hinterbeine. Als er das tat, sah Trisha, daß er überhaupt kein Schwarzbär war. Sie hatte von Anfang an recht gehabt. Es sah einem Bären etwas ähnlich, aber in Wirklichkeit war es der Gott der Verirrten, der gekommen war, um sie zu holen.

Es starrte sie mit schwarzen Augen an, die gar keine Augen, sondern nur leere Höhlen waren. Seine beige Schnauze sog witternd die Luft ein, und dann hob es den abgerissenen Ast, den es hielt, an seine Schnauze. Die Lefzen kräuselten sich und ließen eine Doppelreihe riesiger, grün verfärbter Reißzähne sehen. Es saugte am Ende seines Asts und erinnerte Trisha dabei an ein kleines Kind mit einem Lutscher. Dann schlossen sich seine Zähne ganz bedächtig um den Ast und zerbissen ihn. Im Wald war es still geworden, und sie hörte das Geräusch, das seine Zähne machten, sehr deutlich – ein Geräusch wie von einem zersplitternden Knochen. So würde ihr Arm knacken, falls dieses Ding ihn zwischen die Zähne bekam. Wenn es ihn *zerbiß*.

Es reckte seinen Hals, ließ dabei seine Ohren spielen, und Trisha sah, daß es sich in seiner eigenen dunklen Galaxie aus Gnitzen und Stechfliegen bewegte, genau wie sie es tat. Sein in der Morgensonne langer Schatten erstreckte sich fast bis zu Trishas abgewetzten Turnschuhen. Der Abstand zwischen den beiden betrug nicht mehr als sechzig Fuß.

Es war gekommen, um sie zu holen!

Flieh, rief der Gott der Verirrten ihr zu. *Lauf vor mir weg, renn zur Straße. Dieser Bärenkörper ist langsam, noch nicht von der Beute eines Sommers gemästet; der Ertrag ist bisher spärlich gewesen. Lauf. Vielleicht lasse ich dich am Leben.*

Ja, renn! dachte sie, aber dann kam sofort die kalte Stimme der taffen Tussi: *Du kannst nicht wegrennen. Du kannst kaum stehen, Herzchen.*

Das Ding, das kein Bär war, stand da und starrte Trisha an, während seine Ohren zuckten, um die Insekten zu vertreiben, die seinen großen dreieckigen

Schädel umgaben, an dessen Seiten gesundes Fell glänzte. Den Stumpf des Asts hielt es in der krallenbewehrten Tatze. Seine Kiefer bewegten sich mit nachdenklicher Bedachtsamkeit, und zwischen seinen Zähnen quollen kleine Holzsplitter heraus. Manche fielen zu Boden, manche blieben an seiner Schnauze hängen. Seine Augen waren Höhlen, die von winzigen summenden Lebewesen gesäumt waren, Maden und zappelnden Jungfliegen, Mückenlarven und weiß Gott was sonst – eine lebende Brühe, die Trisha an den Sumpf erinnerte, den sie durchquert hatte.

Ich habe den Hirsch gerissen. Ich habe dich beobachtet und meinen Kreis um dich gezogen. Lauf vor mir weg. Bete mich mit deinen Füßen an, dann lasse ich dich vielleicht am Leben.

Die Wälder um sie herum lagen schweigend da, dünsteten ihren säuerlichen, durchdringenden Grüngeruch aus. Trishas Atemzüge schnarrten leise durch ihren entzündeten Hals. Das Ding, das wie ein Bär aussah, blickte aus seiner Höhe von sieben Fuß hochmütig auf sie herab. Sein Kopf war im Himmel, und seine Krallen hielten die Erde fest. Trisha erwiderte seinen Blick, sah zu ihm hinauf und begriff, was sie tun mußte.

Sie mußte das Spiel zu Ende bringen.

Es ist Gottes Art, in der zweiten Hälfte des neunten Innings ins Spiel zu kommen, hatte Tom ihr erklärt. Und was war das Geheimnis, wie man ein Spiel entschied? Man mußte deutlich machen, wer der Bessere war. Man konnte verlieren ... aber man durfte sich nicht selbst besiegen.

Als erstes mußte sie jedoch diese Stille erzeugen. Die von den Schultern ausging und den ganzen Körper umhüllte, bis er in einen schützenden Kokon eingesponnen war. Man konnte verlieren, aber man durfte sich nicht selbst besiegen. Man durfte den Wurf nicht verpatzen, und man durfte auch nicht weglaufen.

»Eiswasser«, sagte sie, und das mitten auf der Forststraße stehende Ding legte seinen Kopf leicht schief, so daß es wie ein riesiger horchender Hund aussah. Es stellte seine Ohren nach vorn. Trisha hob eine Hand, drehte ihre Mütze richtig herum und zog den gebogenen Schirm tief in die Stirn. Genau wie Tom Gordon seine Mütze trug. Als nächstes drehte sie ihren Körper der rechten Straßenseite zu und machte einen halben Ausfallschritt, so daß ihr linkes Bein auf das Bärending zeigte, als sie nun breitbeinig dastand. Ihr Gesicht blieb ihm auch in der Bewegung zugewandt; ihr Blick fixierte durch die tanzende Insektenwolke weiter seine Augenhöhlen. *Wir haben also folgende Situation,* sagte Joe Castiglione; *schnallt euch fest, Leute.*

»Los, komm her, wenn du kommen willst!« rief Trisha ihm zu. Sie zog den Walkman vom Bund ihrer Jeans, riß das Kabel heraus und ließ den Kopfhörer vor ihre Füße fallen. Dann hielt sie den Walkman hinter ihrem Rücken und begann, ihn zwischen ihren Fingern zu drehen, während sie den richtigen Griff suchte. »Ich hab' Eiswasser in den Adern, und ich hoffe, daß du beim ersten Biß erfrierst. Los, du Trampel! Stell dich auf, *fuck you*!«

Das Bärending ließ seinen Ast fallen und sank dann nach vorn, zurück auf alle viere. Es scharrte den festgewalzten Straßenbelag auf wie ein angriffslustiger Stier, riß mit seinen Krallen große Erdklumpen heraus und trottete im nächsten Augenblick auf sie zu, wobei es mit überraschender, trügerischer Geschwindigkeit watschelte. Während es herankam, legte es seine

Ohren flach an den Kopf. Es zog die Lefzen hoch, und aus seiner Schnauze drang ein Summen, das Trisha sofort erkannte: nicht Bienen, sondern Wespen. Es hatte äußerlich die Gestalt eines Bären angenommen, aber innerlich war es unverfälscht; in seinem Inneren war es voller Wespen. Natürlich war es das. War nicht der Schwarzgewandete am Bach sein Prophet gewesen?

Lauf, sagte es, während es auf sie zukam, wobei sein großes Hinterteil von einer Seite zur anderen schwankte. Es bewegte sich auf unheimliche Weise elegant und hinterließ auf der festgewalzten Straßenoberfläche Krallenabdrücke und einige verstreute Exkremente. *Lauf, das ist deine letzte Chance.*

Aber es war die Stille, die ihre letzte Chance war.

Die Stille und vielleicht ein guter, harter Curveball.

Trisha legte ihre Hände zusammen. Sie stellte sich in Positur. Der Walkman fühlte sich nicht mehr wie ein Walkman an; er fühlte sich wie ein Baseball an. Hier gab es keine Fenway Faithful, die sich in der Boston Church of Baseball von ihren Sitzen erhoben; kein rhythmisches Klatschen; keine Schiedsrichter und keinen Schlägerjungen. Es gab nur sie und die grüne Stille und die heiße Morgensonne und ein Ding, das wie ein Bär aussah und in seinem Inneren voller Wespen war. Nichts als Stille, und sie verstand jetzt, wie jemand wie Tom Gordon sich fühlen mußte, wenn er in Wurfposition im ruhigen Auge des Wirbelsturms stand, wo der Druck auf Null abfällt, alle Geräusche ausgesperrt sind und die Situation folgendermaßen ist: Schnallt euch fest, Leute.

Sie stand wurfbereit und ließ die Stille ihren ganzen Körper umhüllen. Ja, sie ging von den Schultern aus. Sollte es sie doch fressen; sollte es sie doch besiegen. Es konnte beides tun. Aber sie würde sich nicht selbst besiegen.

Und ich werde nicht weglaufen.

Es machte vor ihr halt und reckte seinen Kopf hoch, so daß sein Gesicht sich dem ihren wie zu einem Kuß näherte. Es hatte keine Augen, nur zwei wimmelnde Kreise, Wurmloch-Welten voller sich vermehrender Insekten. Sie summten und wanden und drängelten sich, um in den Tunnels in Position zu gelangen, die zu dem unvorstellbaren Gehirn des Gottes führten. Seine Schnauze öffnete sich, und Trisha sah, daß sein Rachen dicht mit Wespen besetzt war, mit plumpen, schwerfälligen Giftfabriken, die über die Splitter des zerkauten Asts und den rosafarbenen Klumpen Hirscheingeweide krochen, das ihm als Zunge diente. Sein Atem war der Modergestank der Sümpfe.

Sie sah diese Dinge, nahm sie kurz wahr und blickte dann an ihnen vorbei. Veritek gab ihr rasch das Zeichen. Bald würde sie werfen, aber vorerst stand sie still. Sie stand still. Der Batter sollte warten, sollte versuchen, den Wurf vorauszuahnen, sein Timing verlieren; er sollte überlegen, sollte zu denken beginnen, seine Vermutung, der Pitcher werde einen Curveball werfen, sei falsch.

Das Bärending schnüffelte vorsichtig ihr ganzes Gesicht ab. Insekten krochen in seine Nasenlöcher hinein und aus ihnen heraus. Stechfliegen flatterten zwischen den beiden einander fast berührenden Gesichtern – das eine pelzig, das andere glatt. Gnitzen prallten gegen die feuchte Oberfläche von Trishas offenen, nicht blinzelnden Augen. Die Andeutung eines Gesichts, das dieses Ding besaß, veränderte und verwandelte sich, veränderte und verwandelte sich ständig – es war das Gesicht von Lehrern und Freunden; es war das Gesicht von Eltern und Brüdern; es war das Gesicht des Mannes, der anhalten und einen zum Mitfahren einladen konnte, wenn man auf dem Nachhauseweg von der Schule war. Geh nicht mit Fremden mit, das hatten sie in der ersten Klasse gelernt: nicht mit Fremden. Es stank nach Tod und Krankheit und allem Willkürlichen; das Summen seiner vergifteten Innereien war, das erkannte sie nun, das *wahre* unterschwellig Wahrnehmbare.

Es richtete sich wieder auf seine Hinterbeine auf, schwankte leicht wie zu einer bestialischen Musik, die nur es allein hören konnte, und schlug dann nach ihr ... aber das war spielerisch, vorerst nur spielerisch, seine Tatze verfehlte ihr Gesicht um eine Handbreit. Das Vorbeizischen seiner Krallen, an denen dunkles Erdreich haftete, wehte ihr die Haare von der Stirn. Die Haare fielen, leicht wie Pusteblumenwölkchen, zurück, aber Trisha bewegte sich nicht. Sie blieb in Werferhaltung und blickte durch den Unterleib des Bären hindurch, über den sich ein fehlfarbener bläulichweißer Fellstreifen in Form eines gezackten Blitzstrahls zog.

Sieh mich an.
Nein.
Sieh mich an!

Es war, als hielten unsichtbare Hände sie an beiden Seiten ihres Unterkiefers gepackt. Langsam, widerstrebend, aber außerstande, sich dagegen zu wehren, hob Trisha ihren Kopf. Sie sah auf. Sie sah in die leeren Augen des Bärendings und begriff, daß es sie auf jeden Fall töten wollte. Mut genügte nicht. Aber was soll's? Wenn ein bißchen Mut alles war, was man hatte, was soll's? Es wurde Zeit, das Spiel zu beenden.

Ohne darüber nachzudenken, hob Trisha ihren linken Fuß, bis er fast das rechte Bein berührte, und begann ihren Bewegungsablauf – nicht den, den Dad sie auf dem Rasen hinter dem Haus gelehrt hatte, sondern den anderen, den sie im Fernsehen von Gordon gelernt hatte. Als sie wieder nach vorn trat und ihre rechte Hand am rechten Ohr vorbei und weit darüber hinaus führte – ihren Körper stark nach hinten gelehnt, denn dies würde kein gemächlicher, zu langsamer Wurf, kein leicht zu schlagender Ball sein; dies würde ein Herzensbrecher, der wahre Hammer sein –, machte das Bärending einen unbeholfenen Schritt rückwärts, bei dem es fast das Gleichgewicht verlor. Registrierten die sich windenden Lebewesen, denen er seinen schwachen Gesichtssinn verdankte, den Baseball in ihrer Hand als Waffe? Oder war es Trishas bedrohliche, aggressive Bewegung, die es erschreckte – die erhobene Hand, das rasche Vortreten in einem Augenblick, in dem sie hätte zurücktreten und sich umdrehen sollen, um die Flucht zu ergreifen? Unwichtig. Das Ding grunzte anscheinend verblüfft. Eine kleine Wespenwolke stieg wie lebender Dampf aus seiner Schnauze auf. Bei dem Bemühen, sein Gleichgewicht zu halten, wedelte es mit einem behaarten Vorderlauf. Während es noch darum kämpfte, auf den Beinen zu bleiben, krachte ein Schuß.

Der Mann, der an diesem Morgen in den Wäldern unterwegs war, das erste menschliche Wesen, das Trisha McFarland nach neun Tagen wieder zu Gesicht bekam, war zu durcheinander, um auch nur zu versuchen, der Polizei etwas vorzulügen, warum er mit einem großkalibrigen Schnellfeuergewehr im Wald unterwegs gewesen war; er hatte es außerhalb der Jagdsaison auf einen Hirsch abgesehen gehabt. Sein

Name war Travis Herrick, und er hielt nichts davon, Geld für Essen auszugeben, wenn es nicht sein mußte. Es gab zu viele andere wichtige Dinge, für die man Geld brauchte – Lotterielose und Bier, um nur zwei zu nennen. Jedenfalls wurde er nie wegen dieser Sache vor Gericht gestellt oder auch nur mit einer Geldstrafe belegt, und er erlegte auch den Schwarzbären nicht, den er dicht vor dem kleinen Mädchen stehen sah, das ihm so still und mutig gegenüberstand.

»Hätt' sie sich bewegt, als er zuerst zu ihr hingekommen ist, hätt' er sie zerrissen«, berichtete Herrick. »Es ist ein Wunder, daß er sie nicht trotzdem zerrissen hat. Sie muß ihn angestarrt und ihm den Schneid abgekauft haben – genau wie Tarzan in diesen alten Dschungelfilmen. Ich komm' über 'ne Bodenwelle und seh' die beiden, ich muß dagestanden und sie mindestens zwanzig Sekunden lang beobachtet haben. Kann sogar 'ne Minute gewesen sein, in so 'ner Situation verliert man alles Zeitgefühl, aber ich konnte nicht schießen. Die beiden waren zu dicht beisammen. Ich hatte Angst, die Kleine zu treffen. Dann hat sie sich bewegt. Sie hatte was in der Hand, und sie hat damit ausgeholt, fast als wollte sie 'nen Baseball werfen. Diese Bewegung hat ihn erschreckt. Er hat einen Schritt rückwärts gemacht und fast das Gleichgewicht verloren. Ich hab' gleich gewußt, daß das die einzige Chance war, die das kleine Mädchen hatte, also hab' ich mein Gewehr hochgerissen und abgedrückt.«

Kein Prozeß, keine Geldstrafe. Was Travis Herrick bekam, war ein eigener Festwagen bei dem zum Unabhängigkeitstag 1998 in Grafton Notch veranstalteten Festzug. Yeah, Baby.

Trisha hörte den Schuß, wußte sofort, was das gewesen war, und sah eines der aufgestellten Ohren des Dings plötzlich an seiner äußersten Spitze wie ein eingerissenes Stück Papier auseinanderfliegen. Einen Augenblick lang konnte sie durch die klaffenden Hautlappen kleine Stücke blauen Himmels sehen; sie sah auch einen Schauer roter Tröpfchen, nicht größer als Scheinbeeren, in hohem Bogen durch die Luft fliegen. Im selben Augenblick erkannte sie, daß der Bär wieder nur ein Bär war, dessen Augen groß und glasig waren und auf eine komische Weise verblüfft aussahen. Oder vielleicht war er immer nur ein Bär gewesen.

Aber sie wußte es natürlich besser.

Trisha setzte ihre Bewegung fort, warf den Baseball. Er traf den Bären genau zwischen die Augen, und – oha, he, wenn das keine Halluzination war – sie sah ein paar Mignon-Batterien der Marke Energizer heraus und auf die Straße fallen. »*Strike drei gegeben!*« kreischte sie, und beim Klang ihrer heiseren, triumphierenden, sich überschlagenden Stimme machte der angeschossene Bär kehrt und ergriff die Flucht; er trottete auf allen vieren davon, wurde rasch schneller und verlor aus seinem zerfetzten Ohr weiter Blut, während er in einen schnellen Trab verfiel, der sein Hinterteil wackeln ließ. Dann kam der Peitschenknall eines zweiten Schusses, und Trisha spürte die Druckwelle des Geschosses, das kaum einen Fuß rechts von ihr vorbeiflog. Es wirbelte eine kleine Wolke Straßenstaub weit hinter dem Bären auf, der einen Haken nach links schlug und wieder im Wald verschwand. Einen Augenblick lang sah Trisha noch seinen schwarzen Pelz, dann kleine Bäume, die wie in einer Parodie vor Angst zitterten, als er sich zwischen ihnen hindurchzwängte, und dann war der Bär verschwunden.

Sie drehte sich taumelnd um und sah einen kleinen Mann, der eine geflickte grüne Hose, grüne gummierte Jägerstiefel und ein altes, flatterndes T-Shirt trug, auf sich zurennen. Sein Schädel war oben kahl; seitlich hingen ihm lange Haare bis auf die Schultern herab; eine randlose Brille mit kleinen Gläsern glitzerte in der Sonne. Er hielt sein Gewehr hoch über dem Kopf wie angreifende Indianer in einem alten Film. Daß sein T-Shirt das Emblem der Red Sox trug, überraschte sie nicht im geringsten. Jeder Mann in New England schien mindestens ein Sox-Hemd zu besitzen.

»*He, Kleine!*« brüllte er. »*He, Kleine, um Gottes willen, fehlt dir auch nichts? Allmächtiger, das war ein gottverdammter BÄR, fehlt dir auch nichts?*«

Trisha stolperte auf ihn zu. »Strike drei gegeben«, sagte sie, aber die Worte waren außerhalb ihres eigenen Mundes kaum zu hören. Sie hatte den größten Teil ihrer restlichen Energie mit diesem letzten Schrei verbraucht. Jetzt konnte sie nur noch mit blutigen Lippen heiser flüstern. »Strike drei gegeben, ich hab' den Curveball geworfen und ihn total überrascht.«

»Was?« Er blieb vor ihr stehen. »Ich versteh' dich nicht, Schätzchen, sag's noch mal.«

»Hast du's gesehen?« fragte sie und meinte damit den Pitch, den sie geworfen hatte – diesen unglaublichen Curveball, der nicht nur eine gekrümmte Bahn beschrieben, sondern wie eine Peitsche geknallt hatte. »Hast du's *gesehen?*«

»Ich ... ich hab' gesehen, wie ...« Aber in Wirklichkeit wußte Herrick nicht genau, *was* er gesehen hatte. In der scheinbar stillstehenden Zeit, in der das Mädchen und der Bär sich angestarrt hatten, war er sich einige Sekunden lang nicht sicher, nicht ganz sicher gewesen, daß das ein *Bär* war, aber das erzählte er niemals. Die Leute wußten, daß er trank; sie hätten ihn für verrückt gehalten. Und jetzt sah er nur ein kleines Mädchen, das offenbar hohes Fieber hatte und wie ein Strichmännchen aussah, das nur noch von Schmutz und zerfetzten Kleidungsstücken zusammengehalten wurde. Wie die Kleine hieß, fiel ihm gerade nicht ein, aber er wußte, wer sie war, ihr Verschwinden war im Radio und auch im Fernsehen gemeldet worden. Er hatte keine Ahnung, wie sie so weit nach Nordwesten gelangt sein konnte, aber er wußte genau, wer sie war.

Trisha stolperte über ihre eigenen Füße und wäre auf die Straße geknallt, wenn Herrick sie nicht aufgefangen hätte. Dabei löste sich dicht neben ihrem Ohr noch ein Schuß aus seinem Gewehr – ein Krag Kaliber 350, das sein ganzer Stolz war – und machte sie vorübergehend taub. Aber Trisha nahm es kaum wahr. Das alles erschien ihr irgendwie normal.

»Hast du's gesehen?« fragte sie, ohne imstande zu sein, ihre eigene Stimme zu hören, und nicht einmal völlig sicher, ob sie wirklich sprach. Der kleine Mann wirkte verwirrt und ängstlich und nicht besonders intelligent, aber sie fand, er sehe auch freundlich aus. »Ich hab' ihn mit 'nem Curveball erwischt, ihm keine Chance gelassen, verstehst du?«

Seine Lippen bewegten sich, aber sie verstand nicht, was er sagte. Er legte sein Gewehr am Straßenrand ab, und das war eine Erleichterung. Dann nahm er sie über seine Schulter und drehte sich so rasch um, daß ihr schwindlig wurde – hätte sie noch etwas im Magen gehabt, hätte sie sich vermutlich übergeben müssen. Sie begann zu husten. Auch das konnte sie nicht hören, weil ihre Ohren schrecklich laut dröhnten, aber sie konnte es fühlen, konnte das *Ziehen* tief unten in ihrem Brustkorb spüren.

Sie wollte ihm sagen, daß sie froh war, getragen zu werden, froh war, gerettet zu werden, aber sie wollte ihm auch sagen, daß das Bärending zurückgewichen war, noch bevor er geschossen hatte. Sie hatte die Verwirrung auf dem Gesicht des Bärendings, hatte seine Angst vor ihr gesehen, als sie aus der Ausgangsposition in die Bewegung übergegangen war. Sie wollte diesem Mann, der jetzt mit ihr rannte, etwas sagen, etwas sehr *Wichtiges* sagen, aber er schüttelte sie durch, und sie mußte husten, und in ihrem Kopf klingelte es, und sie wußte nicht, ob sie es sagte oder nicht.

Trisha versuchte noch immer zu sagen: *Ich hab's geschafft, ich hab' das Spiel gemacht,* als sie ohnmächtig wurde.

Nach dem Spiel

Sie war wieder im Wald, und sie kam auf eine Lichtung, die sie kannte. Mitten darauf, neben dem Baumstumpf, der kein Baumstumpf, sondern ein Torpfosten mit einem in seine obere Fläche eingelassenen Ringbolzen war, stand Tom Gordon. Er schnippte den Ringbolzen nachlässig vor und zurück.

Diesen Traum habe ich schon mal gehabt, dachte sie, aber als sie näher herankam, merkte sie, daß er sich in einem Punkt verändert hatte: Statt seiner grauen Spielerkleidung für Auswärtsspiele trug Tom die weiße für Heimspiele mit der Nummer 36 in leuchtendroter Seide auf dem Rücken. Also war die Reise an die Westküste vorbei. Die Sox waren wieder in Fenway Park, wieder zu Hause, und die Auswärtsspiele lagen hinter ihnen. Aber Tom und sie waren hier; sie waren wieder auf dieser Lichtung.

»Tom?« fragte sie zaghaft.

Er sah sie mit hochgezogenen Augenbrauen an. Zwischen seinen talentierten Fingern kippte der rostige Ringbolzen vor und zurück. Vor und zurück.

»Ich hab' das Spiel entschieden.«

»Ich weiß, daß du's getan hast, Schätzchen«, sagte er. »Das hast du gut gemacht.«

Vor und zurück, vor und zurück. Wen rufen Sie an, wenn Ihr Ringbolzen kaputt ist?

»Wieviel davon ist Wirklichkeit gewesen?«

»Alles«, sagte Tom, als sei das nicht weiter wichtig. Und dann noch einmal: »Das hast du gut gemacht.«

»Es war dumm von mir, den Weg zu verlassen, wie ich's getan habe, nicht wahr?«

Er sah sie leicht überrascht an, dann schob er seine Mütze mit der Hand hoch, die nicht damit beschäftigt war, den Ringbolzen vor und zurück zu kippen. Er lächelte, und als er lächelte, wirkte er jung. »Welchen Weg?« fragte er.

»Trisha?« Das war eine Frauenstimme, die von hinten kam. Sie klang wie die Stimme ihrer Mutter, aber was hätte Mom hier draußen im Wald zu suchen gehabt?

»Sie hört Sie wahrscheinlich nicht«, sagte eine andere Frau. Diese Stimme kannte sie nicht.

Trisha drehte sich um. Im Wald wurde es dunkel, die Umrisse der Bäume verschwammen, wurden unwirklich, glichen einer Theaterkulisse. Schemen bewegten sich, und sie fühlte einen ängstlichen Stich in ihrem Herzen. *Der Wespenpriester,* dachte sie. *Das ist der Wespenpriester, er kommt zurück.*

Dann erkannte sie, daß sie träumte, und ihre Angst verschwand. Sie drehte sich wieder nach Tom um, aber er war nicht mehr da, nur noch der zersplitterte Torpfosten mit dem oben eingelassenen Ringbolzen ... und seine Jacke, die im Gras lag. Mit dem Rückenaufdruck GORDON.

Sie bekam ihn flüchtig am jenseitigen Rand der Lichtung zu sehen: eine weiße Gestalt wie ein Gespenst. »Trisha, was ist Gottes Art?« rief er.

In der zweiten Hälfte des neunten Innings ins Spiel zu kommen, wollte sie sagen, aber sie brachte keinen Ton heraus.

»Seht nur«, sagte ihre Mutter. »Ihre Lippen bewegen sich!«

»Trish?« Das war Pete, dessen Stimme bang und hoffnungsvoll klang. »Trish, bist du wach?«

Sie schlug die Augen auf, und die Wälder wichen in eine ungewisse Dunkelheit zurück, die sie nie mehr ganz verlassen würde – *Welcher Weg?* Sie lag in einem Krankenhauszimmer. In ihrer Nase steckte irgendein Ding, und etwas anderes – ein dünner Schlauch – führte in ihre Hand. Ihre Brust fühlte sich sehr schwer, sehr voll an. An ihrem Bett standen ihr Vater, ihre Mutter und ihr Bruder. Hinter ihnen ragte groß und weiß die Krankenschwester auf, die gesagt hatte: *Sie hört Sie wahrscheinlich nicht.*

»Trisha«, sagte ihre Mom. Sie weinte. Trisha sah, daß Pete ebenfalls weinte. »Trisha, Schätzchen. O Schätzchen.« Sie ergriff Trishas Hand, die ohne den Schlauch darin.

Trisha versuchte zu lächeln, aber ihr Mund war zu schwer, um sich auch nur an den Winkeln heben zu lassen. Sie bewegte die Augen und sah ihre Red-Sox-Kappe auf der Sitzfläche des Stuhls neben ihrem Bett liegen. Quer über den Schirm zog sich ein verwischter grauschwarzer Schatten. Einst war das Tom Gordons Autogramm gewesen.

Dad, versuchte sie zu sagen. Aber sie brachte nur ein Husten heraus. Obwohl es nur ein Hüsteln war, tat es weh genug, um sie zusammenzucken zu lassen.

»Versuch jetzt nicht, zu reden, Patricia«, sagte die Krankenschwester, und ihr Tonfall und ihre Haltung verrieten Trisha, daß sie die Angehörigen aus dem Zimmer haben wollte, daß die Schwester sie demnächst hinausschicken würde. »Du bist krank. Du hast eine Lungenentzündung. Beidseitig.«

Ihre Mom schien das alles nicht zu hören. Sie saß jetzt bei ihr auf der Bettkante, streichelte Trishas ausgezehrten Arm.

Sie schluchzte nicht laut, aber aus ihren Augen quollen Tränen und liefen ihr über die Wangen. Pete stand neben ihr und weinte auf dieselbe lautlose Art. Seine Tränen rührten Trisha in einer Weise, wie es die ihrer Mutter nicht taten, aber sie fand trotzdem, Pete sehe bemerkenswert dämlich aus. Neben ihm, neben dem Stuhl, stand ihr Dad. Diesmal versuchte Trisha nicht, zu sprechen, sondern starrte ihren Vater nur an und bildete das Wort erneut sehr deutlich mit den Lippen: *Dad!*

Er sah es und beugte sich nach vorn. »Was, Schätzchen? Was gibt's?«

»Das genügt, denke ich«, sagte die Krankenschwester. »Alle ihre Symptome machen sich bemerkbar, und das wollen wir nicht – sie hat fürs erste genug Aufregung gehabt. Tun Sie mir also jetzt den Gefallen ... tun Sie ihr den Gefallen ...« Mom stand auf. »Wir lieben dich, Trish. Gott sei Dank, daß du in Sicherheit bist. Wir bleiben hier, aber du mußt jetzt schlafen. Komm, Larry, wir ...«

Er achtete nicht auf Quilla. Er blieb über Trisha gebeugt, stützte seine Fingerspitzen leicht auf ihre Bettdecke. »Was gibt's, Trish? Was willst du?«

Ihr Blick bewegte sich zu dem Stuhl, zu seinem Gesicht und wieder zu dem Stuhl hinüber. Er wirkte verständnislos – sie war sich sicher, daß er es nicht begreifen würde –, aber dann hellte sich sein Gesichtsausdruck auf. Er lächelte, drehte sich um, griff nach der Kappe und versuchte, sie ihr aufzusetzen.

Sie hob die Hand, die ihre Mutter gestreichelt hatte – sie wog eine Tonne, aber sie schaffte es trotzdem. Dann streckte sie die Finger aus. Krümmte sie. Streckte sie.

»Okay, Schätzchen. Okay, klar.«

Er drückte ihr die Mütze in die Hand, und als ihre Finger sich um den Schirm schlossen, küßte er sie. Daraufhin begann Trisha ebenso lautlos zu weinen wie ihre Mutter und ihr Bruder.

»So, nun reicht's aber«, sagte die Krankenschwester. »Sie müssen jetzt wirklich...«

Trisha sah zu der Krankenschwester hinüber und schüttelte den Kopf.

»Was?« fragte die Krankenschwester. »Was nun? Um Himmels willen!«

Trisha nahm die Mütze langsam von der einen Hand in die andere, in der die Infusionskanüle steckte. Während sie das tat, sah sie weiter zu ihrem Vater auf, um sich davon zu überzeugen, daß er sie beobachtete. Sie war müde. Bald würde sie schlafen. Aber nicht gleich. Nicht, bevor sie gesagt hatte, was sie zu sagen hatte.

Er beobachtete sie, beobachtete sie aufmerksam. Gut.

Sie griff mit der rechten Hand über ihren Oberkörper hinweg, ohne ihren Vater dabei aus den Augen zu lassen, weil er der einzige war, der genug wußte; wenn er sie verstand, würde er für sie dolmetschen.

Trisha tippte auf den Schirm ihrer Mütze, dann wies sie mit dem rechten Zeigefinger gegen die Zimmerdecke.

Das Lächeln, das sein Gesicht erhellte, war das Süßeste, Wahrste, was sie je gesehen hatte. Wenn es einen Weg gab, lag er dort. Mit dem Wissen, daß er sie verstand, schloß Trisha ihre Augen und ließ sich in den Schlaf davontreiben. Ende des Spiels.

Nachwort

Erstens habe ich mir einige Freiheiten mit dem Spielplan der Red Sox für 1998 herausgenommen ... kleine, das kann ich Ihnen versichern

Es gibt einen wirklichen Tom Gordon, der tatsächlich in der Rolle des Closers für die Boston Red Sox wirft, aber der Gordon in diesem Roman ist fiktiv. Die Eindrücke, die Fans von Menschen haben, die es zu gewisser Berühmtheit gebracht haben, sind immer fiktiv, wie ich aus persönlicher Erfahrung bestätigen kann. Eine Besonderheit haben der wahre Gordon und Trishas Version von ihm jedoch gemeinsam: Beide deuten gen Himmel, wenn sie ein Spiel entschieden haben.

Im Jahre 1998 verzeichnete Tom »Flash« Gordon vierundvierzig Saves, womit er die American League anführte. Dreiundvierzig davon erzielte er in Folge – ein Rekord in der American League. Gordons Saison fand jedoch ein unglückliches Ende; wie Bork vom Ork sagt, Gott mag ein Sportfan sein, aber er scheint kein Fan der Red Sox zu sein. Im vierten Spiel der Playoff-Runde zwischen den beiden Ligen gab Gordon gegen die Indians drei Hits und zwei Runs ab. Die Red Sox verloren eins zu zwei. Das war Gordons erstes verpatztes Spiel seit fünf Monaten, und damit war die 98er

Saison für die Red Sox beendet. Das schmälert jedoch nicht Gordons außerordentliche Leistungen – ohne diese vierundvierzig Saves wären die Red Sox in ihrer Liga vermutlich auf dem vierten Platz gelandet, statt einundneunzig Spiele in Folge zu gewinnen und 1998 das zweitbeste Ergebnis in der American League zu erzielen. Es gibt eine Redensart, der die meisten Closer wie Tom Gordon vermutlich zustimmen würden: An manchen Tagen ißt du den Bären ... und an manchen Tagen frißt der Bär dich.

Die Dinge, die Trisha ißt, um zu überleben, sind in den Wäldern New Englands tatsächlich zu finden; wäre sie kein Stadtkind gewesen, hätte sie noch viel mehr Eßbares finden können – mehr Bucheckern, Wurzeln, sogar Rohrkolben. Mein Freund Joe Floyd hat mich in dieser Beziehung beraten, und von Joe weiß ich, daß Jungfarne in den Sümpfen des nördlichen Hinterlands sogar bis Anfang Juli wachsen.

Die Wälder selbst sind real. Sollten Sie sie im Urlaub besuchen, nehmen Sie einen Kompaß, nehmen Sie gute Karten mit ... und versuchen Sie, auf dem Weg zu bleiben.

Stephen King
Longboat Key, Florida